L'HÉRITIÈRE DES MONTAUBAN

DU MÊME AUTEUR

Le Secret des cépages, Belfond, 2004
Prix de littérature 2005 du Lion's Club International
L'Invitée de Fontenay, Belfond, 2005

http://frederick.donaglia.site.voila.fr

FRÉDÉRICK D'ONAGLIA

L'HÉRITIÈRE DES MONTAUBAN

belfond
12, avenue d'Italie
75013 Paris

Si vous souhaitez recevoir notre catalogue
et être tenu au courant de nos publications,
vous pouvez consulter notre site internet :
www.belfond.fr
ou envoyer vos nom et adresse,
aux Éditions Belfond,
12, avenue d'Italie, 75013 Paris.
Et, pour le Canada,
à Interforum Canada Inc.,
1055, bd René-Lévesque-Est,
Bureau 1100,
Montréal, Québec, H2L 4S5.

ISBN 2-7144-4244-7

Pour Audrey,
en souvenir de Nos plus belles années.
Cum amor meo aeternam

AVANT-PROPOS

Dans les Alpilles souveraines
Vole encore la poussière des transhumances
C'est là, non loin d'une ancienne voie romaine,
Que bat le cœur de la Provence.

Parfois, le souffle vif du mistral
Fredonne en toute confidence
La légende d'un amour ancestral
D'une âme oubliée de la danse.

Depuis Auguste, elle bat en silence,
Prisonnière d'une fatale malédiction
À fleur de roche cultive l'innocence
Sous l'hallali d'une funeste passion.

Seul un esprit pur conjurera le sort,
Aidé des vertus de la mandragore.
Inspiré, il balayera les tourments
Et révélera l'héritière des Montauban.

Prologue

Fête de la Saint-Éloi, 1923.

Le village retenait son souffle. Dans quelques instants, la carreto ramado *surgirait dans le virage de la poste, emmenée par une cinquantaine de chevaux richement harnachés à la mode sarrasine. Cette fameuse charrette, une fierté locale, serait décorée de branches d'olivier sur les roues, les ridelles et les brancards.*

Dans l'assistance, l'excitation grandissait. De temps à autre, une tête s'extirpait de la foule pour scruter l'angle du bâtiment, avant de disparaître à nouveau derrière un chapeau. Tous voulaient voir défiler le baïle, *l'homme que les corporations avaient choisi d'honorer cette année. Pour l'admirer, certains n'avaient pas hésité à parcourir plusieurs lieues. On murmurait même dans les rangs que des « estrangers » de Tarascon avaient fait le déplacement.*

De l'autre côté de la place, une automobile s'immobilisa sous un platane. Le chauffeur, un notable replet, s'empressa d'ouvrir galamment la portière à sa plus grande richesse, sa fille. Celle que la fédération de tennis français considérait déjà comme la Suzanne Lenglen provençale. L'élégante jeune femme porta un regard condescendant sur les visages qui la contemplaient, puis se dirigea vers la place d'honneur que son futur beau-père lui avait réservée au premier rang.

— Vous êtes donc seul ? lâcha-t-elle, quelque peu agacée par la chaise vide où devait prendre place son promis.

— Non… enfin oui, bredouilla le marquis. Mon fils m'a fait savoir qu'il aurait un peu de retard, mentit-il. Célestin ne va plus tarder maintenant, ajouta-t-il en s'adressant cette fois-ci au père dont le regard s'assombrissait. Vous savez comment sont les jeunes gens de nos jours.

Tout aussi pincé que sa fille, le notable s'installa sans faire de commentaire.

Dans son coin, le pauvre marquis rongeait son frein. Son fils le plongeait dans le plus vif embarras. Une alliance comme celle qu'il avait conclue ne pouvait se refuser. D'autant plus qu'elle était indispensable à la survie de leur noble lignée. Bien sûr, le jeune homme lui avait fait part de ses sentiments pour la belle Angèle, la fille d'un pâtre des collines voisines. Mais ce n'est certainement pas en vendant lavande, miel et farigoule sur le marché que le couple de tourtereaux entretiendrait le train de vie du château.

D'une main furtive, il épongea les gouttes de sueur qui s'échappaient de son canotier, tandis que les premiers enfants du cortège entonnaient une chansonnette reprise en chœur par les spectateurs. Galoubets et tambourins cessèrent de jouer, brutalement remplacés par les claquements de fouet des attelages précédant la carreto ramado. *Sous les vivats de la foule, arrivaient les premiers charretiers accompagnés de leurs Arlésiennes, toutes plus élégantes les unes que les autres sous leurs délicates ombrelles de dentelles.*

Bien droite sur son siège, la championne de tennis suivait la procession d'un œil hautain. Elle parvenait de moins en moins facilement à masquer son agacement, sentant déjà une rumeur se propager parmi les spectateurs. Soudain, toutes les têtes se tournèrent vers la poste. Quelques cris de frayeur et des protestations fusèrent. Un attelage, tiré par un cheval lancé au galop, traversa la grand-rue à toute allure, évitant de peu la foule et un étourdi qui s'était attardé devant la buvette. La peur laissa bientôt place aux rires et aux quolibets. Tous avaient reconnu Célestin et Angèle. Tous, y compris les occupants de la tribune officielle...

La fiancée éconduite se dressa d'un bond, les joues teintées d'humiliation. Sans un regard pour le pauvre marquis, elle siffla à son père :

— Je veux que cette misérable disparaisse de ma vie, tu entends !

— Sois tranquille, ma chère enfant, j'y veillerai.

Ils s'en allèrent, la tête aussi haute qu'à leur arrivée... mais le pas plus pressé. Le marquis les suivit jusqu'à l'auto.

— Tout cela n'est qu'un fâcheux malentendu. Nous trouverons une solution, vous verrez

— Je ne savais pas que vous donniez dans le vulgaire, marquis, riposta le notable. Quelle humiliation ! C'est d'une lourderie sans nom !

Les spectateurs prêtèrent peu d'attention à la carreto ramado *quand celle-ci traversa le village, tant la scène qui se déroulait de l'autre côté de la place accaparait tous leurs commérages. Léon, le malheureux* baïle *de l'année, en fut un peu peiné. De toute façon, rien n'était plus comme avant depuis Verdun et ses tranchées...*

LIVRE PREMIER

I

Montmajour. L'abbaye semblait guetter le retour de Gabrielle derrière son rideau de pins d'Alep, comme alertée par le chant des cigales qui se chargeaient d'annoncer son arrivée. Une voiture longea l'enceinte de l'édifice.

— Je te salue, vénérable gardienne, déclara la conductrice en souvenir d'une tradition instaurée par son père. Toi qui veilles depuis dix siècles sur l'entrée de ton royaume, nous te prêtons allégeance.

Sur ces derniers mots, elle jeta un rapide coup d'œil en direction de Tristan. L'adolescent assis à ses côtés ne semblait guère enclin à entrer dans son jeu. Silencieux, c'est à peine s'il avait adressé la parole à sa mère depuis qu'ils avaient quitté Lyon, en fin d'après-midi. N'y tenant plus, Gabrielle stoppa brusquement la voiture au bord de la départementale.

— Oh non, m'man ! protesta l'adolescent. Tu ne vas pas encore me faire le coup de vouloir me faire respirer les parfums de ta chère Provence ?

— Non, rassure-toi ! gronda-t-elle. En revanche, je pense que je mérite une petite explication. Loin de moi l'idée de vouloir m'immiscer dans ta vie, mais j'ai quand même le droit de savoir pourquoi tu te montres aussi distant depuis tout à l'heure. J'ai fait ou dit quelque chose qui t'aurait blessé ?

— Laisse tomber, lâcha-t-il en sortant du 4 × 4.

Gabrielle n'en revenait pas. Jamais son fils ne lui avait parlé de la sorte. Elle le rejoignit près d'un gros rocher sur lequel il s'était assis.

— Quoi ? s'écria Tristan.

Mains jointes posées sur ses genoux, Gabrielle cherchait comment engager la conversation. Avec son propre fils ! Un comble ! Une foule de questions affluaient sans qu'aucune d'elles ne trouve grâce à ses yeux. Sans savoir pourquoi, elle se souvint soudain de leur arrivée ici trois ans plus tôt. Ils s'étaient arrêtés presque au même endroit. Gabrielle avait décidé de quitter Lyon, le domaine de Fontenay et toute sa belle-famille pour prendre son destin en main à la suite de la mort tragique de Laurent, son premier mari. Elle avait alors choisi de descendre le Rhône et de retourner sur la terre de ses ancêtres, le seul endroit où elle se sentait réellement à sa place. Le seul, aussi, où son cœur s'emballait, où chaque fibre de son être vibrait dans ce paysage au parfum de garrigue, écrasé de soleil sous la douce mélodie des cigales...

Ce jour-là, lorsqu'elle avait franchi la porte de Montmajour, elle avait ressenti le besoin de partager cet instant avec son fils. Trois ans déjà... et Tristan avait bien changé. Bien sûr, leur retour ici n'avait pas été de tout repos et le jeune garçon en avait souffert, mais ils avaient malgré tout partagé de bons moments ensemble, et elle avait pensé qu'il s'était fait à cette nouvelle existence. Aujourd'hui, elle doutait d'avoir fait le bon choix.

Gabrielle posa sur son fils un regard tendre et mélancolique à la fois. Dieu qu'il ressemblait à son père. Le même esprit frondeur, les mêmes emportements, les mêmes yeux aussi.

— Que se passe-t-il ? lui demanda-t-elle d'une voix douce. Tu n'es pas heureux de rentrer à Lou Triadou ?

— Mais si...

— Alors ? Qu'est-ce qu'il y a, là, ajouta-t-elle en pointant son index sur le front de Tristan, puis sur son cœur.

— J'sais pas ! Sans doute la fin des vacances et la rentrée qui arrive.

— Toute chose a une fin, tu sais. Et puis, dès les prochains congés, tu pourras retourner à Fontenay. Je suis certaine que ta grand-mère et ton oncle en seraient ravis.

— Mouais…

Son portable vibra avant qu'il ne puisse terminer sa phrase.

— Très bien, on arrive, conclut-il, avant d'ajouter à l'attention de sa mère : C'est Selim. Il t'attend au Laetitia.

— Très bien. Allons-y.

Le ruban sinueux de la départementale se perdait au détour d'une côte pour réapparaître dans la descente, près des premières maisons du village. L'odeur saturée de thym et de romarin ravigotait les narines autant qu'elle embaumait le cœur. Gabrielle aurait croqué à pleines dents ce retour aux sources aussi savoureux qu'un abricot gorgé de soleil. Elle aimait se retrouver dans ce cadre délicieux, où la vie est si simple et si paisible.

Elle emprunta la route des Baux pour gagner les vignes plus rapidement. Là, sur la terre rougie par la bauxite, les rangs de cabernet et de grenache attendaient le moment où débuterait la vendange. « Encore une semaine, deux tout au plus », se dit Gabrielle, se réjouissant du temps sec de ces dernières semaines, mais redoutant qu'il se mette à pleuvoir.

Elle avait vu le jour au milieu de ce vignoble des Alpilles une quarantaine d'années plus tôt. Son père lui avait enseigné les rudiments du métier ainsi que le petit supplément d'âme qui lie à jamais un vigneron à sa terre. C'est ainsi que, tout naturellement, Gabrielle avait épousé cette profession. À la mort de son père, elle était partie vivre chez son oncle Antoine, dans le Beaujolais. Quand le hasard avait voulu que son regard croise celui de Laurent Lambert-Duval, le fils cadet de leurs illustres voisins. Ce même hasard l'avait conduite, des années plus tard, à racheter le mas de son enfance après le décès du père de Tristan. Bien sûr, tout n'avait pas été idyllique. Elle avait même dû faire preuve de beaucoup de ténacité pour accrocher ses rêves à une étoile. Mais au bout du compte, elle ne regrettait rien. Et sa vie, aujourd'hui, avait un sens.

Un sentier apparut bientôt entre deux alignements de vignes, signalé seulement par une planche taillée en pointe sur laquelle se dessinait le nom de la propriété : Mas de Lou Triadou.

Le 4 × 4 négocia le virage en souplesse avant de disparaître dans un nuage de poussière. Au bout du chemin, trois énormes cyprès offraient leur bonhomie ventrue devant un mur de pierre sèche. L'entrée de la propriété, cernée par deux pilastres recouverts de lierre, ouvrait grand ses vantaux sur une cour intérieure. Là, poteries vernissées, massifs de fleurs et plantes aromatiques distillaient leurs parfums jusqu'au vieux puits, à l'ombre d'un figuier centenaire.

Le mas semblait sortir de la nuit des temps. Adossée au pied du mont Paon, cette bâtisse agricole avait vu le jour au XVIIIe siècle. À l'époque, elle ne comptait qu'une seule pièce, puis, au fil des générations, elle s'était agrandie de quelques corps de bâtiment dont les murs en pierre brute du pays, avec leur bon mètre d'épaisseur, faisaient le dos rond au mistral. D'étroites fenêtres s'ourlaient à présent de jolies persiennes au doux gris Trianon, et la treille, pour sa part, contenait en un désordre savamment organisé une généreuse glycine, véritable paradis pour les abeilles.

Gabrielle déposa les affaires et demanda à Tristan de bien vouloir les montrer pendant qu'elle se rendrait au Laetitia. L'adolescent se résigna en poussant un profond soupir de mécontentement.

— À mon retour, je veux que nous ayons une conversation tous les deux, lâcha-t-elle d'un ton calme mais résolu.

— Ouais, ouais, acquiesça Tristan sans même se retourner. Et il partit monter ses bagages dans sa chambre.

Bien résolue à éclaircir certains points avec son fils, Gabrielle le quitta l'esprit contrarié. Elle choisit de se rendre au village par le chemin des vignes afin de confirmer son rapide diagnostic de tout à l'heure. Dès qu'elle aperçut les premiers alignements de raisin, elle se sentit apaisée. Bien sûr, le choix d'un tel itinéraire trouvait une explication beaucoup plus affective que professionnelle. C'était un besoin, comparable à celui d'une mère qui serait restée éloignée trop longtemps de son enfant. Gabrielle vouait à ce vignoble un amour incommensurable.

Son regard s'attarda sur les baies de cabernet déjà charnues. Elle s'avança vers la jeune parcelle pour constater l'état phytosanitaire des feuilles comme on prendrait la tension. Deux ans plus tôt, ces quelques arpents n'étaient qu'un champ de ruines. Gabrielle avait cru ne jamais pouvoir s'en relever. Chaque cep avait dû être arraché, puis brûlé afin de détruire toute trace de phytoplasme, une maladie cryptogamique engendrée par les cicadelles vertes, de charmantes petites bêtes qu'avait introduites sa redoutable voisine, Victoire de Montauban, dans le seul but de récupérer Lou Triadou… Mais ce n'étaient plus que des mauvais souvenirs…

Pour l'heure, le cabernet mûrissait paisiblement. Rien d'alarmant non plus sur la dernière parcelle plantée en syrah. D'un geste vif, Gabrielle prit soin de tester la qualité du palissage. Les piquets plantés profond assuraient une parfaite tension des fils de fer. Les jeunes sarments récemment attachés s'épanouissaient sans que leurs feuilles étouffent les grappes. Ainsi, le raisin profitait mieux du soleil. La vendange s'annonçait sous de très bons auspices. Le seul danger viendrait du ciel, car la pluie pourrait retarder ou abîmer la récolte. Et si elle devenait abondante, surtout après la chaleur sèche de ces derniers jours, il pourrait se développer…

« Arrête un peu d'imaginer toujours le pire, se dit Gabrielle. Selim a dû traiter. »

Selim…

Elle était tombée amoureuse de lui presque instantanément. Avant même de le rencontrer, elle avait remarqué son travail ici. À l'époque, il n'était qu'un simple employé. Celui que la vie avait chargé dès la naissance d'une culture trop souvent rejetée avait reporté tout son amour sur ces sept hectares qu'il avait fidèlement travaillés, méticuleusement entretenus, soigneusement nettoyés. Seul un homme bon et généreux pouvait travailler ainsi.

Gabrielle se souviendrait toujours de l'instant où leurs regards s'étaient croisés, trois ans plus tôt, dans la cour de Lou Triadou. C'était le jour de la mise aux enchères du domaine. Elle avait été immédiatement captivée. Sans savoir pourquoi, elle avait détaillé cet inconnu qui dégageait tant de force et de virilité. Cet homme solide comme un roc, avec son teint mat, ses cheveux drus et ses traits réguliers taillés à la serpe, l'avait tout simplement fascinée.

« Arrête de le regarder comme ça », lui avait alors soufflé une voix intérieure.

Mais il était déjà trop tard ! Il avait tourné les yeux vers elle.

Gabrielle s'était alors sentie comme prise en défaut, incapable de se détacher de ce regard si profond. Un regard azur plein de douceur et d'inquiétude qui contrastait singulièrement avec la rudesse du visage, un regard d'homme blessé que la vie n'avait pas épargné. Sur le moment, elle avait voulu ignorer la nature de cette attirance. Veuve depuis cinq ans d'un homme qu'elle avait vraiment aimé, elle se sentait totalement incapable de vivre de nouveau une telle relation. Et pourtant, l'amour était venu frapper à sa porte…

Plus tard, quand elle avait pris conscience qu'elle ne pourrait combattre sur tous les fronts, elle avait décidé de faire appel à lui. À l'époque, Selim rêvait de racheter l'exploitation dans laquelle il avait travaillé pendant quinze ans. Ils avaient trouvé un compromis et s'étaient associés à parts égales. Ils avaient uni leurs talents réciproques, lui la viticulture, elle la vinification.

Petit à petit, ils avaient appris à se connaître, se découvrant des points communs, et ce qui était apparu comme une évidence pour leur entourage s'était révélé beaucoup plus tard et de façon éclatante à leurs yeux : ils s'aimaient éperdument. Les aléas de la vie, avec leurs lots de difficultés à surmonter, n'avaient pas tardé à les rattraper. Le destin, conduit d'une main experte par la machiavélique Victoire de Montauban, s'était acharné sur eux durant toute l'année qui avait suivi le rachat du domaine. Mais rien ne les avait détournés de leur but. Ils avaient maintenu le cap, plus forts, plus proches l'un de l'autre chaque jour.

Gabrielle descendit la rue du Lion en direction du Laetitia. Sur la place du village, le temps semblait s'être arrêté. Quelques inconditionnels taquinaient le cochonnet sur le court de pétanque tandis que d'autres prolongeaient leur sieste, au frais, derrière leurs persiennes entrebâillées. Il y avait ici quelque chose d'immuable, de rassurant. De neuf aussi, quand la lumière poussée par le mistral venait entièrement repeindre le décor. Le clocher sonna la demie de cinq heures. Gabrielle traversa la place en direction du Laetitia. Depuis de nombreuses années, les plus importantes décisions municipales se prenaient toujours dans cet hôtel-bar-restaurant qui servait d'agora, sans doute par survivance du passé hellénistique de la vallée. C'est aussi pour cette raison que son propriétaire était régulièrement réélu maire du village…

Pour l'heure, la conversation tournerait certainement autour du terrible incendie qui avait ravagé une bonne partie du massif des Alpilles quelques semaines plus tôt, et où bon nombre de propriétés limitrophes avaient été touchées. Quelques-unes, même, très sérieusement. Dans quelques secondes, Gabrielle en saurait davantage. Elle entra dans le café.

— Oh, coquin de sort ! s'écria Élie dès qu'il la vit.

Puis, s'extirpant avec difficulté de derrière son zinc, môssieur Élie vint à sa rencontre, ouvrant généreusement ses grands bras pour l'accueillir.

— Notre pitchoune est de retour !

Élie Cesari, le maire du village, épicurien et ami de son père, personnage haut en couleur, semblait échappé d'un roman de Pagnol et dissimulait, sous une apparence gargantuesque, un cœur en or plus gros encore.

— Te voilà revenue de chez les Ly-o-nnais ! s'exclama-t-il de sa grosse voix chantante.

— Oui. Et ça fait plaisir de revenir chez soi.

— À la bonne heure !

Puis, sur le ton de la confidence, il ajouta tout bas :

— Tu nous as beaucoup manqué, tu sais.

— Confidence pour confidence… toi aussi, avoua-t-elle avant de l'embrasser.

— Té, je crois que tu as manqué encore plus à un certain monsieur.

D'un signe du chef, il jeta un regard par-dessus ses lunettes en direction de Selim, qui était attablé dans le fond de la salle.

Gabrielle s'approcha. Selim tourna la tête et lui sourit instantanément dès qu'il la vit.

— Comme tu m'as manqué, reconnut-elle en se jetant dans ses bras.

— Toi aussi. Cette semaine m'a paru durer une éternité.

C'était la première fois qu'ils se séparaient aussi longtemps.

Gabrielle avait profité des congés de Tristan pour monter quelques jours chez les Lambert-Duval. Malgré quelques différends qui les avaient éloignés un temps après le décès de Laurent, ils s'étaient finalement réconciliés. Quand Gabrielle leur avait annoncé son intention de se remarier avec Selim, les Lambert-Duval avaient été les premiers à s'en réjouir. Les trois générations s'étaient déplacées pour le mariage. Par la suite, ils avaient reçu Selim à Fontenay, chez eux, où ils l'avaient traité comme l'un des leurs. Aujourd'hui, Gabrielle occupait à nouveau une place légitime dans leur famille.

— As-tu fait bon voyage, lui demanda Selim en l'entraînant vers deux visages familiers, Lucien Fourcade, le libraire, et Alphonse Espic, le primeur, que le village tout entier appelait Phonse.

— Té, qui nous revoilà ? lança le premier, du soleil dans le regard.

— Oh, fan ! Notre petitoune, ajouta le second.

Gabrielle fut heureuse de constater que, depuis un peu plus d'un an, Phonse adressait à nouveau la parole à Selim. Selim avait été le gendre du primeur. Ce dernier n'avait pas admis que sa fille unique épouse un homme tel que lui. Phonse n'avait rien contre lui personnellement, rien... si ce n'est des préjugés ! Après avoir fait subir de nombreuses pressions à sa fille, dont quelques tentatives de chantage, il l'avait reniée. Trop orgueilleux pour admettre son erreur, ou pour seulement donner une chance à son gendre, il avait campé sur ses positions. Mais voilà, un jour, sa petite était morte d'une méningite. Phonse n'avait jamais pu faire la paix avec elle, et il avait tenu Selim pour responsable. Sa colère s'était alors transformée en véritable haine contre cet étranger qui avait déshonoré son nom, et il avait tout fait pour qu'il s'en aille. Selim avait fait preuve d'une patience rare. Profondément blessé d'avoir perdu sa femme, qu'il avait aimée tendrement, il s'était replié dans les vignes de Lou Triadou et s'était arrangé pour éviter Phonse. Non pas qu'il lui en ait voulu, mais par respect pour le vieux primeur.

— Alors, messieurs, quelles sont les nouvelles ? lança Gabrielle.

Les mines s'assombrirent autour d'elle. Selim prit la main délicate de sa femme entre les siennes.

— Tous les vignerons de la vallée ont reçu une lettre de la compagnie d'assurances.

— Et ?

— Ils disent qu'avec le contrat que nous avons souscrit, nous ne serons que partiellement indemmnisés.

— Quoi ? Qu'est-ce que c'est que cette mascarade ?

Les dévisageant les uns après les autres, elle leur demanda s'ils plaisantaient. Élie s'installa à califourchon sur une chaise.

— La municipalité a déjà demandé à être classée « zone sinistrée suite à une catastrophe naturelle », insista-t-il, ponctuant son discours d'un geste du tranchant de la main.

— Dans ce cas, ne devrions-nous pas obtenir des aides de l'État ? lança Gabrielle.

— Oui. Mais cela peut être long, ajouta Lucien, le libraire. Après tout, c'est aux assurances de payer.

— Parce que tu crois, pôvre fada, qu'ils en ont quelque chose à faire, s'écria Phonse en colère.

— Bé, qui ne tente rien…

— Fadaises, tout ça ! Ce sont des estrangers qui sont derrière. Des Parisiens, pire même… des Amerlocs et leurs fonds de pension ! Tu parles, t'es pas près de voir un centime. Souviens-toi de Biotech, il y a deux ans.

Un silence de mort s'abattit dans le café. Élie baissa le regard, peiné. En tant que maire, il se sentait coupable d'avoir cédé à cette usine de bouchons qui avait mis en concurrence plusieurs municipalités afin d'obtenir le plus beau site en échange de nombreux emplois. Fontvieille s'était mis sur les rangs, épaulé par le préfet de l'époque qui n'était autre que le fils de Victoire de Montauban. Le résultat avait été un véritable gouffre financier. Ils s'étaient retrouvés avec des locaux flambant neufs, et personne à installer dedans…

Une fois de plus, Gabrielle joua les médiatrices, suggérant que les vignerons concernés se réunissent très vite et dépêchent l'un des leurs pour les représenter face aux compagnies d'assurances. Et dans le cas où personne ne les suivrait, ils alerteraient les médias.

— De toute façon, reprit Lucien, il va nous falloir des fonds considérables pour nettoyer et reboiser le massif.

— Sûr ! Avé l'ouverture de la chasse qui approche, enchaîna Phonse, le gibier va migrer.

— Je sais bien, rassura Élie. Mais en ce qui concerne le massif, ce ne sera pas à notre charge.

— Oh, pécaïre ! reprit le primeur, on n'est pas près de voir la plus petite pousse de myrte.

Élie se dandinait sur sa chaise. Soudain, n'y tenant plus, il proposa de servir à tous un petit en-cas. Il alla chercher une belle fougasse et un pichet. Après avoir découpé le pain, il versa un filet d'huile d'olive ambrée sur la mie généreuse et en tendit un morceau à Gabrielle.

— Qu'est-ce que tu en dis, ma filleule ? Ça, c'est de la bonne picholine de notre vallée.

— Un régal, Élie. Un ré-gal !

Ils essayaient toujours de trouver une solution à leur problème quand Frida, la femme du propriétaire des lieux, vint leur annoncer que Mamette se trouvait au plus mal.

Mamette, compagne inséparable des trois papés et de Pierre Delmas, le père de Gabrielle. Pendant l'Occupation, toute la bande s'était engagée dans le maquis. Mamette et Pierre, qui avaient démasqué une taupe dans leur réseau, n'avaient eu hélas aucune preuve à l'époque pour confondre le traître. Et en 1973, quand Mamette retrouva sa trace, elle avait révélé sa découverte à son ancien compagnon d'infortune. C'est au cours de cette nuit tragique que Pierre fut assassiné. Quant à Mamette, le seul témoin, elle avait été victime d'un très grave accident qui l'avait laissée handicapée à vie. La pauvre femme avait végété dans une maison spécialisée pendant trente longues années avant que Gabrielle, trois ans plus tôt, ne vienne l'en sortir. Dès lors, les deux femmes étaient restées très proches.

Gabrielle se leva d'un bond. Elle traversa la place en direction de la petite maison aux volets fermés où habitait Mamette. Une aide-soignante vint lui ouvrir sitôt qu'elle la vit.

— Bonjour. Vous arrivez à temps car je crois que cette fois, c'est la fin.

En pénétrant dans la chambre, Gabrielle aperçut dans la pénombre la vieille femme, plus blanche que ses draps, qui respirait avec peine. Malgré tout, un léger sourire se dessina sur ses lèvres déshydratées lorsqu'elle vit son amie.

— Je suis heureuse de te voir une dernière fois, ma petite.

Gabrielle sourit et l'embrassa.

— Moi aussi. Mais ce ne sera pas la dernière fois, croyez-moi, murmura-t-elle.

— Allons, allons. Nous le savons toutes les deux. À quoi bon nous mentir ?

Agonisante, elle semblait s'accrocher à la vie pour se donner le temps de dire tout ce qu'elle avait sur le cœur.

— Je te suis infiniment reconnaissante de m'avoir sortie de l'hospice, ma petite. Grâce à toi, mes dernières années auront été heureuses.

— C'est bien normal, non ?

— Puis-je te demander une dernière faveur, s'il te plaît ?

— Bien sûr.

— Veux-tu dire à ma petite sœur Fanette que je ne lui en veux pas et que je comprends son choix.

Devant le regard interrogateur de Gabrielle, la vieille femme ajouta :

— Elle comprendra.

La garde-malade se manifesta sur le seuil de la porte. D'un signe discret de la tête, elle invita Gabrielle à se retirer.

— Il faut qu'elle se repose, maintenant.

— Très bien. Prévenez-moi s'il y a quoi que ce soit.

Puis, revenant sur ses pas, elle ajouta :

— J'ignorais qu'elle avait une sœur. Savez-vous où elle se trouve ?

— Non, pas vraiment. Je crois qu'elle habite à l'étranger.

De retour au Laetitia, Gabrielle révéla le bien triste état dans lequel se trouvait Mamette. Lucien se signa, tandis qu'Élie lâcha un triste « peuchère ».

Selim se leva, prêt à rentrer avec elle à Lou Triadou. Sur le pas de la porte, Gabrielle revint sur ses pas, se rappelant soudain les derniers mots de la vieille femme.

— Je ne savais pas que Mamette avait une sœur plus jeune.

Cette phrase claqua dans la salle où un silence de plomb appesantit l'atmosphère. Élie épousseta quelques miettes de pain devant lui, Lucien fixa la pendule. Quant à Phonse, tout aussi silencieux, il masqua son embarras en baissant la tête.

— Juste avant de sortir, poursuivit Gabrielle, elle a ajouté qu'elle ne lui en voulait plus et qu'elle comprenait les raisons de son choix.

Face à elle, c'est à peine si les trois hommes osaient respirer.

— Je vois, ricana Gabrielle devant cette étrange attitude qu'elle leur connaissait si bien. Vous avez décidé de ne rien me dire, n'est-ce pas ? Vous ne savez rien, bien sûr. Pas plus qui elle est que où elle est.

Sans vraiment la regarder en face, Élie haussa les épaules en signe d'impuissance.

— Très bien, se piqua la jeune femme. Je comprends qu'il est inutile de compter sur vous pour respecter les dernières volontés de Mamette.

Sur ces mots, elle sortit saluer ses amis. Selim la rattrapa un peu plus loin. Gabrielle fulminait. Depuis toujours, elle détestait les secrets. Toute sa vie, elle avait combattu ces mauvaises herbes. Franche et entière, elle ne dissimulait jamais rien. L'expérience lui avait appris qu'il valait mieux parfois assumer ses choix ou ses actes que les taire, au risque de blesser des innocents.

— Attends ! s'écria-t-il. S'il te plaît.

La jeune femme interrompit une seconde sa course avant d'exploser. Selim la trouvait plus désirable encore quand elle était en colère. Ses joues s'étaient teintes d'un joli incarnat. Impulsive, parfois volcanique, cette belle Provençale suivait le chemin de son cœur en toutes circonstances.

— Tu as bien vu leurs têtes, hein ? s'écria-t-elle au bas de la rue du Lion, un doigt accusateur pointé en direction du Laetitia. Ils recommencent ! Comme il y a deux ans, quand ils ne voulaient pas me parler du rôle de Mamette pendant l'Occupation.

— Je sais.

— Non mais c'est pas vrai, fulminait-elle. Tu ne vas pas me dire qu'ils ne cachent pas quelque chose, hein ?

— Sans doute.

— Mais qu'est-ce qu'on va encore découvrir cette fois-ci ? Ils peuvent encore dormir avec tous ces secrets ?

Tout en parlant, Gabrielle avait repris sa marche frénétique en direction du mas. Ce n'est qu'au bout de quelques mètres qu'elle s'aperçut qu'elle pestait toute seule. Elle se retourna. Selim se tenait en retrait, un sourire amusé aux lèvres. Et, comme si un coup de mistral venait de balayer sa colère, elle revint près de lui, presque coupable.

— Pardon, fit-elle, câline. Avec tout ça, je me rends compte que je ne t'ai même pas dit bonjour.

Selim ouvrit grand ses bras, comme il savait le faire chaque fois que Gabrielle en ressentait le besoin. Elle vint s'y lover, soudain heureuse et confiante.

— Je t'aime.

Il la serra plus fort, animé par le même sentiment.

En chemin, ils évoquèrent le délicat sujet des indemnités de l'assurance qui risquait de compliquer beaucoup plus leurs projets d'avenir. Certes, aucune perte n'avait été à déplorer sur la seule propriété de Lou Triadou. Mais la situation n'était pas du tout la même du côté de l'énorme et glorieux équipage voisin…

Pendant de nombreuses années, le tout-puissant Montauban avait bénéficié de l'apport qualitatif des vendanges de Lou Triadou, jusqu'à son rachat par Gabrielle et Selim. Les deux nouveaux propriétaires avaient mis fin à cet accord pour prendre leur indépendance. Criblé de dettes et privé des meilleurs raisins de la région pourtant essentiels à leurs assemblages, le navire sombrait chaque jour un peu plus. Aussi, quand Béatrice Lescure vint à succéder à Victoire à la tête d'un Montauban au bord du gouffre, elle avait été inspirée en s'associant avec ce « petit » voisin, si vital à son équilibre. Dès lors, les destins des deux terres avaient été liés de nouveau, mais l'incendie de cet été et les deux derniers bilans, catastrophiques, avaient plombé cette belle espérance…

Arrivée au mas, Gabrielle fut prise d'une rage folle. La plupart des sacs se trouvaient toujours au pied de l'escalier qui menait aux chambres.

— Ah non ! siffla-t-elle. Cette fois, il va m'entendre.

Devant le regard interrogateur de Selim, elle ajouta, comme pour justifier ce nouvel emportement :

— Je ne sais pas ce qu'il a en ce moment, mais il n'écoute rien. Il fait la tête à tout bout de champ et passe son temps à me répondre comme si j'étais la dernière des imbéciles. Je dois absolument avoir une discussion avec lui, je t'assure !

— Tu as raison. Mais je ne sais pas si la colère est la meilleure façon d'ouvrir le dialogue avec lui.

— Et alors ? Je ne dois rien dire ? Il a tout de même quinze ans. Et ce n'est pas le travail que nous lui demandons qui va l'harasser, non ? Tant qu'il vivra sous notre toit, il suivra certaines règles. À commencer par celle d'accepter de ne pas toujours se faire servir.

— L'adolescence est une période ingrate. Dis-toi qu'en le braquant, tu n'obtiendras rien de lui. Va te reposer. Je m'en occupe.

Dans la salle du Laetitia à présent fermée, seuls restaient les trois papés. L'expression grave de leurs visages ne trahissait que partiellement leur état d'esprit. Ils se taisaient, trop ennuyés par ce qu'ils avaient entendu. Élie essuyait les derniers verres, posant un regard critique sur ses deux plus fidèles amis, observant les rares œillades que se lançaient à présent le primeur et le libraire. Des lances à la pointe de plus en plus acérée. Bien plus qu'une simple querelle de bistrot, une vieille, très vieille rivalité les replaçait quelques années en arrière.

Le temps avait beau passer, Élie devait se rendre à l'évidence, l'érosion ne touchait pas le cœur des hommes sous le grand soleil du midi.

II

À l'approche des vendanges, la citadelle des Baux offrait un spectacle de désolation. Il ne restait rien de l'écrin de verdure, sinon quelques rares troncs calcinés çà et là, une croûte de charbon craquelée où s'étiraient jadis de somptueux pins d'Alep et de nombreux chênes kermès. Sur le sol, recouvert par les résidus de cistes et de genévriers, seuls quelques rochers maculés de suif trônaient comme autant d'urnes funéraires. Jamais le Val d'Enfer n'avait mieux porté son nom.

L'incendie était survenu quelques mois plus tôt. La sécheresse avait ravivé l'odeur des aiguilles de pin dans les sous-bois, et le mistral avait chassé les nuages par-delà la ligne de crête des Alpilles. Soumise, la végétation avait enduré les assauts de chaleur d'un après-midi paisible de juillet, attendant avec résignation le coucher de soleil afin de puiser la force, dans la fraîcheur de la nuit, qui lui permettrait d'affronter la nouvelle canicule annoncée pour le lendemain. Sur les contreforts, la terre s'était ridée, complètement asséchée.

Et tout à coup, ce fut le drame. Il avait suffi d'un malheureux mégot de cigarette jeté d'une voiture, un geste stupide, et en moins de deux heures, des hectares de garrigue s'étaient consummés en un gigantesque brasier et les flammes avaient ravagé sur leur passage les collines environnantes. Attisé par le mistral, le feu avait tout dévoré, et la citadelle des Baux s'était retrouvée au centre d'un immense bûcher. Les oiseaux avaient fui à tire-d'aile, tout comme le gibier qui, paniqué, avait détalé quand le ciel s'était assombri, envahi par une épaisse fumée. À grand renfort de Canadair, les pompiers avaient bombardé la zone sinistrée pendant près de deux jours pour venir à bout de cet enfer.

Lorsque le voile opaque s'était dissipé, les habitants de la vallée avaient pu prendre conscience de ce qu'ils venaient de vivre. L'incendie avait dessiné clairement le territoire qu'il venait de conquérir jusqu'aux limites du village, plus bas dans la vallée. Certaines exploitations avaient dû être évacuées en urgence au cours de la nuit. Abattus, les propriétaires avaient assisté, impuissants, à l'anéantissement de toute une vie de travail.

Au fil des semaines, les collines avaient pansé leurs plaies et, à l'approche des vendanges, quelques pousses tentaient par-ci par-là de reconquérir cet espace de ténèbres. Un espoir fragile, certes, mais un espoir tout de même…

Après l'occupation deux semaines durant du domaine pour les besoins d'une série télé, l'équipe de tournage venait de plier bagage. C'est avec plaisir que le domaine de Montauban voyait s'éloigner le dernier fourgon de la production. Pelouses piétinées et détritus témoignaient encore de leur récent passage. Béatrice Lescure était complètement découragée devant la corvée de nettoyage qui l'attendait. Assise sur un coin de table, elle établissait mentalement l'ordre des priorités. L'ampleur de la tâche à accomplir lui sembla insurmontable. Par moments, elle s'en voulait terriblement d'avoir accepté de gérer un tel domaine.

— De la pure folie, ironisa-t-elle.

Deux ans plus tôt, une terrible explosion avait ravagé le bâtiment principal du château. De nombreuses victimes avaient été extraites des décombres, dont Armand, son mari, et Isabelle, la jeune épouse de son fils Maxime. Concernant Victoire, sa belle-mère, Béatrice, pourtant accablée, avait estimé que sa situation était pire. Car si la redoutable marquise de Montauban n'avait pas péri dans l'accident, elle avait perdu l'usage de ses jambes. Pourtant, si ce drame était arrivé, Victoire en avait bien été la principale responsable. Sans ses manigances et son acharnement à vouloir récupérer à tout prix Lou Triadou, rien ne serait arrivé.

Contre toute attente, Béatrice avait pris le relais, autant par défi que par résignation. Fille d'un riche propriétaire bordelais, elle avait grandi dans l'univers du vin. Œnologue confirmée, c'est elle qui, avant le drame, mettait au point les assemblages pour le domaine, le seul rôle qu'on avait bien voulu lui octroyer. Car au château, comme pour tout ce qui concernait les décisions importantes de la famille, elle avait dû se soumettre aux volontés de sa belle-mère. Pendant des années, elle avait détesté Montauban. Elle n'avait été ici qu'une pièce rapportée, un trophée de plus que la famille collectionnait, totalement isolée dans cette lignée que les liens cimentaient et qui contrôlait toute la region. Chaque jour, elle avait dû tenir la tête droite et ravaler ses larmes afin de poursuivre sa course dignement. D'une certaine façon, Montauban avait été son sanctuaire.

Douce et un peu naïve, Béatrice était tombée follement amoureuse d'Armand dès leur première rencontre. Il faut dire que l'héritier des Montauban représentait le parti idéal. Doté d'une très belle terre, soutenu par de puissants alliés, il était promis à un bel avenir dans les plus hautes sphères de l'État. Mais Armand ne l'aimait pas, et il le prouva très vite en entretenant de fréquentes relations extraconjugales. De plus, c'était un homme faible et soumis, manipulé par sa mère qui, inlassablement, le tenait sous sa coupe en lui imposant l'image écrasante d'un père qu'il vénérait comme un dieu vivant.

Deux enfants étaient nés de cette union désastreuse, Maxime, puis Ludivine. Mais Béatrice comprit rapidement que le rôle qu'on lui avait assigné consistait à donner des héririers à Montauban et à s'occuper de leur éducation. Béatrice apprit donc à se taire et à répondre parfaitement à ce qu'on attendait d'elle, acquiesçant aux décisions de sa belle-mère et s'effaçant devant son brillant mari.

Sans l'amitié de Gabrielle et de Selim, elle n'aurait sans doute pas surmonté cette épreuve. Tout comme l'année suivante, alors que Montauban était au bord du gouffre financier, lorsqu'ils lui proposèrent de s'associer avec eux avant qu'elle ne s'apprête à prendre la décision irréversible de tout vendre, ce qui aurait constitué un nouvel échec dans sa vie.

Armée de courage, Béatrice alla chercher une brouette et des gants afin de nettoyer la terrasse principale de tous les mégots et les papiers qui jonchaient le sol. Elle terminait de ratisser quand la voiture de son avocat se gara devant le perron.

— Simon, le salua-t-elle d'un sourire radieux, vous venez me prêter main-forte ?

— N'ai-je pas la tenue adéquate ? plaisanta Me Robin en pointant son index sur son costume trois pièces à la coupe impeccable.

Son expression devint plus grave à la vue des détritus.

— Je ne sais pas si c'est une si bonne idée de louer la propriété pour des tournages de films, ajouta-t-il. Quand on voit le chantier qu'ils ont laissé, mieux vaudrait peut-être vous en tenir à des séminaires ou à des mariages.

Béatrice plongea une main dans la poche de son tablier pour en ressortir un chèque.

— Regardez plutôt, déclara-t-elle triomphante. Dites-moi maintenant si mon idée est aussi saugrenue que cela.

L'avocat lut le montant et marqua un temps d'arrêt.

— Je vois que vous êtes une redoutable femme d'affaires, reconnut-il.

— Merci, lança-t-elle, mutine, avant de reprendre son râteau. Venant de vous, je le prends pour un compliment.

Béatrice s'affairait à nouveau. Piétinant dans son dos, Simon hésitait sur la façon d'aborder le problème délicat qu'il était venu lui soumettre.

— Puis-je vous interrompre un instant, s'il vous plaît ?

Le bruit des gravillons dans les dents métalliques du râteau s'interrompit net. Béatrice se retourna, inquiétée par la gravité de la voix, puis invita son avocat à poursuivre.

— Je vais aller droit au but, Béatrice. Les comptes ne sont pas bons du tout.

— Ce n'est guère une surprise, lui répondit-elle en levant les yeux au ciel.

Simon brossa alors un rapide tableau de la situation. Les dépenses engagées pour la reconstruction du bâtiment principal avaient été bien supérieures aux maigres indemnités versées par la compagnie d'assurances. Béatrice avait dû ensuite redistribuer certaines terres à des propriétaires de la vallée que Victoire avait dépossédés. Et l'incendie de cet été avait complètement ravagé les chais et détruit une immense parcelle située au nord de Montauban. Si de nombreux fûts avaient pu être transportés à temps à Lou Triadou, la cave n'était toujours pas opérationnelle, à quelques semaines des vendanges.

— Où comptez-vous entreposer la nouvelle récolte ? Vous n'ignorez pas que Lou Triadou est trop petit.

— Je le sais.

— Je ne vous cache pas que la situation est préoccupante à plus d'un titre.

— Soyez tranquille, s'écria Béatrice avec optimisme. Gabrielle et moi avons fait le plein de commandes auprès de nouveaux distributeurs. Nous sommes même sur le point de signer avec Alliance, la chaîne d'hôtels. Nous allons pouvoir exporter dans le monde entier ! Notre vendange est déjà vendue. Je n'avais pas vu ça depuis quinze ans !

— Je comprends et je m'en réjouis. Néanmoins...

— Néanmoins ? coupa-t-elle, soudain agacée.

Me Robin appréciait les efforts de Béatrice. Son courage et sa générosité le touchaient beaucoup mais elle ne mesurait pas vraiment les lourdes réalités qui pesaient sur ses épaules. Il essaya de se montrer le moins brutal possible.

— Je crains qu'il ne vous faille cinq à six ans avant d'équilibrer à nouveau les comptes, et encore, si la conjoncture reste aussi favorable que cette année. Vous savez à quel point le marché peut être capricieux.

— Que suggérez-vous ?

L'avocat eut un moment d'hésitation avant de relever la tête et de braquer son regard dans celui de Béatrice.

— Vendre. Tout ou une partie.

— Vendre ? Maintenant que nous touchons presque au but ?

— Je crains que vous n'ayez pas le choix, hélas. Il vous faudrait des dizaines de semaines de tournage afin d'apurer vos dettes les plus anciennes. Avec les charges, les impôts et les remboursements d'emprunts, vous allez vous enfermer dans un cercle vicieux.

— Quelle est la solution dans ce cas ? fit-elle désabusée.

— Vendre je vous dis, et réinvestir massivement. D'un coup, pour endiguer la crise une bonne fois pour toutes.

— Je vois. À moins d'un miracle... Je vais en parler à Gabrielle et à Selim.

Simon prit congé de sa cliente qui, sans plus tarder, se remit à la tâche. Béatrice ratissait nerveusement, pestant de temps à autre contre tous ces gens sans éducation qui avaient laissé autant de saletés. Absorbée dans ses pensées, elle n'avait pas entendu s'approcher l'homme qui se tenait maintenant juste derrière elle.

— Aurais-tu besoin d'aide ? lança celui-ci d'une voix douce.

Béatrice sursauta, refrénant un cri de surprise avant de pivoter sur elle-même.

— Pardon, je ne voulais pas t'effrayer.

Dès qu'elle reconnut Olivier, elle lui sauta au cou, trop heureuse de le revoir.

III

Maxime croisa son reflet dans le miroir.

« Tu viens de commettre une belle boulette », se dit-il, maussade, tandis que ses doigts nerveux jouaient avec l'anneau qui cerclait à nouveau son annulaire gauche.

Épouser Philippine avait été une lourde erreur. Comment avait-il pu se montrer aussi irresponsable, lui qui n'avait même pas encore fait le deuil d'Isabelle ? Pendant un an, Philippine s'était montrée prévenante, attentionnée, souvent drôle même. Quand elle avait insisté pour qu'il la demande en mariage, il avait voulu croire qu'il pourrait retrouver le chemin du bonheur parcouru avec sa première femme.

Après le drame de Montauban qui avait coûté la vie à sa première épouse, Maxime était tombé dans une profonde dépression, se moquant de tout et jouant avec l'existence de façon plutôt dangereuse. Ce jeune héritier avait perdu celle qu'il aimait, ainsi que son père. Avec ce dernier, les relations avaient été houleuses, parfois tendues, et le plus souvent empreintes d'incompréhension. Maxime le maudissait pour tout le mal qu'il avait fait subir à sa mère, Béatrice. Mais la veille de sa disparition, Armand était venu lui parler. Pour la première fois de sa vie, il avait reconnu ses torts et s'était dit prêt à faire amende honorable. Pour toute réponse, Maxime l'avait chassé.

Philippine avait toujours eu des vues sur l'héritier des Montauban. Pendant un temps, ce n'avait été qu'un jeu, celui de la séduction, auquel elle s'adonnait si naturellement. Avec les encouragements de son grand-père, Louis Aymard, et surtout de Victoire, elle avait cru la partie bien engagée. Mais au moment où tout semblait définitivement acquis, l'imprévisible Maxime lui avait échappé. La fierté de Philippine, bien plus que son amour, en avait été écornée. Elle avait mis alors en marche ses petites cellules grises, ne reculant devant aucune manœuvre, pas même le chantage. Son entreprise avait même failli être couronnée de succès. Mais les sentiments sincères de Maxime avaient été les plus forts. Philippine avait dû s'écarter, jusqu'à cette tragique soirée où la situation s'était retournée à son avantage.

Tel un rapace sur sa proie, elle n'avait pas lâché prise et s'était mise en quatre pour parvenir à ses fins, jouant la carte de l'amitié et de la sensibilité plutôt que celle de la séduction. Et elle avait fait le bon choix.

— Es-tu d'attaque, lança-t-elle, radieuse, en sortant du dressing.

Maxime se contenta d'un hochement de tête pour toute réponse.

— Attends, laisse-moi t'aider, décréta-t-elle en ajustant le nœud papillon de son mari.

Le jeune marié leva la tête pendant qu'elle s'affairait, pour son plus grand plaisir.

— Je tiens à ce que mon mari soit le plus présentable possible devant grand-père. C'est une grande première pour lui. Pour nous tous, insista-t-elle.

Maxime ne releva pas. Philippine releva ses longs cheveux au-dessus de sa nuque et lui tendit le cou.

— Peux-tu remonter la fermeture de ma robe, s'il te plaît.

Maxime s'exécuta de bonne grâce. Philippine était une très belle femme. Elle le savait et pouvait obtenir tout ce qu'elle voulait des hommes. Capricieuse, manipulatrice et bien souvent autoritaire, elle avait prodigieusement agacé Maxime par le passé. À sa décharge, l'unique héritière de Louis Aymard avait été surprotégée depuis la mort accidentelle de ses parents. Ce grand-père avait veillé sur elle comme sur la prunelle de ses yeux et s'était toujours arrangé pour lui offrir ce qu'elle n'avait pas eu dans son enfance. Le problème… c'est qu'elle n'avait jamais manqué de rien depuis sa naissance.

— Collier, ordonna-t-elle sans bouger. S'il te plaît, mon chéri…

Le jeune Lescure saisit le pendentif en brillants rehaussé d'un énorme solitaire taillé en poire.

— Ça y est ? s'impatienta Philippine, tout excitée.

— Un instant, j'y suis presque.

Sans plus attendre, elle vint s'admirer devant le miroir en pied. Maxime était debout à ses côtés.

— Alors ? Qu'en dis-tu ? Ne formons-nous pas un beau couple ?

Maxime ne put rien répondre, tant il se sentait piégé par cette mascarade. Épouse-t-on une amie ?

— Tu es très en beauté, se contenta-t-il de dire.

Ils descendirent le large escalier de l'hôtel particulier des Aymard. Aussitôt rentrés de leur voyage de noces, vingt-quatre heures plus tôt, ils s'étaient installés ici, à La Commanderie. Maxime ne se sentait vraiment pas le courage de vivre à Montauban où tant de souvenirs ravivaient sa douleur. Philippine avait sauté sur l'occasion, trop heureuse de rester en ville.

Construit à la fin du XVIIIe siècle dans l'une des artères les plus calmes de Tarascon, ce luxueux hôtel particulier avait vu défiler les quatre dernières générations de la famille. Il avait connu son apogée à l'époque de la grande Constanza Berruti, la Berutti, comme la surnommaient les inconditionnels d'art lyrique, diva emblématique, mythe vivant, et sanctifiée à sa mort. Mais elle avait été avant tout une femme, une épouse et une amante. Celle de Louis Aymard. Ils avaient vécu un grand amour, jusqu'à ce que Victoire de Montauban s'en mêle… Tout, ici, respirait encore le parfum de cette grande dame. Portraits, innombrables récompenses ou témoignages d'amitié des grands de ce monde, chaque pièce lui rendait hommage.

Le couple entra dans le salon bleu, le plus intime et le préféré de Louis. Le vieil homme lisait un magazine. Son regard s'illumina à la vue de sa chère petite-fille.

— Ma petite chérie, lança-t-il avec fierté. Tu es aussi belle que ta grand-mère.

Maxime constata par lui-même la ressemblance frappante de sa femme avec la Berutti en regardant le portrait grandeur nature qui trônait sur le manteau de la cheminée.

— En plus, je vois que tu portes son collier préféré.

Philippine sourit tendrement, avant de changer de conversation.

— Grand-père, Maxime et moi nous sommes mariés.

Louis resta silencieux et considéra les deux jeunes gens. Au premier coup d'œil porté sur Maxime, il comprit que cette union relevait de l'arrangement, du coup de tête.

L'histoire de Louis Aymard était une saga à elle seule. Il était né quelques années après la fin de la Grande Guerre. Ses ancêtres, des imprimeurs sur tissu, avaient imposé au fil des siècles leur savoir-faire dans l'art de l'enluminure de carrés de coton. Leurs cotonnades s'inspiraient des « indiennes » importées par bateaux dans la cité phocéenne. Garance, rouge de l'Estérel, jaune des graines d'Avignon, vert des oliviers, cobalt des cyprès… L'engouement de la cour du Roi-Soleil pour ces toiles peintes pleines d'exotisme avait fait leur fortune. Ainsi était né le lumineux tissu provençal qu'affectionnaient tant les belles de la région…

En 1935, Louis Aymard avait hérité de cette manufacture et de ses fabuleuses traditions. Il comprit très vite quel merveilleux instrument représentait cette technique utilisée par les anciens imagiers du tissu. Tout en s'adaptant aux modes, il avait su perpétuer la tradition et faire chanter la terre de Provence. Un an plus tard, il avait fondé la marque Les Souléïades, qui était devenue l'indispensable référence de l'art de vie à la provençale. Mais en 1939, à la déclaration de guerre, la société de « maître Aymard » avait vu son fabuleux développement réduit à néant.

De leur côté, les Montauban connurent, eux aussi, les affres de plusieurs années noires. Tout d'abord la récession de 1929. Ensuite le phylloxéra, qui avait décimé les vignes en moins de deux ans. Enfin, les conséquences de l'effort de guerre qui avait privé le domaine de main-d'œuvre, la majeure partie des hommes étant partie pour le front.

Un soir d'avril, alors que des pluies diluviennes avaient emporté dans leurs flots les derniers espoirs du chef de clan, le père de Victoire prit une décision et réunit tous les membres de sa famille dans le grand salon, afin de leur annoncer la triste nouvelle :

— Nous sommes dans l'obligation financière et morale de céder le domaine.

Abandonner Montauban !

Sa jeune fille Victoire décida alors qu'elle devait agir au plus vite. Elle était allée trouver son père et l'avait persuadé de la laisser rompre ses fiançailles avec Louis Aymard. En mai 1944, elle était devenue Mme Eugène Lescure. Avec une corbeille de mariage amplement gonflée de la fortune aux origines obscures de son nouvel époux, la jeune marquise avait accompli son devoir. Elle n'avait eu aucun regret. Montauban était sauvé !

Louis Aymard s'était jeté à corps perdu dans le monde des affaires. Pour oublier. La seule chose qu'il ne parvint jamais à faire, du reste ! Les succès jalonnèrent son existence. Appelé aux quatre coins du monde, il s'était laissé griser par le tourbillon frénétique que suscitaient Les Souléïades. Lors d'un voyage d'affaires en Italie, où il avait souhaité ouvrir de nouveaux points de vente, Louis avait fait escale à Milan. Ses hôtes l'avaient convié à la Scala où la Berutti se produisait dans *Norma*, qui deviendrait son rôle fétiche. Le fondateur des Souléïades fut porté par cette voix sublime, cette interprétation époustouflante qu'on lui avait si souvent vantée. La diva calabraise l'envoûta avec sa sensualité à fleur de peau. Dès lors, il fut obsédé par l'idée de la rencontrer. Ce fut chose faite deux jours plus tard, au cours d'un cocktail mondain chez l'ambassadeur de France à Rome. Constanza Antonia Berutti fut conquise immédiatement. Pendant trois longues journées, les amoureux se volatilisèrent, au grand dam des hommes d'affaires de maître Aymard… ainsi que du mari de Constanza, son impresario.

Le lac de Côme, sa lumière azurée… C'est là, dans la suite royale du Scarlatti, qu'ils s'abandonnèrent totalement l'un à l'autre, d'où rien de ce qui faisait leur monde ne serait assez puissant pour les ramener. Cet instant volé resterait à jamais gravé dans leur mémoire.

Pendant plus d'un an, Louis ajusta son agenda sur les tournées de sa diva. Et un jour, à l'occasion d'un récital international, la Berutti s'afficha dans les sublimes tenues des Souléïades… avant de s'afficher avec leur propriétaire. Il ne se passait pas une semaine sans que la presse du monde entier ne révélât de nouveaux clichés sulfureux de ce couple mythique.

Après un divorce très médiatisé, Constanza fut enfin libre d'épouser Louis. Contrainte et forcée par son ex-mari, c'est avec joie qu'elle renonça quelque temps à la scène. Elle put s'épanouir, devenir mère et mener l'existence normale à laquelle elle avait tant aspiré. Le couple s'installa à La Commanderie. Les années passèrent, mais Victoire restait bien présente. Son ombre planait sur le couple comme un oiseau de mauvais augure. C'est à cette période qu'une proposition inespérée fut faite à Constanza, une nouvelle tournée lyrique, qu'elle accepta. Louis laissa sa femme repartir à travers le monde. Il reprit de son côté ses voyages d'affaires, tout d'abord calqués sur ceux de son épouse, puis il se montra plus distant, ne parvenant pas vraiment à effacer ce drôle de sentiment qu'il éprouvait toujours pour Victoire. C'est là qu'il commit sa plus grande erreur, en cherchant à détruire ce qui comptait le plus pour elle : Montauban. Mais c'était sans compter sur l'incroyable passion qui animait celle dont il était encore épris...

Très vite, Constanza comprit que la haine de Louis pour son ancienne fiancée devenait plus puissante que leur amour. La diva ne pouvait rien faire. Peu à peu, sa folle passion pour son époux consuma son talent et finit par ternir l'éclat de son regard. Elle se laissa dépérir, telles ces héroïnes pucciniennes qu'elle interprétait si divinement. Après le décès de Constanza, Louis eut tout le loisir de s'adonner à son jeu préféré avec Victoire. Pendant près d'un demi-siècle, ils s'acharnèrent à tour de rôle l'un contre l'autre, dévoilant des trésors d'ingéniosité dans le seul but de se nuire. Cette guerre sans merci devint même, au fil du temps, leur façon de s'aimer. Faute de pouvoir être amants, ils laissèrent leurs sentiments faire d'eux des ennemis jurés.

Le vieil homme replia son journal et scruta Maxime d'un œil suspect.

— J'espère que vous êtes sûr de votre choix, mon jeune ami. Je ne tiens pas à ce que ma petite-fille souffre.

Le jeune homme ne sut quoi répondre. Fort heureusement, Philippine prit son grand-père par le bras et réusssit à détendre l'atmosphère.

— Sois tranquille. Tu auras tout le loisir de constater que nous ne nous sommes pas trompés. Nous comptons nous installer ici. Au fait, t'ai-je raconté notre voyage de noces aux Seychelles ?

Le dîner finit par être plaisant. Philippine maîtrisait l'art d'animer la conversation. Elle semblait radieuse entre les deux hommes de sa vie, régnant sans partage sur son harem.

Le lendemain, Louis la fit venir dans son bureau du rez-de-chaussée. La jeune femme vit là plus une convocation qu'une invitation.

— Installe-toi, lança-t-il d'un ton sans appel. J'ai à te parler.

Philippine s'exécuta.

— Je ne crois pas à ce mariage, commença le vieil homme. Néanmoins, je pense qu'il existe plusieurs manières de cimenter un couple. Bien sûr, je suis très heureux que nos deux familles soient enfin unies après cinquante ans de guerre. C'est pour cette raison que je vais t'imposer une forme de challenge, comme vous dites de nos jours…

Louis regarda Philippine droit dans les yeux et lui annonça qu'il comptait bientôt se retirer des affaires. Ce serait à elle de gérer son empire. Mais avant, elle devrait montrer qu'elle était capable de renforcer ses liens conjugaux.

— Prouvez-moi que vous vous êtes décidés à fonder une vraie famille, sans quoi, je revendrai tout.

À ces mots, une lueur d'ambition anima le regard de Philippine…

IV

Une clarté déjà intense taquinait la rosée aux premières heures de la journée. Au loin, les vignes se troublaient d'un voile de chaleur tandis que le chemin de Lou Triadou s'embrasait sous un ciel sans nuages.

— Je ne comprends plus mon fils, déplorait Gabrielle tout en servant un café à Selim. On dirait que tout ce que je fais va exactement à l'inverse de ce qu'il attend.

— L'adolescence est un âge ingrat, tu le sais bien. Et puis Tristan a connu beaucoup de chamboulements ces dernières années.

— Oui, je suis bien d'accord, répondit-elle à moitié convaincue. Dans ce cas, pourquoi est-il si agressif depuis quelques jours ? Tu ne penses pas que des signes avant-coureurs auraient dû se manifester plus tôt ?

— Pas forcément. Il a peut-être gardé des rancœurs et ne sait comment les exprimer. Elles sortent toutes en bloc aujourd'hui.

— Des rancœurs ? Contre qui, mon Dieu ? Contre nous ? Nous faisons tout ce que nous pouvons pour qu'il ne manque de rien. Est-ce notre faute si nous avons traversé toutes ces épreuves ?

Le sourire tendrement amusé de Selim creusa deux fossettes au sommet de chaque commissure de ses lèvres. Gabrielle adorait cette expression de bonté. Elle n'ajoutait que plus de charme à l'impression de force rassurante que donnait d'ordinaire le visage de son mari.

— C'est un ado. Il n'est certainement pas bien dans sa peau. Comment veux-tu qu'il se sente à l'aise avec nous ? Laisse-lui un peu de temps.

Selim se rapprocha de Gabrielle, puis, d'une main délicate, releva ses cheveux avant de déposer dans son cou un baiser d'une infinie douceur.

— Si tu veux, j'irai lui parler, proposa-t-il.

— Tu es adorable. Tu agis comme un père et je ne t'en remercierai jamais assez.

À la vue de leur tendre roucoulade, Tristan, qu'ils n'avaient pas remarqué, leva les yeux au ciel. Sans un mot, il se dirigea vers le frigo et prépara son petit déjeuner. Le bonjour ombrageux qu'il leur lâcha donna le ton de l'humeur du jour. Les yeux rivés au fond de son bol de céréales, Tristan s'enfonça dans son mutisme. Gabrielle contint sa colère, attendant un signe de la part de son fils, un simple signe capable de relâcher la pression ambiante. Mais il n'en fut rien. Une fois de plus, Selim se montra conciliant.

— Voudrais-tu m'accompagner ce matin ? lança-t-il au jeune homme.

— Mmm…

— Il faut que je vérifie les canaux d'irrigation autour de la propriété.

Tristan ne réagit pas.

— Nous commencerons par l'extrémité de Montauban, puis nous suivrons le cours d'eau jusqu'au bas de Lou Triadou… On pourrait en profiter pour tester nos bateaux si tu veux. Une petite course… D'homme à homme. Qu'en dis-tu ?

L'adolescent se leva et alla déposer son bol dans l'évier.

— C'est gentil, mais j'ai d'autres projets. Je dois acheter mes fournitures pour la rentrée. Et puis, très franchement, j'ai passé l'âge des courses de bateaux.

Excédée, Gabrielle frappa violemment du poing le plan de travail sur lequel elle épluchait des légumes pour le déjeuner. Aussi rouge que ses poivrons, elle fit face à son fils.

— Écoute, mon garçon, Selim essaie de te faire plaisir. Tu pourrais au moins être poli avec lui, faute de nous être agréable. Nous avons tous des soucis, mais il faut que tu saches que nous sommes une famille, et lorsque l'un de nous a des problèmes, nous pouvons en discuter. Au lieu de ça, tu nous fais la tête sans nous dire pourquoi. As-tu quelque chose à nous reprocher ? Si oui, parle. Sans quoi, je te conseille de changer très vite d'attitude !

— Sinon ? rétorqua Tristan.

Gabrielle hésita une seconde, désarmée par cette nouvelle rébellion.

— Sinon je t'envoie en pension, lâcha-t-elle sous le feu de la colère.

— Très bien ! Comme ça, je ne vous gênerai plus, s'écria son fils en claquant la porte.

Un peu plus tard dans la matinée, les rues du village s'animèrent au rythme des activités quotidiennes. Le facteur avait achevé sa tournée par le Laetitia. Là, sur la terrasse bordée d'une haie de lauriers, il avait commandé son pastis habituel qu'il sirotait en compagnie de quelques fidèles. Ensemble, ils commentaient avec plus ou moins de passion les derniers résultats de l'Olympique de Marseille ou de leur club de pétanque local. Et, comme toujours, les divergences alimentaient les palabres. De l'autre côté de la place, deux ou trois commères échangeaient quelques mots entre deux emplettes. Les informations glanées chez le boucher se recoupaient chez le boulanger, puis se contredisaient chez le primeur, ou s'inventaient chez le coiffeur. C'est ainsi que la moindre rumeur enflait en une matinée pour devenir, vers midi, une évidence aux yeux de tout le village.

Dans sa boutique, Phonse époussetait une étagère avant d'y déposer les bouteilles dorées d'huile d'olive produites par le château de Montauban.

— Oh, l'épicier ! s'écria Élie en entrant.

Surpris dans sa besogne, Phonse faillit lâcher une de ses bouteilles.

— Oh, funérailles ! gronda-t-il en descendant les deux marches d'un escabeau bancal. T'es pas un peu fada de t'égosiller comme ça !

Élie, goguenard, gloussa de sa facétie.

— Et d'abord, reprit Phonse en lissant son tablier, je ne suis pas épicier ! Je suis primeur, s'il te plaît.

— Pardon, môssieur ! railla le maire.

Phonse s'avança, baissa la voix et, après avoir jeté une œillade dans son échoppe afin de s'assurer que personne ne pouvait les entendre, ajouta sur le ton de la confidence :

— Les touristes, et plus particulièrement les Parisiens, préfèrent les primeurs. C'est mieux. Et la susceptibilité du client est bonne pour les affaires…

— Ah, je vois ! fit mine d'acquiescer Élie, ironique. Alors pourquoi vends-tu d'autres produits ?

— Ce ne sont que quelques bouteilles d'huile d'olive… Ils ne cessent de m'en demander.

— Qui ? Tes Parisiens ?

— Oui, mes Parisiens, se justifia le commerçant en se frottant les mains.

— À ce rythme-là, ta boutique ne va pas tarder à ressembler à un magasin d'alimentation générale.

— Tu crois ?

— Sûr !

Contrarié dans ses plans de développement marketing, le primeur préféra changer de conversation.

— Que te faut-il ? grommela-t-il.

— As-tu de beaux melons et des artichauts violets ?

— Évidemment ! J'ai les meilleurs du coin !

— Sûr ! T'es bien le seul !

— Et qu'est-ce que tu comptes nous cuisiner avé ces petites merveilles ?

— De petits fagotins de melon, bien chinoisés de leurs pépins, gratinés, glacés avé du beaumes-de-venise.

— Des pépins ? Tu n'auras pas à chinoiser bien longtemps avec eux. Y en a pas ! Que du bon jus, et une chair ferme ! Respire-moi ça ! Tu ne pourras pas dire qu'ils sentent la pastèque, ceux-là. Y viennent pas d'une serre espagnole, eux !

Les deux melons dégageaient un parfum puissant et sucré.

— Et voici tes artichauts violets.

— Je vais émincer des carottes avé une gousse d'ail et des petits oignons. Té, rajoute-moi ça, s'il te plaît.

Tandis que Phonse emballait la marchandise dans un sac en papier, le restaurateur se délectait de sa suggestion du jour.

— Ensuite, je les ferai blondir avé un filet d'huile d'olive…

— Tu veux aussi de l'huile ?

— Mais non, fan ! s'écria Élie, agacé d'avoir été interrompu dans sa démonstration. Tu m'écoutes ou tu vends ?

— Ben… je fais les deux, bonne mère ! Je travaille, moi.

— Moi aussi, môssieur ! Je cogite ! Cuisiner, c'est avant tout de la réflexion ! Je peux continuer ?

— Oui, vas-y…

— Ensuite, je vais poêler mes filets de rouget avé un peu de farigoule et de basilic…

— Té ! J'ai du basilic frais, là !

— Phonse ! tonna Élie, on ne peut pas se concentrer chez toi !

En bon commerçant, l'homme en tablier ignora les remontrances de son client. Il prit le bouquet vert aux essences poivrées qu'il porta sous les narines du restaurateur.

— Vois comme il sent bon… Tes rougets vont se sentir honorés, insista le primeur, index en l'air.

— Peuchère ! C'est vrai ! Ajoute-le.

— Ce sera tout ? l'interrompit Phonse, pressé d'en finir, ne quittant pas des yeux deux clientes qui venaient d'entrer dans la boutique.

— Oui. Mais qu'est-ce qui te tracasse ?

Le primeur fit part des commérages du jour à son ami. Tout le village spéculait sur l'imminence du décès de Mamette, et tous redoutaient plus ou moins le retour de Fanette, sa sœur.

Toujours prêt à défendre quoi qu'elle fasse, Élie se mit à tonner d'une voix de stentor, afin que tout le magasin apprenne son point de vue :

— Moi, je dis que la pitchounette a bien fait d'avertir Fanette. C'est normal. Elle, au moins, a du cœur. Et si certaines personnes ne sont pas contentes, qu'elles aillent au diable !

Les deux femmes se regardèrent. La plus âgée des deux, Amélie Rivière, s'avança vers le comptoir, le visage talé comme une vieille figue.

— Il se pourrait bien que, par ce geste, ce soit le diable qui vienne à nous, Élie. Nous connaissons tous la Fanette. C'est une vraie sorcière cette femme-là. Et pour le bien de tous, il vaudrait mieux que cette masco ne reste pas trop longtemps par ici. Elle a déjà causé assez de mal.

Les regards convergèrent en direction de Phonse, plus affairé que jamais à emballer les derniers achats de son collègue. Bien que, pour une fois, il prît grand soin de ne pas se mêler de la conversation de ses clients, il se dit mentalement que le passé resurgit toujours un jour ou l'autre…

Selim suivait le cours d'eau en bordure de propriété. À intervalles réguliers, de nombreuses trappes de métal permettaient, de par leur orientation, d'irriguer les terres que le canal traversait. Une à deux fois par an, chaque exploitant vérifiait le bon état de l'ouvrage.

Alors qu'il ôtait un amas de feuilles, Tristan lui proposa son aide. Heureux qu'il se soit quand même déplacé, le vigneron évita avec tact la moindre remarque susceptible de l'agacer. C'est Tristan en personne qui aborda le sujet. Il s'en voulait de son attitude du matin, mais reconnaissait ne plus parvenir à communiquer avec sa mère sans agressivité. Selon lui, elle était toujours occupée à des millions de choses et il n'avait plus vraiment l'impression d'être une priorité à ses yeux. Selim le rassura sur ce point. Si l'adolescent ressentait le besoin de parler à quelqu'un, il serait toujours là pour l'écouter.

— Au fait, reprit-il avec malice, tu ne veux toujours pas faire une course de bateaux ? Moi, je n'ai pas encore passé l'âge…

Le clocher venait de sonner les douze coups de midi quand l'autocar s'immobilisa sur la place. Sur la terrasse du café, les commentaires allaient bon train. Dès qu'elle posa un pied à terre, Fanette vit les visages se figer, pétrifiés à la vue de sa longue silhouette. Elle ne s'attendait pas vraiment à un autre accueil. Du reste, elle en avait l'habitude. Elle espérait seulement que, depuis tout ce temps, les mentalités auraient évolué. Mais rien ne semblait avoir changé. Valise à la main, elle remonta la grand-rue en direction de la maison de sa sœur.

Mamette, qui reposait sur son lit adossée contre deux gros oreillers, fut soulagée en la voyant entrer dans la chambre. À présent, elle pouvait mourir en paix. Elle tendit une main vers sa sœur cadette, celle qu'elle avait élevée comme sa fille à la mort de leur mère.

Fanette s'assit tout près d'elle, au bord du lit. Émue, elle oublia les querelles du passé.

Le lendemain, les rumeurs fusèrent de partout dans le village. Certains murmurèrent que Mamette se portait comme un charme, d'autres que la masco lui avait fait boire un philtre. Et quand ils aperçurent Fanette qui redescendait des collines environnantes, les mains chargées d'herbes curatives, les gens se détournèrent sur son passage, les regards lourds de préjugés. Sur la place, Gabrielle la reconnut et vint à sa rencontre. Fanette posa son panier en équilibre sur la margelle de la fontaine et échangea quelques mots avec elle.

Puis la nouvelle se répandit : Mamette venait de décéder. De nombreux visages convergèrent vers Fanette. Pour eux, il n'y avait aucun doute, la masco l'avait empoisonnée…

V

Béatrice terminait de préparer le petit déjeuner avec une fébrilité inhabituelle. Elle jeta un ultime coup d'œil vers la table afin de s'assurer que rien ne manquait. Les toasts étaient au chaud, le jus d'orange fraîchement pressé. Elle avait même pensé à remonter du cellier un pot de gelée de groseilles, la préférée d'Olivier.

Lorsqu'il apparut, un sourire radieux aux lèvres, elle se sentit chavirer comme une collégienne.

— Cette bonne odeur de café m'a tiré du lit, lança-t-il avec entrain, un œil sur la cafetière.

La jeune femme osa à peine le regarder dans les yeux, craignant qu'il ne lise dans ses pensées. Olivier déposa un baiser enjoué sur le front de sa belle-sœur. Afin de mieux masquer sa déception, celle-ci préféra lui demander s'il avait bien dormi. Pour toute réponse, Lescure étira les bras avec satisfaction. À ce geste, Béatrice se surprit à imaginer le contact de ce torse rassurant contre sa poitrine. Elle rêvait de s'y blottir, sans un mot, juste pour sentir le souffle apaisant de son beau-frère. Elle aurait voulu partager tant de choses avec lui…

— J'avais oublié le calme de cette maison.

Une pointe de regret était perceptible dans cette dernière remarque. Tout, ici, lui semblait si familier et pourtant si étranger… Pour la première fois depuis son retour, il avait pu dormir, se remettre enfin des effets du décalage horaire avec la Californie.

Vingt-sept ans... Cela faisait vingt-sept ans qu'il n'avait pas remis les pieds ici. Vingt-sept ans qu'il avait rompu tout lien avec ses proches.

Olivier Lescure était le fils cadet d'Eugène et de Victoire, le plus rebelle aussi. Dès qu'il avait été en âge de s'assumer, il avait repoussé les choix de ses parents, refusant de vivre une existence par procuration, de subir le poids d'un nom, d'une condition dont il méprisait le système de valeurs. Son père, le très honorable préfet de région, côtoyait le beau monde, influait sur les plus hautes sphères politiques grâce à des amitiés intéressées et bien souvent vaniteuses. Quant à sa mère Victoire, elle broyait tous ceux qui osaient se mettre en travers de son sacro-saint Montauban ! Son frère Armand, lui, se coulait docilement dans le moule qu'on lui avait destiné. Olivier se sentait différent. Tout petit, déjà, il pleurait en regardant les westerns, quand les Indiens se faisaient massacrer par les cow-boys. Plus tard, à l'école, il avait partagé ses jeux avec ceux que les meneurs de la cour de récréation oubliaient volontiers dans leurs sports d'équipe. Olivier ne parvenait pas à trouver sa place à Montauban. Et ce fut bien pire quand sa conscience politique pencha pour des idéaux aux antipodes de ceux de ses géniteurs. Dans un tel contexte, il comprit bien vite que sa place était ailleurs. Sa quête perpétuelle de vérité ne pouvait le conduire que sur deux chemins, celui de la justice ou de la presse. Il choisit de devenir journaliste, craignant par trop les interférences familiales dans les couloirs d'un tribunal. Après la disparition de son père, il avait pensé que les choses s'amélioreraient quelque peu, mais sa mère devint plus dure et plus autoritaire encore.

C'est à cette époque qu'une opportunité professionnelle s'offrit à lui. Son rédacteur en chef lui proposa de rédiger un article sur le Chili. Les informations en provenance de Santiago faisaient état du caractère dictatorial de la junte militaire. Des milliers d'opposants étaient arrêtés, enfermés dans des stades, puis exécutés. Olivier vit là une chance unique d'accomplir quelque chose d'utile. Personne, à Montauban, ne lui manquerait, sauf, peut-être, la nouvelle épouse d'Armand, Béatrice, la seule que le château n'ait pas encore pourrie…

Olivier passa six ans au Chili, dont deux en prison ! À sa libération, il se trouva dans l'incapacité de raconter sa propre histoire, se reprochant d'être un miraculé, un des rares témoins, aussi, d'un nombre considérable d'exactions. Il ne parvenait pas à oublier les visages de ces inconnus qui n'avaient pas eu sa chance, toutes ces photos que brandissaient ces mères en pleurs, à la recherche de leurs enfants, ces fils qui, par malheur, n'avaient pas marché sur le bon trottoir au bon moment…

Olivier Lescure décida alors de disparaître lui aussi et il s'installa au Mexique sous une fausse identité. C'est là qu'il débuta la rédaction d'un roman, une histoire d'amitié entre deux jeunes gens que la dictature allait séparer. Très vite, *L'Ami détesté* devint un best-seller international et son auteur, Oliver Gillian, la coqueluche des médias que tout le monde s'arrachait. Dès lors, les propositions affluèrent de toutes parts.

Depuis son retour, Béatrice se sentait nerveuse en sa présence. Ce qu'elle avait pris tout d'abord pour une gêne bien naturelle envers le seul héritier des Montauban qui pouvait critiquer ses choix, se révéla être un tout autre sentiment. Elle avait toujours aimé Olivier. À présent qu'il était là, devant elle, elle prenait conscience qu'il représentait la part d'aventure qui avait si souvent manqué à sa vie. Pendant de longues heures, ils échangèrent quelques rares souvenirs, des anecdotes qui les rapprochèrent un peu plus. Riches de leur expériences passées, ils ne semblaient intéressés que par l'instant présent.

Olivier avait décidé de rentrer à Montauban dès qu'il avait appris la tragique explosion. Il n'avait pas pu faire la paix avec son frère, mais il lui restait Victoire. Avant qu'elle ne meure, il voulait embrasser une dernière fois celle qu'il avait tant de mal à appeler « maman ».

— Alors, s'écria soudain Béatrice. Que veux-tu faire aujourd'hui ? Le tour de la propriété, ou aller voir Victoire ?

— Commençons par Montauban. Je crois qu'à ce propos, tu as quelques soucis.

— Ne m'en parle pas ! Je ne sais plus comment m'en sortir.

— Eh bien voyons ça, si tu veux. Je suis là pour t'aider, non ?

Pleine de gratitude, Béatrice ne résista pas à l'envie de se pendre à son cou. Elle souhaitait tellement que quelqu'un de cette famille cautionne ses choix. Il lui semblait qu'avec Olivier à ses côtés, elle se sentirait invulnérable, comme installée de plein droit dans ses fonctions de régisseuse du domaine, tout comme dans sa vie de femme. Olivier passa ses bras autour de la taille de sa belle-sœur, puis, très lentement, l'attira à lui. Leur étreinte dura plus longtemps que ne le prêtait la situation, comme si chacun d'eux éprouvait le désir de ne pas s'éloigner de l'autre, en quête d'un besoin mutuel de réconfort et d'affection. Leurs visages se rapprochèrent, hésitants. Mais Béatrice se ravisa, soudain paniquée à l'idée d'accélérer le cours des événements.

La voiture de Philippine roulait à vive allure dans les courbes serrées qui descendaient vers Tarascon. Elle repensait à cette folle nuit où ses désirs avaient pu être assouvis, où sa féminité s'était exprimée librement. Oui, elle avait fait l'amour comme une bête avec un autre homme. Oui, elle venait de tromper son tout nouveau mari, par caprice d'enfant gâtée plus que par envie. Mais à quoi bon se masquer la face.

Cela faisait plus d'une semaine qu'ils étaient rentrés et Maxime ne la touchait pas. Pire, la nuit précédente il avait rejeté ses avances et il était allé dormir dans une chambre voisine. C'est à peine s'il osait croiser son regard depuis leur retour à La Commanderie. Philippine savait qu'il regrettait ce mariage. Ils étaient amis, mais certainement pas amoureux l'un de l'autre, cela ne faisait aucun doute.

Les yeux braqués sur la route qui défilait à toute allure, la jeune femme repensait à sa conversation avec Louis. Son grand-père avait été particulièrement explicite. Cette union devait être renforcée par tous les moyens, sans quoi il ne donnait pas cher de leur mariage. Ça, à la limite, Philippine n'aurait aucun mal à s'en remettre. Bien qu'elle aimât beaucoup Maxime, elle savait très bien qu'il n'était pas l'homme de sa vie. En revanche, Louis avait mis dans la balance sa succession à la tête des Souléïades, où Philippine trouvait une bien meilleure motivation…

La conductrice enfonça davantage la pédale d'accélérateur. Elle conduisait toujours à tombeau ouvert, du reste. La vitesse et le danger n'ajoutaient que plus de sel à sa vie. Alors que le petit matin traçait déjà des raies lumineuses par-delà les Alpilles, le souvenir de cette nuit lui laissait un goût amer. Bien sûr qu'elle avait apprécié. Simon avait toujours tenu ses promesses au lit. Depuis trois ans, leur relation épisodique s'accommodait assez bien des circonstances et des trahisons mutuelles. Mais au réveil, l'avocat de Montauban avait mis des mots sur leur aventure. Clairement, presque froidement. La jeune femme s'était alors sentie comme la dernière des moins que rien, celle avec laquelle on couche mais que l'on n'aime jamais.

Philippine détestait l'esprit cartésien de cet homme. Elle se raccrocha pourtant à l'information qu'il avait lâchée sur l'oreiller. Montauban, complètement acculé à de monstrueuses difficultés financières, recherchait activement un actionnaire susceptible d'investir dans l'entreprise.

Et vers qui vaut-il toujours mieux se tourner ? La famille, bien sûr ! Philippine voyait là un excellent moyen de prouver à tout le monde que son couple était stable. À commencer par son grand-père.

Olivier était-il enfin sevré, guéri à jamais de cette liaison tumultueuse, véritable motif de son départ de Californie ? Quelques secondes plus tôt, il avait failli embrasser Béatrice en ne suivant que les lois de son cœur. Il n'en éprouvait aucune honte, pour la première fois, depuis que cette femme avait marqué sa chair au fer rouge. Tout restait donc encore possible... Car Olivier avait connu le grand amour, celui dont on ne se remet jamais totalement. Il avait aimé passionnément une femme... mariée. Alors au sommet de sa gloire, il l'avait rencontrée lors d'un vernissage à New York. Ils se plurent immédiatement, leur relation dura plus de quatre ans. Pendant toute cette période, Olivier fut dans l'incapacité de rédiger une seule ligne, tant son esprit était tout entier tourné vers elle et leurs prochaines caresses. Dès que leur emploi du temps le leur permettait, ils se retrouvaient. C'est pour cette raison que le romancier emménagea sur la côte Ouest. Mais l'histoire ne devait pas se poursuivre plus longtemps. La femme de sa vie préféra le confort de la fortune conjugale à celui, beaucoup plus instable, de l'amour...

Olivier s'était écroulé, trouvant refuge dans l'alcool. Tout d'abord pour oublier, puis par habitude. Dans tous les cas, les lendemains s'étaient révélés encore plus âpres. Il perdit tous ses repères. Le succès et la gloire se détournèrent de lui, ses amis l'abandonnèrent, après une malheureuse tentative de suicide un soir plus angoissant que les autres, il s'était retrouvé complètement démuni. Pendant de longs mois, il avait refusé de quitter San Francisco. Bien sûr, il évitait soigneusement les endroits où il avait été heureux avec sa maîtresse, mais le fait de la savoir souvent dans cette ville, sous le même soleil, avait eu quelque chose de rassurant pour lui. Un matin, il était entré par hasard dans un cybercafé. Sans savoir pourquoi, il avait surfé sur Internet, histoire de tuer le temps. Sa visite l'avait conduit sur les médias français. Tous consacraient leur une à la mort tragique du préfet des Bouches-du-Rhône dans l'explosion de son château en Provence. Armand, son frère, était mort ! Sans qu'ils se soient réconciliés... Cette idée de l'irréparable l'avait hanté, et n'ayant plus rien à attendre ici, il avait décidé de rentrer, de renouer avec ses proches qui ne l'avaient jamais vraiment été.

La nuit précédente, Béatrice l'avait écouté raconter son histoire les larmes aux yeux. Elle avait compris la terrible souffrance qu'il avait dû endurer en solitaire, puisqu'elle avait vécu une épreuve similaire deux ans plus tôt avec Martin, un homme sur lequel son cœur s'était arrêté. À cette époque, d'ailleurs, Gabrielle avait été l'épaule secourable qui avait tant manqué à Olivier.

— Tu as une véritable amie, avait-il reconnu.

Béatrice regrettait déjà son mouvement de recul. Elle venait de laisser passer une occasion qui, peut-être, ne se représenterait plus. Pour dissiper tout malentendu, elle desservit nerveusement la table du petit déjeuner. Olivier lui prêta main-forte, en silence. De temps à autre, leurs corps se frôlaient entre la table et l'évier, accentuant davantage leur désir réciproque. Là encore, Béatrice mit fin à cette situation en changeant de conversation.

— Serais-tu d'accord pour dîner avec mes amis, ce soir ?

— Bien sûr. J'ai hâte de rencontrer Gabrielle et Selim.

— Je pensais demander aussi à Maxime et à sa femme de venir. Et puis tu feras la connaissance de ta plus jeune nièce, Ludivine. Ma fille rentre de vacances tout à l'heure.

— Voilà qui est parfait, s'écria Olivier plein d'enthousiasme.

Soudain, une ombre balaya le sourire radieux de Béatrice.

— Qu'y a-t-il ?

La jeune femme releva le visage, gênée par ce qu'elle s'apprêtait à lui demander.

— Vas-y, souffla-t-il tendrement, avec le secret espoir qu'elle se révèle enfin.

— J'aimerais tant que tu restes...

Olivier parut déstabilisé par cette dernière remarque.

— Je ne peux rien te promettre, sauf d'essayer. Seul le temps est notre allié.

— Je n'en demande pas plus, fit-elle en retrouvant le sourire.

Le parc du château révélait une beauté esthétique parfaite où les espaces structurés faisaient alterner couleurs et contrastes en une savante alchimie. Une tonnelle enluminée de glycine dessinait son ombre superbe sur le chemin qui reliait la terrasse au jardin de Diane. Là, entre quatre murs de verdure, la déesse de pierre contemplait son reflet entre les feuilles gourmandes des nénuphars du bassin. L'allée géométrique, bordée d'un parterre de buis taillé avec art, menait vers un splendide massif de rosiers. C'est là, non loin du bassin, que Béatrice avait fait aménager une terrasse en teck. Le mobilier, aux lignes épurées, contrastait avec le classicisme ambiant.

Le contact passa immédiatement entre Gabrielle, Selim et Olivier. Bien moins vite entre cet oncle d'Amérique soudainement parachuté, et Philippine et Ludivine. La première redoutait déjà le partage du gâteau, la seconde flairait qu'entre lui et sa mère se dessinait tout autre chose qu'une simple amitié, et cette idée la révoltait.

Pendant une bonne partie du repas, Philippine ne tarit pas d'éloges sur le bonheur conjugal et la joie de bientôt fonder une famille. En l'écoutant enchaîner autant d'inepties, Maxime aurait voulu fondre sous terre. Le prenait-elle vraiment pour un imbécile ? Comme s'il ne s'était pas rendu compte qu'elle avait découché la nuit dernière. Sur le moment, il en avait été presque soulagé, persuadé qu'elle mettrait vite fin à cette parodie de mariage. À présent, il en était nettement moins certain. Ludivine dut se faire tirer l'oreille avant de daigner expédier le résumé de ces vacances en Angleterre. Dès qu'elle le put, elle entraîna Tristan vers sa console de jeux.

— J'en ai marre, pesta-t-elle devant son copain. Ma mère se sent toujours obligée de se rendre intéressante…

— Ouais, la mienne, c'est pareil, fit Tristan.

— Non mais tu l'as vue roucouler avec ce mec… cet Olivier, reprit-elle d'un air important.

— Et attends un peu de voir quand ils vont réellement vivre ensemble. Là, c'est pire. T'as l'impression d'être de trop. Ils passent leur temps à se dévisager bêtement !

— J'espère qu'on ne deviendra pas comme ça…

— Comment ?

— Ben… comme les vieux !

— Oh, non ! Certainement pas. Tes parents étaient comme ça ?

— Tu rigoles ? Ils se détestaient. Remarque, c'était pas mieux. Et toi ?

Tristan eut l'air gêné, avant de lâcher qu'il ne s'en souvenait plus. L'instant de malaise passé, ils saisirent leur *joystick* et se lancèrent dans une partie très prometteuse.

Gabrielle profita de ce que Béatrice se trouvait à la cuisine pour essayer d'en savoir plus sur l'éclat qui brillait dans le regard de son amie.

— Alors ? Raconte.

Entre deux éclats de rire, Béatrice lui confia les prémices encourageantes du petit déjeuner. Rien n'était encore fait. Rien ne pressait, du reste.

— En tout cas, il est génial ! On a peine à croire qu'il est le fils de Victoire.

Elles se regardèrent et pouffèrent de concert, comme deux adolescentes. Juste avant de regagner la terrasse, Gabrielle annonça à Béatrice qu'elle aussi serait très heureuse de lui présenter une merveilleuse amie.

— C'est Maude. Tu sais, Maude Dormeuil. Elle arrive dans une semaine. Je suis sûre que tu vas l'adorer.

Alors que tout le monde s'apprêtait à boire le café, Olivier voulut en savoir un peu plus sur le vin, après avoir bien fait comprendre à tous qu'il ne souhaitait pas remettre en question leurs arrangements qu'il trouvait parfaits.

— Au fait, j'ai reçu une mauvaise nouvelle aujourd'hui, avoua Gabrielle. Le groupe Alliance ne veut plus signer avec nous.

— C'est pas vrai ! ragea Béatrice. Pourquoi ?

— Je n'en sais pas plus pour l'instant. Je compte me renseigner dès demain.

— Tu te souviens qu'il y a l'enterrement de Mamette, lui rappela Selim.

— Oui, je sais. Tu viendras, Béa ?

— Bien sûr ! Je crois que tout le monde y sera.

Un instant plus tard, Béatrice évoqua les besoins en main-d'œuvre pour les vendanges, un problème qui se posait chaque année, à la différence toutefois que ce millésime serait décisif pour l'avenir de la propriété. Selim fit savoir qu'il se chargerait de régler ce point épineux en priorité.

— Je crois que nous devrions envisager une ouverture de capital, comme nous le suggère Simon, souffla Béatrice tristement.

— Sans doute. Mais il faut trouver un acheteur adéquat. Quelqu'un qui ne perturbera pas notre mode de gestion.

— Là, je crois que tu rêves, ma chère Gabrielle, répondit Béatrice d'un haussement d'épaules désabusé. Il ne doit pas y avoir beaucoup de monde dans ce cas. Si nous tenons tant à notre liberté, vendons tout.

— Je crains qu'elle n'ait raison, souligna Selim en s'adressant à sa femme.

Désolé de voir ses amis aussi contrariés, Olivier admirait l'implication de Béatrice. Leurs regards se croisèrent. À l'autre bout de la table, Philippine n'avait pas perdu une miette de la conversation. Jusque-là silencieuse, elle sut qu'elle devait intervenir tout de suite.

— Il y a peut-être une alternative, non ?

Tous les yeux convergèrent dans sa direction.

— Il vous reste la famille, poursuivit-elle.

Puis elle s'empara de la main de Maxime, avant d'ajouter, triomphante :

— Moi, je suis prête à investir ce qu'il faut pour que Montauban soit sauvé…

Le lendemain, lorsqu'elle rapporta la nouvelle à son grand-père, celui-ci ne put masquer sa satisfaction. Bien sûr, il ignorait comment Philippine avait obtenu toutes ces informations. Le vieil homme, amusé par le retournement de situation qui se produisait sur la fin de sa vie, l'assura de son appui indéfectible. Acquérir une partie de Montauban était exactement le genre d'opportunité qui, selon lui, cimenterait leurs deux familles. À elle, maintenant, de négocier les meilleures conditions…

VI

« Dans quelques instants, notre avion va s'immobiliser sur l'aéroport de Nîmes-Garons, annonça l'hôtesse de l'air. La température au sol est de dix-sept degrés ce matin. Nous espérons que vous avez effectué un agréable voyage et vous souhaitons une bonne journée. »

Maude Dormeuil se leva prestement de son siège, tandis que l'Airbus ralentissait en bout de piste. Ignorant les consignes de sécurité, elle remonta l'allée centrale sous le regard quelque peu choqué des autres passagers de la classe affaires.

— Pour votre sécurité, madame, nous vous prions de bien vouloir regagner votre place jusqu'à l'arrêt total de l'appareil, lui demanda poliment le steward.

La passagère indisciplinée le toisa d'un œil dédaigneux.

— S'il vous plaît..., insista l'employé.

Avec toute l'assurance des femmes conquérantes à qui rien ne résiste, elle répondit d'une menace teintée d'humour :

— Écoutez, cher monsieur, depuis mon départ de New York, je n'ai pas eu le loisir de me dégourdir les jambes. Je n'ai même pas disposé de cinq minutes pour me rendre aux toilettes lors de ma correspondance à Paris. Vous ne voudriez pas en plus que vos passagers aient l'air mécontent en sortant de votre avion. Croyez-moi, ce serait une très mauvaise publicité !

— C'est juste une question de sécurité...

— Ne vous inquiétez pas pour moi, je sais me débrouiller !

À bout d'arguments, le steward battit en retraite.

L'avion venait de s'arrêter. Maude se dirigea vers la sortie avant tout le monde, usant des préceptes de galanterie au mépris des autres voyageurs, qui ne purent quitter leurs sièges.

— Où allez-vous ? lui demanda le chauffeur de taxi.

— Combien de temps faut-il pour aller à Fontvieille ?

— Ça dépend de la circulation dans Arles… Trois quarts d'heure… Peut-être une heure.

Maude connaissait toutes les combines des chauffeurs de taxi. Au cours de ses innombrables voyages d'affaires, elle avait pu constater que la nature humaine était partout la même.

— Vous avez une demi-heure, trancha-t-elle sur un ton sans appel. Et un bonus assuré !

— Je vois… Bien, madame.

L'homme jeta les valises Vuitton dans le coffre.

— Posez celle-ci à côté de moi, ordonna-t-elle. Faites attention, c'est fragile.

Le monospace quitta promptement l'aéroport. Le conducteur se garda de faire le moindre commentaire, sa cliente ne semblant guère apprécier son comportement typiquement méridional. Assise sur la banquette arrière, elle fixait le paysage avec dédain, droite comme un I, un bras nonchalant sur son précieux vanity. Le chauffeur, intrigué par l'apparence aussi glaciale qu'impressionnante de sa passagère, réajusta son rétroviseur. Peut-être s'agissait-il d'une star qui se dissimulait derrière ses lunettes de soleil dernier cri. Rongé de curiosité, il risqua tout de même une question, et apprit qu'elle habitait New York, certainement dans le genre d'immeubles très chic qui font rêver dans les séries télé.

— Je réside dans les Hamptons ! lança-t-elle comme une évidence. Manhattan est devenu infernal.

Comme bon nombre de ses riches congénères, Maude avait délaissé son luxueux penthouse du centre-ville peu après les événements du 11 septembre 2001 pour emménager dans un confortable cottage en périphérie. Mais pour l'heure, elle comptait mettre fin à cette conversation stérile et arriver à destination dans les plus brefs délais.

— Écoutez, je suis particulièrement fatiguée. Alors roulez, s'il vous plaît.

L'autoroute longeait les vastes étendues marécageuses de Camargue qui, sur des kilomètres à la ronde, offraient au regard la beauté sauvage d'une nature à la force indomptée, riche en contrastes, l'archétype même de tout ce que détestait « miz Dormeuil ».

Maude détesta d'emblée ce paysage au relief monotone, consternée par la blancheur crottée des chevaux, la saleté des rizières humides où pataugeaient de ténébreux taureaux. Tout, ici, respirait la désolation, tant la rudesse de l'endroit était palpable. Décidément, elle ne comprenait vraiment pas le choix de Gabrielle. À quarante-deux ans, Maude vivait dans le luxe et le raffinement, un monde de privilèges auquel, jeune adolescente, elle avait aspiré, mais sans aucune prédisposition particulière pour seulement l'aborder. Puis sa vie avait emprunté une autre voie, grâce à la réussite fulgurante de Richard Dormeuil, son mari. Ce businessman français dirigeait le groupe Dormeuil, leader mondial de l'hôtellerie de luxe. Moins de cinq ans après leur installation sur la Fifth Avenue, Maude et Richard étaient devenus les ambassadeurs du bon goût à l'européenne, et de précieux invités pour la jet-set new-yorkaise qui, très vite, ne put se passer d'eux pour la moindre soirée.

Par chance, la nature s'était montrée généreuse avec Maude. Elle appartenait à cette lignée de femmes que l'on remarquait au milieu d'une foule de jolies filles de par son indéfinissable charme, sa détermination, et son esprit incisif. Instantanément, ses interlocuteurs pouvaient noter son allure racée, distante et sophistiquée à la fois. Mais, derrière cette carapace, se dissimulait en réalité un véritable stratège. Être l'épouse d'un homme en vue restait un exercice de haute voltige pour celle qui ne tenait pas à jouer les ombres fidèles. Dans ce rôle, Maude avait travaillé très dur pour parvenir à cet équilibre délicat, cet invisible fil d'Ariane sur lequel elle et son mari avaient pu construire l'image du couple parfait.

Le taxi quitta l'autoroute, franchit le Rhône avant d'entrer dans Arles, complètement paralysée par le marché.

— Je ne pense pas que nous serons rendus dans les temps, ma p'tite dame, se risqua le chauffeur.

— Il n'y a pas d'autres itinéraires ?

— Si, en traversant directement par le centre-ville, mais ce sera plus long.

Maude ignora la réponse, captivée par les étals colorés garnis de produits du terroir, alignés le long des murs d'enceinte de la ville. Dieu que tout cela était loin dans sa mémoire…

Jusqu'à l'âge de dix-sept ans, Maude Varel avait arrondi ses fins de mois derrière la caisse d'un poissonnier sur les marchés. Rien de bien reluisant, certes, mais un travail honnête qui ne laissait aucune chance aux fainéants. La jeune fille s'en était accommodée et avait même trouvé quelques satisfactions avec les primes de plus en plus conséquentes que lui versait son employeur. Et c'est entre deux étals qu'elle avait rencontré Gabrielle Delmas.

Parallèlement, Maude avait effectué quelques stages peu intéressants dans l'hôtellerie. Dévorée d'ambition, sa volonté de fer s'était affirmée dans les incontournables humiliations qu'elle avait subies en tant que petite main. Elle avait alors redoublé d'ardeur à la tâche, faisant preuve d'une ténacité impressionnante en prenant des cours du soir malgré la fatigue accumulée de la journée. Littérature. Philosophie. Histoire. Économie. Gestion. Communication... Tous les sujets trouvaient grâce à ses yeux, avec l'idée que, tôt ou tard, leur application concrète ferait son heureuse fortune.

Au cours de sa dernière année d'études, elle était parvenue à décrocher un entretien avec le directeur du personnel du Clarion, un grand hôtel en centre-ville. « Je recherche un poste à responsabilités dans votre établissement. Sinon, je ne suis pas celle qu'il vous faut », avait-elle lancé avec aplomb.

Coup de bluff de débutante ou véritable motivation ? Son interlocuteur avait fini par céder et Maude s'était vu confier la gestion des stocks. C'est sans doute à ce moment qu'elle avait pris confiance en elle, une assurance qui ne devait plus jamais la quitter. Maude s'était investie sans compter, tant et si bien que le directeur de l'établissement avait fini par l'engager définitivement. La jeune femme n'en avait tiré aucune gloire. Là où bon nombre se seraient contentés de la maigre satisfaction d'avoir un emploi, elle avait revendiqué de nouvelles exigences que ses aptitudes avaient comblées au-delà de toute espérance. Mais au fond d'elle-même, elle savait déjà qu'elle n'avait pas atteint les limites de ses possibilités.

« Je souhaiterais suivre une formation en œnologie, demanda-t-elle lors de la signature de son contrat d'embauche. Si vous voulez que je gère vos stocks de façon plus efficace, je dois connaître tout ce que vous vendez. » Quelques semaines plus tard, la belle ambitieuse prenait place sur les bancs d'une école d'œnologie, juste à côté de son amie des marchés, Gabrielle Delmas. C'est à cette époque qu'elles s'étaient réellement liées d'amitié. Très vite, elles étaient devenues inséparables, habitées par la même soif de connaissance, ayant même partagé un temps un appartement. Maude Varel passa deux années au Clarion, jusqu'à ce qu'un chasseur de têtes ne la débauche pour le poste de responsable des relations humaines au sein du groupe Alliance, une chaîne d'hôtels.

— Je serai le bras droit du directeur général, s'était-elle vantée à Gabrielle le soir même.

— Super ! C'est exactement ce que tu cherchais, non ?

— Oui. Et je compte bien l'épouser.

Elle ne crut pas si bien dire. Le directeur de l'époque n'était autre que Richard Dormeuil. Leur mariage devint rapidement une association fertile. C'est elle qui l'incita à prendre des initiatives et à convaincre des partenaires financiers. C'est elle encore qui orienta la politique commerciale du groupe. Et c'est surtout grâce à elle que le groupe Dormeuil vit le jour. Ainsi, les hasards de la vie, beaucoup de chance et un très bon flair avaient propulsé les Dormeuil à la première place mondiale de l'hôtellerie de luxe en moins de quinze ans...

Maude avait toujours maintenu ses liens d'amitié avec Gabrielle. Malgré le temps et la distance, chaque semaine, un petit message clignotait dans leur messagerie électronique, une habitude à laquelle aucune des deux amies ne dérogeait. C'est par e-mail que Maude Dormeuil avait appris le terrible accident d'avion qui avait coûté la vie à Laurent Lambert-Duval, puis le départ de Gabrielle pour le sud de la France.

« Tu es folle de laisser Fontenay et une position comme la tienne pour ce... trou perdu ! » n'avait-elle pas manqué de lui écrire à l'époque. Mais les réponses venant de France étaient plus résolues que jamais.

« Comment peux-tu penser ça, toi qui es si indépendante, si décidée à prouver ta valeur ? S'il y en a une qui doit me comprendre, c'est bien toi ! Maude, je retourne dans le pays de mon enfance, dans ma chère Provence. Je vais relever un défi, vivre de mes vignes et refaire ma vie. Je sens que je ne garderai jamais la tête haute si je reste ici. Le souvenir de Laurent me paralyse. Je sais qu'il n'aurait jamais souhaité ça. »

Quelques mois plus tard, Gabrielle lui avait encore écrit :

« Voilà, cette fois, ça y est. J'ai hâte que tu puisses voir Lou Triadou. C'est une vraie merveille. Et le cadre… Dès que tu connaîtras ce lieu, tu sauras pourquoi je tenais tellement à revenir dans la vallée. Tristan n'a jamais été aussi épanoui. Il découvre la nature avec beaucoup d'intérêt. Ça me fait chaud au cœur. Son père et le mien seraient fiers de nous. »

Puis, les e-mails s'étaient espacés, plus laconiques.

« Je crois que je suis amoureuse de Selim. » « Tout serait idyllique sans Victoire… »

Maude, pour sa part, avait su se montrer une amie exemplaire. Elle avait conseillé Gabrielle le plus justement possible, l'avait réconfortée dans les moments difficiles, mais avait toujours su demeurer discrète sur sa propre existence. Et pour cause… un terrible cyclone était en train de s'abattre sur miz Dormeuil.

Le taxi emprunta la route des vignes, à peine visible entre les longues rainures émeraude, baignées d'une douce lumière. Çà et là, les feuillages commençaient à revêtir les couleurs chaudes de l'automne. Les deux clochers de Fontvieille émergèrent bientôt du vignoble. Leur blancheur affichait leur éclat d'antan, quand on exploitait les carrières du village et que le minéral habillait les nobles demeures de la région, jusqu'aux façades des grands boulevards de la cité phocéenne toute proche.

— Où on va ? demanda le chauffeur à la croisée des chemins.

— À Lou Triadou, sur la route de Maussane.

— Je vois. C'est la première propriété en sortant du village.

Le monospace ralentit avant de s'aventurer dans le discret chemin d'accès, sur la gauche.

— Quelle idée d'avoir quitté Fontenay pour… cette cambrousse ! maugréa Maude, dépitée. Je ne le comprendrai jamais !

Le temps semblait s'écouler, fluide et léger, sur cette ancienne magnanerie. Instantanément, Maude reconnut la griffe de Gabrielle tant son mas lui ressemblait. Dès le premier coup d'œil, la professionnelle de l'hôtellerie qu'elle était apprécia l'aménagement simple et raffiné de l'ensemble. Tout semblait si naturel, composé pour glisser d'une pièce à l'autre sans brusquerie, ni rupture.

« Comme c'est gentil, pensa-t-elle en descendant du taxi. Du beau boulot, tout de même. Et dans les règles de l'art. »

Le chauffeur déchargea le coffre.

— Voilà, m'dame… Et pour le bonus ?

— Vous plaisantez ! Nous avons mis près d'une heure.

— Désolé.

— Pour moi, ou pour vous ?

La voiture repartit dans un nuage de poussière. Maude s'avança. La pièce principale s'ouvrait sur le jardin dont l'aimable fouillis était, lui aussi, caractéristique de Gabrielle. Les persiennes étaient closes et la maison fermée. Maude frappa à plusieurs reprises, en vain. De guerre lasse, elle s'assit sur une marche. Cette fois, ça y était. Ses quelques bagages posés à ses pieds renfermaient sa vie et tous ses rêves de grandeur.

Maude imagina Gabrielle, son nouveau mari, Tristan et leurs nombreux amis. Tous, autour d'une longue table, sur cette même terrasse, devaient passer des moments inoubliables, heureux… Alanguie, elle patienta au soleil, les yeux perdus sur la rangée de cyprès bordant la propriété. Maude Dormeuil ne baisserait jamais les bras. Maude Dormeuil avait toujours su se battre. Elle n'était pas n'importe qui. Elle avait un nom. Et cette petite différence ferait toute *la* différence…

VII

Au son du glas, le cortège se dirigea lentement vers le cimetière. Tout le village s'était déplacé pour l'occasion. L'assistance marchait derrière le corbillard, aussi respectueuse envers la défunte que révoltée contre sa sœur. Quelques commères drapées de noir corbeau ne pouvaient s'empêcher de ricaner de l'accoutrement de la Fanette. Aucune ne savait quoi lui reprocher exactement, si ce n'est une réputation sulfureuse construite sur une vague rumeur, qui elle-même reposait sur ce que l'une d'entre elles aurait soi-disant vu, tout du moins le croyait-elle. Bref, la mort de Mamette n'avait pas calmé les esprits et, aux yeux de tous, la pauvre Fanette était capable du pire.

Il s'en était fallu de peu que celle-ci se retrouvât inculpé de meurtre. Le jour du décès de Mamette, en effet, une lettre anonyme accusant Fanette d'avoir empoisonné sa sœur était arrivée mystérieusement chez le maire. Une brève enquête avait été diligentée. Cyprien Brignoles, le médecin du village, fut entendu par le lieutenant de gendarmerie chargé de l'investigation. Dossier médical à l'appui, il parvint très vite à démontrer qu'il ne s'agissait que de rumeurs malsaines et l'affaire fut close, au grand dam des détracteurs de celle qu'ils continuaient d'appeler la sorcière.

— Merci de votre gentillesse à tous les deux, dit-elle à Gabrielle et Selim. Je sais que ma sœur vous aimait beaucoup.

— Nous aussi, Fanette.

Puis, après un temps d'hésitation, Gabrielle reprit :

— Que comptes-tu faire maintenant ?

— Je ne sais pas, j'ai tellement voyagé... Un jour ici, l'autre ailleurs...

— Alors pourquoi ne pas te poser un moment ?

— Ici ? s'écria-t-elle consternée. Je ne pense pas que ce soit le meilleur endroit. D'ailleurs j'ai l'intention de vendre la maison de Mamette.

Gabrielle tenta une dernière fois de la persuader de rester.

— Fanette, laisse donc les mauvaises langues cracher leur venin. Elles finissent toujours par se lasser. Tu es ici chez toi, et tu pourras toujours compter sur nous.

— C'est vrai, acquiesça Selim. Moi aussi j'ai souffert de leurs sarcasmes. Simplement parce que je suis un étranger. Aujourd'hui, les choses se sont calmées.

D'un geste affectueux, Fanette leur caressa la joue, avant d'ajouter :

— Merci à vous. Je vous promets d'y réfléchir...

Gabrielle et Selim prirent congé d'elle après lui avoir fait promettre de venir leur rendre une petite visite à Lou Triadou. Fanette les regarda s'éloigner. Bien sûr qu'elle resterait, au moins un certain temps. Le temps pour elle de trouver une explication aux visions qui l'avait rappelée ici...

Dans son cabinet avignonnais, Fabien Munez jetait des coups d'œil à sa montre, tandis que Philippine Lescure tentait de lui confier ses états d'âme. Déboires sentimentaux ou frustrations sexuelles étaient le lot quotidien de la plupart des gosses de riches de la région qui, pour rien au monde, n'auraient manqué leur rendez-vous hebdomadaire chez ce psychothérapeute dont la réputation n'était plus à faire. Mais pour l'heure, il avait l'esprit ailleurs. Encore trois minutes interminables et il serait libre de rejoindre son jeune amant…

— Très bien, lâcha-t-il, à peine embarrassé de grignoter un peu de temps. Je crois que nous allons nous arrêter là pour aujourd'hui. Je propose que l'on reparle de vos problèmes avec Maxime la semaine prochaine.

Philippine se redressa d'un air dépité. Le psy posa une main dans le dos de sa patiente sans même la laisser finir sa phrase, une façon de l'accompagner plus vite vers la sortie. Arrivé sur le pas de la porte, il fronça les sourcils, une attitude dont il se servait souvent pour feindre l'intérêt sur un sujet qui ne l'effleurait même pas.

— Votre désir de domination est sans doute une piste. Au stade de notre travail, nous pourrions envisager une séance de régression sous hypnose.

— Comme vous voudrez, docteur…

Alors que sa femme s'épanchait chez son psy, Maxime s'était rendu à Montauban pour la journée. La veille, au cours du dîner, Béatrice avait déploré l'état désastreux de la remise à outils qui avait été fortement endommagée par l'incendie de juillet. Elle envisageait, sans savoir avec quel argent, de la faire reconstruire avant les vendanges. Maxime avait vu là une belle opportunité de fuir La Commanderie et le regard implacable de Louis Aymard. Il s'était empressé d'offrir ses services à sa mère. Olivier vint lui prêter main-forte, autant pour occuper son temps que pour faire connaissance avec son neveu. Très vite, ils sympathisèrent. Sans le savoir, l'oncle avait marqué les esprits, celui de Maxime en particulier qui avait toujours admiré ses choix.

— Toi, tu as eu le courage de quitter cette baraque à temps, fit-il attristé.

— Toi aussi tu es parti.

— Non, je me suis enfui.

— Moi aussi. Et tu vois, je suis revenu. Comme quoi on ne peut pas renier bien longtemps ses origines…

Dès leur retour du cimetière, Gabrielle et Selim rejoignirent Béatrice et les vignerons sinistrés au Laetitia afin d'organiser la collecte des fonds. Ensemble, ils devaient statuer sur la proposition d'Élie d'organiser un concert.

— Il faudrait en parler dans la presse régionale, suggéra Lucien, le libraire.

— Pôvre couillon, s'enflamma immédiatement Phonse. Parce que tu crois qu'ils vont venir, tes journalistes, pour un simple bal de village ?

— Môssieur a sans doute une meilleure idée ?

— Qui sait ? On devrait faire venir du beau monde à notre fête.

— Fftt, siffla Lucien.

Depuis quelque temps, une tension particulièrement vive avait ranimé les chamailleries entre les deux hommes. Jamais l'un n'avait eu autant la volonté de blesser l'autre.

— Je pense que personne ici ne connaît vraiment de stars, reconnut Gabrielle.

— Moi, si…

Un silence intrigué ponctua cette intervention impromptue, puis, dans un mouvement d'ensemble, l'assistance se retourna dans la direction d'où leur était parvenu cette voix. Le visage de Gabrielle s'illumina. La jeune femme sauta de joie comme une collégienne dès qu'elle reconnut son amie de jeunesse.

— Mauuude !

— Gaby !

— Comment est-il possible que tu sois déjà là ? Tu m'avais dit…

— Je sais, je ne devais arriver que la semaine prochaine. J'ai dû changer mes plans à la dernière minute. Ça ne t'ennuie pas trop, j'espère ?

— Tu plaisantes ! Je suis ravie que tu aies pu venir plus tôt. Tu resteras le temps que tu voudras.

Tout excitée à l'idée de la présenter à ses amis, Gabrielle l'entraîna vers Béatrice, un peu intimidée devant l'élégance de la New-Yorkaise. Puis vint le tour de Lucien, qui se leva poliment, et de Phonse, qui dévoila son bridge flambant neuf en offrant un généreux sourire.

— Depuis le temps que la pitchounette nous parle de vous, soyez la bienvenue ici, s'écria Élie tout en lui déposant une bise généreuse sur chaque joue.

Cette démonstration intempestive d'affection, si typiquement française, laissa Maude complètement médusée. Elle sourit, mais déjà son attention se focalisait sur l'homme à la vareuse, silencieux, qui se trouvait juste derrière Élie. Sous le charme, Maude ne parvenait pas à se détacher de son regard intense, presque magnétique.

— Et voici Selim dont je t'ai tant parlé, ajouta Gabrielle, une main amoureuse sur l'épaule carrée de son mari.

Telle une louve, Maude se concentra sur lui quelques secondes, juste assez pour chagriner Gabrielle et embarrasser Selim.

— Alors comme ça, vous connaissez du monde ? lança Élie pour rompre le malaise qui s'installait.

— Oui, concéda Maude. Et je serais très heureuse de pouvoir vous aider.

Son sourire éclatant dissipa tout malentendu. Sans trop se faire prier, elle proposa d'organiser un vaste événement à l'occasion des vendanges et de convier quelques personnalités du show-biz vivant dans les environs. Pour les avoir souvent invités dans ses nombreux palaces autour du monde, Maude assura qu'ils seraient enchantés de répondre présents à son appel. Surtout s'agissant d'une noble cause comme la sauvegarde du massif des Alpilles.

— Vous pourriez faire ça aussi rapidement ? demanda Élie, incrédule. Avé la pitchounette, on essaie depuis des semaines sans résultat.

— Il n'y a rien de bien compliqué, croyez-moi, dit-elle faussement modeste. Ce sont des personnes comme vous et moi.

Et, se tournant vers son amie d'enfance, elle ajouta, l'air angélique :

— Non ?

Cette question semblait beaucoup plus mettre en évidence l'incompétence de Gabrielle que la prendre à témoin. Troublée, elle acquiesça d'un sourire poli.

À Montauban, Béatrice fut enchantée d'apprendre qu'Olivier avait finalement choisi de s'y installer quelque temps. Lui-même avait semblé apprécier cette journée passée au grand air en compagnie de son neveu Maxime. Leur aide serait précieuse à l'approche des vendanges où chaque bonne volonté serait requise. Et Olivier trouverait peut-être un équilibre, une place parmi eux, près d'elle. La romantique Béatrice l'imaginait déjà vivant avec elle au château. L'évidence s'imposait…

Au cours du dîner, elle se montra très optimiste. Tout d'abord parce qu'elle fondait de grands espoirs sur les fonds que pourrait récolter le village avec le concours de Maude. Malgré son allure sophistiquée, l'amie de jeunesse de Gabrielle semblait maîtriser la situation, et ses conseils avisés sur la procédure à suivre pour mettre la compagnie d'assurances devant ses responsabilités paraissaient très judicieux. Enfin, il y avait cette proposition inespérée de Philippine… Grâce à son chéquier bien garni, Montauban serait sauvé.

— Parfois, je comprends mieux Victoire, ce qui motivait son attachement à ce très lourd héritage, reconnut-elle. Mais en ce qui me concerne, jamais je ne sacrifierai le bonheur de Maxime – ou de qui que ce soit – pour ce tas de pierres. Le bonheur ne s'achète pas.

Cette dernière remarque frappa Olivier qui se mit à jouer machinalement avec ses couverts tandis que ses pensées voguaient vers les côtes californiennes. Ce choix décrié à l'instant par Béatrice avait été celui de son ancienne maîtresse et, chose curieuse, hormis un vague sentiment de nostalgie, Lescure ne ressentait plus cette cruelle sensation de vide qui lui avait pourtant été si familière. Il préféra sourire poliment à la maîtresse de maison au moment où elle l'enroba d'un regard langoureux plutôt que de lui révéler le fruit de ses réflexions. Béatrice semblait si attachée à lui qu'il ne tenait pas à la faire souffrir.

De l'autre côté des vignes, le dîner à Lou Triadou se terminait par l'évocation de nombreux souvenirs d'enfance. Tristan restait très admiratif des succès de Maude qui, faussement modeste, menait la discussion avec détachement. Son parcours sans faute captivait l'attention tout comme il relativisait celui de Gabrielle. Pour la première fois, celle-ci prit conscience de l'océan qui séparait leurs deux mondes. Et, peu à peu, elle fut saisie d'un drôle de pressentiment. Était-elle jalouse ? Elle en était là de ses réflexions quand Maude, éreintée par le décalage horaire, manifesta son envie d'aller se coucher.

— Les jeunes mariés ont besoin d'un peu de tranquillité, sourit-elle, malicieuse. Demain, je pourrai m'occuper de Tristan, si tu veux. Vous seriez un peu plus libres !

Gabrielle n'y vit aucune objection et se dirigea vers la porte, au bout du couloir.

— Je n'ai pas encore eu le temps de finir de poser le papier peint, s'excusa-t-elle.

— Ça ira très bien comme ça. Ne t'inquiète pas.

Tandis que son hôtesse se retirait, Maude l'interpella, presque alarmée à l'idée qu'un trouble ait pu s'immiscer entre elles. Pour éviter tout malentendu, elle ne put s'empêcher d'exprimer sa gratitude envers une amie si fidèle qui, aujourd'hui, l'accueillait dans sa jolie petite maison, au sein de sa bien belle famille.

— Gaby… Je suis très heureuse pour toi, lui dit-elle d'une voix reconnaissante.

Surprise par cet élan de gentillesse, Gabrielle se sentit confuse d'avoir pu douter un instant des intentions de Maude. Mais dès qu'elle referma la porte, toute trace de douceur angélique disparut du visage de Maude qui sortit un téléphone portable de son sac à main et composa un numéro. Le but de sa venue dans la vallée accaparait toutes ses pensées.

« Je suis certaine que notre collaboration pourrait porter ses fruits, se dit-elle après avoir raccroché. Je pense qu'une petite visite-surprise s'impose. »

À l'autre bout du couloir, Selim croisa dans le miroir le regard enjoué de sa femme qui paraissait visiblement radieuse d'avoir renoué le contact avec Maude. Elle fit l'éloge de son amie avec beaucoup plus de conviction qu'elle n'en avait manifesté au cours du dîner. La raison de ce revirement de situation échappait encore au vigneron, mais Gabrielle ne tarderait pas à lui livrer la réponse. Parfois, sa spontanéité inquiétait un peu Selim. Avec elle, les situations étaient toujours nettes, avec peu de nuances mais toujours beaucoup de cœur. Selim craignait que sa femme n'ait à nouveau à souffrir de sa naïveté, et ça, il ne le supporterait pas.

— Tu vas rire, sourit Gabrielle en se glissant sous les draps, mais j'ai cru un instant que Maude était jalouse de moi. Et de quoi ? Grand Dieu ! Elle a tout.

— Tout, peut-être, sauf l'amour.

Le romantisme de Selim fit chavirer Gabrielle. Mais cette nuit-là, le vigneron eut un mal fou à trouver le sommeil tant la présence de Maude sous leur toit le perturbait. Les mains jointes sur le ventre et la tête rehaussée contre l'oreiller, il scrutait le plafond et les ombres du vieux figuier qu'il distinguait par la fenêtre. Le regard insistant que lui avait lancé Maude n'avait échappé à personne, pas plus au Laetitia tout à l'heure qu'au dîner. Et sans être devin, il ne faisait aucun doute que Selim ne la laissait pas indifférente. Bien que ce jeu de séduction le mît particulièrement mal à l'aise, il ne pouvait être l'homme que d'une seule femme, un mari qui, par amour, ne soulèverait aucune polémique capable de remettre en cause une amitié tellement importante aux yeux de son épouse.

Selim se leva à l'aube ce jour-là, habité par de mauvais pressentiments. Il quitta Lou Triadou bien avant le chant du coq, jugeant préférable de laisser les filles entre elles. Alors qu'il sortait du mas endormi sur la pointe des pieds, il échafauda différentes stratégies pour mettre fin au malentendu qui l'avait empêché de fermer l'œil pendant la nuit. Dehors, l'air était particulièrement sec après que la tramontane eut soufflé sur le vignoble toute la nuit. Une brise tiède entraînait à présent dans son tourbillon quelques particules de terre rougie du côté des vignes.

Selim n'aimait pas la couleur grise du ciel autour du mont Paon. Le signe d'une météo pluvieuse. Il se dirigea vers les vignes et saisit une feuille sur le premier cep. Il la retourna pour un examen sommaire, puis s'agenouilla afin de surveiller la grappe. Le raisin arrivait à maturité beaucoup plus tôt que prévu. Les vendanges risquaient d'être avancées. Cette idée ne l'enchantait guère. Comme tous les vignerons, à l'approche de la date anniversaire, Selim se sentait plus nerveux, et cette année plus particulièrement compte tenu des enjeux économiques de cette récolte.

Sans plus attendre, il allait devoir se mettre en quête de vendangeurs.

Dans sa boutique, Phonse alignait nerveusement de belles aubergines, un œil rivé sur le jeune homme qui détaillait ses foies gras depuis un bon quart d'heure. Le primeur lui avait déjà demandé s'il voulait des renseignements, mais il avait été éconduit.

— Il vous faut quelque chose ? finit-il par grommeler, agacé.

D'autorité, le primeur retira le bocal en verre des mains de l'indécis et le reposa à sa place. Le jeune homme resta silencieux. Il avait l'habitude de ce genre de comportement. Depuis sa plus tendre enfance, il lisait dans le regard des gens le rejet qu'il inspirait et ne s'en offusquait plus. Chaque fois que lui ou l'un des siens entraient dans une boutique, les commerçants devenaient soupçonneux. Tout ça parce qu'ils étaient gitans, parce qu'ils avaient un mode de vie différent. Mais la crainte qu'ils inspiraient se nourrissait bien souvent de préjugés, solidement ancrés dans les mœurs des sédentaires avec lesquels, décidément, ils ne pourraient jamais cohabiter. Leur simple présence sur le territoire d'une commune se soldait régulièrement par l'intervention des agents de la force publique. Chassés, bannis, condamnés à errer.

Pourtant, deux fois l'an, lui et ses semblables suivaient leur étoile jusqu'en Camargue, cette terre promise où le roi René fit enfermer les reliques de Marie Jacobé et de Marie Salomé dans les châsses de l'église des Saintes-Marie-de-la-Mer. C'était là, dans la crypte basse embrasée de cierges qu'ils entraient, précédés d'un orchestre de violons et de guitares, pour clamer des invocations, confier leurs nouveau-nés aux bons soins de leurs saintes vénérées. Avec une ferveur toute particulière, ils priaient, chacun tenant son cierge le plus haut possible afin que la lumière divine lui apporte la paix. Cette paix de l'âme qui leur faisait oublier tout le reste.

— Maintenant fous-moi le camp si tu ne veux rien, gronda Phonse.

Le jeune homme, qui ne tenait pas à créer de problèmes, se retira. Sur le pas de la porte, il croisa Selim. Le vigneron comprit instantanément ce qui venait de se passer.

— Quoi ? jappa Phonse. Qu'est-ce que tu veux ?

Puis il se radoucit un peu, bien conscient que Selim n'y était pour rien.

— Je me méfie toujours de ces gitans, se justifia-t-il. Tu les lâches des yeux une seconde et ils te vident le magasin.

Selim ne releva pas. Il venait chercher les courses commandées par Gabrielle. Juste avant que le primeur ne lui tendît deux grands sachets, le vigneron lui demanda s'il connaissait de la main-d'œuvre pour les vendanges, ses démarches auprès de l'ANPE étant restées vaines.

— Non, désolé, répondit le commerçant. Je ne vois personne.

Selim quitta la boutique, les bras lourdement chargés. Sur la place, il reconnut le jeune homme chassé par Phonse et qui, d'une main désabusée, trempait son bandana dans l'eau de la fontaine pour se rafraîchir. Selim arriva à sa hauteur.

— Bonjour, fit-il aimablement.

Le gitan le considéra avec hésitation, sans pour autant se départir de sa noble fierté andalouse.

— Ne lui en veux pas trop. Tu sais, ce n'est pas un mauvais bougre.

— J'ai l'habitude avec les *gadji.*

— Dis-moi, reprit Selim, tu ne chercherais pas du travail pour quelques semaines, par hasard ?

— Pourquoi ? Tu as quelque chose à me proposer ?

— Ça se pourrait. Je suis vigneron et j'ai besoin de main-d'œuvre. Ça t'intérese ?

— Faut voir, lâcha-t-il, toujours méfiant.

— Tu pourrais me trouver une vingtaine de personnes ?

— Pour quand ?

— Pour la fin de la semaine.

Le jeune homme sembla se radoucir. Il sentait intuitivement qu'il pouvait lui faire confiance.

— D'accord. Je vais en parler à mes cousins. Ils doivent descendre pour le pèlerinage d'octobre.

— Moi, c'est Selim.

— Manolo, répondit le gitan en serrant la main du vigneron. Manolo Estrella. Tu peux compter sur nous.

Selim n'en douta pas une seconde.

La nuit était tiède. Un croissant de lune creusait de profondes rides dans la paroi dentelée des Alpilles. D'une excavation surgissait parfois une chouette. À cette heure avancée, les ombres s'emparaient de l'imaginaire, impressionnant, fertile. Souche, récif escarpé ou source impétueuse, tout devenait magie et légende dans le vallon de l'Esprit fantastique. L'eau coulait à vive allure dans le canal. Elle descendrait toute la nuit pour rejoindre à l'aube le Rhône, puis, vers midi, la Méditerranée.

Une main gantée saisit la poignée métallique d'une vanne d'irrigation. D'un geste sûr, elle retira la plaque de fer avant de la replacer à angle droit. Le cours de l'eau changea de direction, et son flot abondant inonda bientôt les vignes de Montauban…

VIII

— La pluie…, frémit Selim en bondissant de son lit jusqu'à la fenêtre. Il était cinq heures du matin et il blêmit devant le spectacle qui s'offrait à lui.

— Que se passe-t-il, s'enquit Gabrielle, encore groggy de sommeil.

— Viens voir par toi-même, tu comprendras.

Sous la lumière diffuse des premières heures de l'aube, Lou Triadou avait perdu de son éclat. Le sol était complètement détrempé par les averses de la nuit. Le vigneron enfila à la hâte un ciré sur son jogging et descendit quatre à quatre au rez-de-chaussée. Il chaussa ses bottes en caoutchouc puis fila dans les vignes. Désespéré, il parcourut les rangées de ceps complètement gorgées d'eau. À cette heure, c'est à peine s'il parvenait à distinguer le mont Paon, juste derrière le mas. Pendant la nuit, d'épais nuages s'étaient infiltrés dans la vallée comme des loups dans une bergerie.

— Mon Dieu, souffla Gabrielle qui l'avait rejoint, c'est une catastrophe.

— Non… la fin d'un rêve !

Elle se tourna vers son mari, plus inquiète encore pour lui.

— Viens, fit-elle en l'abritant sous son parapluie. Je t'en prie, rentrons. De toute façon, nous ne pouvons plus rien, sinon espérer que le mistral se lève au plus vite.

Selim huma l'air puis tourna légèrement sur lui-même en direction du nord.

— Le mistral ne soufflera pas aujourd'hui. Nous sommes partis pour au moins cinq jours de pluie.

— Viens, je te dis. Rentrons.

Le petit déjeuner fut assez sinistre ce matin-là. Avec ce temps, c'est toute la production qui serait affectée. Optimiste de nature, Gabrielle s'accrochait à l'idée que l'eau ne s'insinuerait pas tout de suite dans les grappes de raisin. De plus, la sécheresse des derniers jours avait considérablement accru le taux de sucre, et les nuages seraient déjà loin avant que la situation ne devienne alarmante.

— Nous en avons connu d'autres. Nous nous en sortirons, je le sais.

— Je l'espère, souffla Selim avant de partir inspecter le reste du domaine.

La porte se refermait sur sa silhouette accablée quand Tristan et Maude descendirent pour le petit déjeuner. Gabrielle expliqua les raisons de leur vive inquiétude. Leur invitée compatit.

— Puis-je t'être d'une aide quelconque ?

— Je crains hélas que non. Pour l'instant, nous ne pouvons rien. En revanche, si tu veux toujours accompagner Tristan, ce serait avec grand plaisir.

Puis, se tournant vers son fils, elle ajouta, en caressant ses cheveux d'une main affectueuse :

— Ça ne t'ennuie pas mon poucinet ?

Incommodé par le geste autant que par le sobriquet, l'adolescent se rebiffa.

— Je t'ai déjà dit que je ne voulais plus que tu m'appelles comme ça ! C'est ridicule.

— Mais enfin, mon chéri…

— Bon, ça va, lâcha-t-il en quittant la pièce, sans même terminer son bol de céréales.

Gabrielle leva les bras au ciel, complètement dépassée par l'attitude de l'adolescent.

— Il grandit, répondit Maude compatissante. Tu le considères peut-être un peu trop comme un bébé à son goût. Accepte qu'il fasse ses choix, des erreurs... Occupe-toi de tes vignes et ne t'inquiète pas. Je me charge de lui. D'ici ce soir, il aura tout oublié.

L'expression taciturne de Tristan s'estompa peu à peu au fil des heures qu'il passa avec Maude. L'amie d'enfance de sa mère paraissait tellement indulgente. Sans qu'il ait trop à entrer dans les détails, elle devinait ses pensées. À ses côtés, sa mère passait pour une femme intransigeante.

— Depuis que nous sommes revenus dans la vallée, elle n'a même pas trouvé le temps de venir avec moi pour préparer ma rentrée scolaire !

— Je vois... Tu lui en veux ?

— Oui. Elle ne pense qu'à son fichu domaine.

— Et... à Selim ?

Le jeune homme baissa la tête, presque ennuyé d'avoir à répondre à une telle question.

— Oui. Je n'existe plus pour elle.

Maude ne releva pas. Sans un mot, ils firent quelques pas dans la rue, en quête de nouveaux vêtements. Tristan s'enthousiasma pour un blouson de moto, le blouson de ses rêves. Certains de ses copains en portaient, mais Gabrielle avait toujours refusé de lui en offrir un, ne le trouvant pas assez chaud et d'un prix exorbitant.

— Viens, on va l'essayer, proposa Maude. Je le trouve extra.

Sans se faire prier, Tristan l'enfila. Il semblait taillé pour lui. Le visage de l'adolescent s'illumina, comme s'il venait de revêtir un habit sacré. Il chercha du regard l'assentiment de son amie avant de se résoudre à l'enlever.

— Il est parfait, s'écria-t-elle en insistant pour qu'il le garde sur lui.

Puis elle lança à l'attention du vendeur :

— Nous le prenons.

— Non, je ne peux pas, se résigna Tristan. M'man ne veut pas.

— Pourquoi donc, s'il te plaît ? Il te faut bien un vêtement pour l'intersaison.

Gêné, Tristan murmura, une main sur l'étiquette, qu'il était trop cher.

— Ne t'inquiète pas pour ça. C'est mon cadeau. Ta mère comprendra. C'est bien normal, vous avez la gentillesse de m'héberger !

Dès qu'il entra dans les alignements de grenache, Selim constata avec effroi que quelque chose d'anormal s'était produit. Il descendit le coteau, en proie à un mauvais pressentiment. Arrivé en bas de la parcelle, sa crainte se confirma : tous les ceps avaient les pieds dans l'eau... Sans plus attendre, il courut chercher du secours. Gabrielle, Béatrice et Olivier ne demandèrent pas d'explication lorsqu'ils virent l'expression sinistre du pauvre Selim, qui était complètement trempé.

Dans tout le vignoble de Montauban, les rangs de grenache et de mourvèdre, tout comme le dernier tiers de l'encépagement en cabernet sauvignon, ne ressemblaient plus qu'à une rizière camarguaise...

— D'où peut provenir toute cette eau, s'écria Gabrielle avec effroi. Il n'a pas tant plu que ça !

— J'aimerais bien le savoir, lui répondit Selim avec suspicion.

— La terre s'est tellement rétractée ses dernières semaines, reconnut Béatrice. Le sol est sans doute devenu plus imperméable.

— Il faudrait pomper, ajouta Olivier.

Le vigneron ne répondit rien. La pluie ruisselait sur ses cheveux, plaquant quelques mèches autour de son visage. Il examina une nouvelle fois les grappes environnantes. Lèvres pincées, le regard inquiet, il allait de gauche à droite. Sur quatre hectares, le même constat s'imposait. S'ils pompaient, il leur faudrait des jours avant d'évacuer les tonnes d'eau qui avaient inondé les vignes, et sans pour autant garantir de sauver la récolte… Gabrielle lut dans les yeux de l'homme de sa vie toute la déception de voir ainsi anéantie toute une année de travail.

— Il va falloir nous résoudre à revoir notre production à la baisse cette année. Nous serons aussi certainement obligés de modifier l'assemblage habituel. À moins d'un miracle, je ne pense pas que nous puissions tirer quoi que ce soit de ces raisins.

En fin d'après-midi, le ciel restait désespérément bas, sombre et menaçant. De longues flaques avaient transformé la cour de Lou Triadou en une véritable mare. Olivier retrouva Maxime, en quête de fournitures pour la réfection du toit de la remise à outils. Élie vint rejoindre Selim, Gabrielle et Béatrice, afin de discuter des préparatifs pour le grand gala de la semaine suivante. En l'absence de Maude, avec laquelle il avait pourtant rendez-vous, Élie tenta de réconforter ses amis. Une heure plus tard, la porte s'ouvrit enfin sur Tristan et Maude. L'adolescent portait son blouson sur lui, fier comme Artaban.

— Il te plaît ? lança-t-il à sa mère sur un ton de défi.

— Ce n'est pas la question ! Tu sais très bien que je ne voulais pas que tu l'achètes.

Devant la surprise des uns et la désapprobation des autres, Gabrielle se radoucit sans que son propos ne perde en fermeté.

— C'est ton choix. Je le respecte. Mais dans ce cas, c'est toi qui le paieras. Si tu cherches du travail, nous en avons justement à te proposer.

— C'est un cadeau que je lui fais, se justifia Maude. Vous avez la gentillesse de m'héberger, je trouve cela normal.

Une expression de profond agacement assombrit le visage de Gabrielle.

— Le problème n'est pas là, Maude ! fit-elle sèchement. Tristan savait très bien ce que je pensais de tout ça, mais il n'en a tenu aucun compte.

Puis, à l'intention de son fils, elle siffla :

— Maintenant, monte dans ta chambre, s'il te plaît. Nous réglerons ça plus tard.

Tristan le fusilla du regard. Il obéit cependant. Maude s'apprêtait à lui emboîter le pas quand Gabrielle la retint :

— J'entends que mon fils soit élevé selon mes principes. J'espère simplement que tu n'étais pas au courant de notre différend…

Maude parvint à masquer son trouble derrière son habituelle expression angélique, bien consciente qu'à présent elle devrait jouer beaucoup plus finement avec Gabrielle. Pour couper court, elle jeta à l'adresse du maire qu'elle était parvenue à contacter une centaine de personnalités, qui toutes étaient prêtes à sortir leurs chéquiers pour défendre la cause des Alpilles.

— Parmi elles, certains noms du show-biz. Michel s'est même proposé d'animer la soirée.

— …

— Danner, l'animateur télé, reprit-elle d'un air entendu.

Ils se dévisagèrent, interloqués.

— J'espère que vous avez un lieu suffisament vaste pour accueillir cinq cents personnes.

— Je pensais, s'empressa de confirmer le maire, que nous pourrions utiliser le site de Biotech. Qu'en dites-vous ?

— Oui ! Ce sera parfait, s'écria Béatrice. Autant qu'il serve à quelque chose.

Maude leur fit savoir qu'elle s'occuperait de contacter un traiteur et une équipe d'animation pour que tout soit parfait. En revanche, elle aurait besoin de petites mains pour les détails, comme l'envoi des cartons d'invitation.

— Gabrielle, lança-t-elle, une pointe de perfidie dans la voix, tu veux bien m'aider pour ce genre de choses ?

Sans même attendre sa réponse qu'elle savait acquise d'avance, Maude s'éclipsa. Gabrielle fulminait, mais se garda bien de le montrer. La main rassurante de Selim vint discrètement lui apporter un peu de réconfort.

Dans les jours qui suivirent, les tensions entre les deux femmes montèrent d'un cran, toujours à cause de Tristan. La crise éclata un soir. Selim avait demandé à l'adolescent de ranger les instruments aratoires dans la remise qu'Olivier et Maxime venaient de terminer. Le garçon lui avait répondu qu'il avait prévu une balade à vélo avec Ludivine, promettant cependant de l'aider à son retour. Mais ce qui devait arriver arriva : il oublia de le faire. Au cours du dîner, Selim le lui fit remarquer. C'est alors que Tristan se leva d'un bond, en jetant sa serviette avec rage dans son assiette.

— Je n'ai aucun ordre à recevoir de toi, hurla-t-il. Tu n'es pas mon père !

Tandis que Maude s'apprêtait à suivre l'adolescent, Gabrielle se dressa à son tour et s'en prit à elle avec véhémence :

— Reste là ! Tu n'es pas sa mère, rentre-toi bien ça dans le crâne. Et j'aimerais qu'à l'avenir, tu t'arranges pour ne pas intervenir dans mes affaires.

— Laisse, coupa Selim calmement. Tu es beaucoup trop en colère, chérie. C'est moi qui vais y aller.

Les deux femmes se toisèrent sans dire un mot. Gabrielle savait que son emportement était justifié. Elle avait vu clair dans le jeu de Maude dès l'instant où elle était apparue au Laetitia. Mais pourquoi agissait-elle ainsi ? Sans doute parce que le bonheur d'une vie de famille devait lui être insupportable. Après avoir testé ses griffes sur Selim et compris qu'elle ne parviendrait pas à ses fins, elle portait son dévolu sur Tristan. Dieu que cela pouvait être lâche !

Gabrielle dévisagea Maude, arrogante et presque amusée par la situation.

— Je quitterai Lou Triadou dès que le gala sera terminé, trancha-t-elle froidement.

En agissant ainsi, Maude disposait une fois de plus de Gabrielle qui ne releva pas.

Depuis trois jours, la terrasse du Laetitia se trouvait désertée et la place principale n'accueillait plus autant d'hommes sur son terrain de boules. L'activité se concentrait sur le chemin des vignes. Tout au long de la matinée, des tracteurs conduits par les vendangeurs traversaient le cours Yacinthe-Bellon. Sur les remorques, les saisonniers, des étrangers pour la plupart, chantaient pour se donner du courage en faisant balancer de chaque côté du plateau leurs bottes de caoutchouc, au rythme de leurs mélodies lointaines. Vêtus de chandails délavés et de jeans en toile épaisse, ils étaient arrivés en grand nombre. Pendant quelques semaines, ils seraient ici chez eux, heureux d'exister grâce aux emplois que refusaient les sédentaires.

Manolo, le gitan, avait tenu sa promesse. Il avait réuni une vingtaine de solides gaillards, des cousins plus ou moins éloignés, pour travailler à Montauban. En constatant les dégâts causés par les pluies, c'est tout naturellement qu'ils aidèrent les propriétaires à sauver la récolte. Ensemble, ils ne ménagèrent pas leurs efforts et contribuèrent à éviter le pire. Néanmoins, plus d'un tiers de la production fut détruite par la pourriture grise qui avait attaqué le raisin.

Selim s'affairait à décharger la première remorque de la matinée quand une voiture grise se gara près des chais de Montauban. Deux hommes en descendirent.

— Qui est-ce ? demanda Maxime.

— Tu attendais une visite ? enchaîna Olivier.

Sans un mot, le vigneron alla à leur rencontre, taraudé par une mauvaise intuition, vite confirmée quand il arriva à leur hauteur.

— Bonjour, monsieur, dit le plus grand des deux. Nous sommes agents de l'Urssaf. Nous venons vérifier si vos déclarations sont à jour et correspondent au nombre de saisonniers que vous employez.

Selim déglutit, soudain anxieux. Avec les derniers événements, il redoutait que Gabrielle n'ait pas eu le temps de remplir toutes les formalités administratives…

La réunion pour les derniers préparatifs du gala se termina d'assez bonne heure ce jour-là. La plupart des participants devaient regagner leurs vignes au plus tôt. Sur le pas de la porte, Fanette héla Gabrielle pour la remercier d'avoir persuadé les membres de l'organisation de l'impliquer dans la manifestation.

— Je n'ai jamais eu d'amie comme toi, avoua-t-elle.

— Moi non plus. Et sache que j'en suis très fière.

À cet instant, Maude passa devant les deux femmes, indifférente. Fanette se troubla soudain, puis, d'une voix grave, confia à Gabrielle son pressentiment au sujet de la distinguée New-Yorkaise.

— Tu dois te méfier d'elle. Sa sympathie apparente ne laissera que des peines sur son passage…

Perdu en pleine garrigue, Biotech dissimulait les chromes rutilants et les miroirs de son architecture au milieu des pins d'Alep. De la route qui longeait le site, nul n'aurait pu deviner qu'ici se camouflait l'une des plus belles réalisations industrielles de la région vouée à l'abandon.

Ce soir-là, pourtant, elle allait connaître quelques heures de faste. Un cortège de voitures officielles déposait les invités dans un ballet parfaitement synchronisé. Sous la lumière des projecteurs, les flashes crépitaient. Toilettes et sourires éclatants s'imposaient, tous venaient pour une noble cause. Jamais le village n'avait connu une telle concentration de célébrités. Maude Dormeuil régnait en véritable maîtresse de cérémonie sur tout ce petit univers. Aux yeux de tous les hôtes de marque, elle orchestrait la soirée avec sa légendaire maestria, délaissant une actrice fantasque pour accueillir un *french crooner*, tandis que, d'ici peu, ce serait au tour d'un célèbre présentateur télé de lancer la soirée en compagnie de son épouse et de leur inséparable yorkshire.

— Coquin de sort, murmura Élie qui n'en croyait pas ses yeux, c'est pas rien quand elle prend les choses en main !

— Du jamais vu, renchérit Lucien, qui ne se sentait pas très à son aise.

— Et lui, grommela Phonse en apercevant Manolo, qu'est-ce qu'il fait ici ?

— C'est Selim qui tenait à ce qu'il vienne, reconnut Élie. Pour le remercier de son aide.

— Oh, peuchère, reprit le primeur. Maude ne va pas beaucoup apprécier…

— Tu l'as dit !

Dans la salle bondée, Gabrielle prêtait main-forte aux serveuses. Depuis le début, elle avait bien compris qu'elle ne jouerait ici que les seconds rôles. Mais elle ne s'en formalisait pas le moins du monde puisque le but de cette soirée était de venir en aide aux vignerons sinistrés, et que Maude quitterait la vallée le lendemain. L'avenir s'éclaircissait de nouveau. Bien sûr, les dernières vendanges resteraient dans les mémoires. À Montauban, la production avait été médiocre, tant en qualité qu'en quantité, et l'intervention des gens de l'Urssaf s'était soldée par une amende assez lourde. Quatre des cousins de Manolo n'avaient en fait pas pu fournir de papiers en règle. Dépassée par les événements, Gabrielle n'avait pas eu le temps d'enregistrer toutes les déclarations…

L'attention de Gabrielle fut soudain attirée par l'arrivée de Jean-Yves Mérentier. Cet homme d'une soixantaine d'années dirigeait le groupe Alliance, la chaîne hôtelière dans laquelle Maude avait fait ses premières armes avant qu'elle et son époux Richard ne deviennent de redoutables concurrents. Quelques mois plus tôt, Montauban avait engagé des tractations avec le groupe Alliance, mais les négociations avaient échoué.

— Pourquoi est-il ici ? Je croyais que Maude était en froid avec lui, demanda Gabrielle à Selim.

— Je ne sais pas. Mais il y a sûrement une bonne raison à sa présence. Et à voir leur sourire, la situation semble s'être réchauffée…

De l'autre côté, Philippine, radieuse, faisait son entrée entourée de son grand-père et de son mari qui affichait un air maussade. La jeune femme pouvait être sereine. Dans deux jours tout au plus, une partie du capital de Montauban serait en sa possession. Son mariage avec Maxime serait définitivement scellé. Ce dont doutait son mari, qui cherchait par tous les moyens à la ramener à plus de lucidité. Leur union était un fiasco sur toute la ligne, dans lequel chacun fuyait l'autre. Pourquoi s'obstiner ?

Les derniers invités arrivèrent.

Béatrice apparut, rayonnante dans sa robe noire très simple. La raison d'un tel épanouissement devait sans doute être liée au fait qu'Olivier l'accompagnait.

— Finissons-en vite avec ces mondanités et rentrons, lui murmura-t-il tendrement.

D'une main, il retint galamment la porte, tandis que le souffle de ses lèvres effleurait l'épaule de sa cavalière, peut-être même de manière trop suggestive car Béatrice vira au rouge coquelicot quand elle vit le sourire faussement réprobateur de Gabrielle.

— Maude, commença-t-elle, je ne crois pas que tu connaisses Olivier, le beau-frère de Béatrice.

L'homme en smoking sourit poliment, comme le fit son interlocutrice dès qu'elle se retourna. Pourtant, à cet instant précis, chacun d'eux eut l'impression que la terre allait se dérober sous leurs pieds... Gabrielle et Selim se rapprochèrent de leurs amis. Maude en profita pour enchaîner d'un ton anodin :

— Il faut que je vous présente Jean-Yves Mérentier. Je suis en train de le convaincre de signer avec vous.

Elle enroula un bras affectueux autour du cou de Gabrielle qui s'étrangla de surprise alors qu'elle buvait une gorgée de champagne.

— Ce serait bien pour vous, non ?

Mal à l'aise de se retrouver dans un tel univers, Manolo se rapprocha du buffet. Une petite coupe lui donnerait sans doute le courage nécessaire pour affronter les regards hostiles. Devant le plateau des hors-d'œuvre, il remarqua immédiatement la chute de reins provocante de sa voisine, sublime dans sa robe de soie rouge à l'échancrure étourdissante. Arrivé à sa hauteur, la tendre œillade que lui jeta Philippine l'engagea à davantage de hardiesse. Quoique resté en retrait, Louis Aymard ne perdit pas une miette de la scène…

De puissantes odeurs de thym et de sarriette embaumaient cette nuit estivale. La musique était aussi raffinée que le champagne, et les prestigieux invités semblaient conquis par cette soirée sans fausse note, couronnée de succès. Pleinement satisfaite, Maude profitait d'un instant de répit pour se délasser sur la terrasse, humer l'air encore tiède de la saison.

— Bonsoir, lança une voix grave derrière elle.

Sans même se retourner, elle l'avait reconnu, lui, l'homme pour qui, un jour, son esprit s'était échauffé, le seul qui avait été capable de bouleverser l'ordre de ses priorités, son existence confortable mais résolument banale. Il se trouvait donc là, dans la vallée… Un détail qui risquait de modifier sérieusement ses plans.

— Bonsoir, Olivier, répondit-elle sobrement.

Son regard plongé dans celui, intense, de Maude, Olivier avança lentement, hypnotisé par sa seule présence, et plus déterminé que jamais à la reconquérir si elle lui en laissait l'initiative. Après une brève hésitation, les doigts de l'écrivain se posèrent sur la nuque délicate de sa muse.

— Dire que depuis ton arrivée ici, pas une seule fois je n'ai fait le rapprochement entre l'amie de Gabrielle et celle que…

La fin de sa phrase resta en suspens. Bouleversé, Olivier se sentait soudain incapable de brusquer le destin, tandis que leurs esprits succombaient déjà aux souvenirs de leurs caresses. Au même moment, Béatrice, debout dans l'encadrement de la baie vitrée, crispa ses doigts autour de la flûte à champagne qu'elle tenait à la main. Anéantie par la scène qu'elle regardait, elle ravala son amertume devant le mauvais tour que lui jouait le passé.

À l'intérieur, un flamenco endiablé animait la piste de danse, investie par Philippine qui en devint rapidement le centre d'intérêt. Peu à peu, les invités s'écartèrent, autant scandalisés que séduits par cette femme sublime qui, sous l'effet de l'alcool, faisait onduler son corps de manière provocante. Soudain, elle repéra Manolo, son regard de braise. Elle se cabra, plus féline que jamais, avant de l'attirer dans sa ronde ensorcelée. Les sons andalous enflammèrent bientôt les mouvements de ce couple improvisé. À cet instant, nul n'aurait su dire lequel des deux cherchait le plus l'autre. Ils se mesuraient d'un œil de velours, se frôlaient, mêlant leurs souffles, avant que la musique ne les emporte à tour de rôle dans un tourbillon solitaire.

Excédé par ce manège indécent, Louis Aymard empoigna sa petite-fille et l'entraîna à l'écart.

— Aurais-tu perdu la raison, ma fille ?

— Lâche-moi, pesta-t-elle. Je ne vois pas ce que ça peut te faire.

— Dois-je te rappeler que tu es une femme mariée et pas une catin de bastringue ?

— Je n'ai pas l'impression que ça gêne mon cher mari, répliqua-t-elle, les yeux posés sur Maxime occupé à draguer une jolie serveuse.

— Tu pourrais, à défaut de te comporter en épouse respectable, avoir au moins du respect pour moi. Tu nous couvres de ridicule. Si tu continues, on rentre à la maison.

— Je ne suis plus une gamine.

Louis l'entraîna manu militari jusqu'au parking.

— Laisse-moi ! s'écria-t-elle ivre de rage. Laisse-moi.

Hargneusement, elle se rajusta et regarda avec mépris son grand-père. Mais cette fois, elle comprit qu'elle ne parviendrait pas à infléchir la volonté du vieil homme au visage impassible. Préférant renoncer à toute explication, elle sauta dans son bolide. Son roadster démarra en trombe, avant de filer à toute allure sur la route de Maussane. À son bord,

Philippine fulminait, enfonçant davantage la pédale d'accélérateur. Parfois, il lui arrivait de souhaiter la mort de son grand-père. Depuis le décès de ses parents, elle avait toujours répondu à ses attentes. Toujours. Même quand il avait fallu accepter d'épouser un homme dont elle n'était pas amoureuse.

Perdue dans ses pensées, elle ne vit pas le lapin surgir d'un fourré. Pour l'éviter, la conductrice donna un coup de volant sur la droite. L'Audi fit une embardée, sortit de la route avant de s'écraser contre un cyprès…

Pendant ce temps, la soirée de gala se poursuivait paisiblement. Maude délaissa Olivier et ses promesses enflammées pour retrouver ses invités. Jean-Yves Mérentier l'interpella. De bonne grâce, elle suivit le puissant homme d'affaires dans les jardins en contrebas, certaine que la Petite Ourse, particulièrement luisante cette nuit-là, serait sa bonne étoile.

— Vous vous trouvez toujours là où on vous attend le moins, lança le dirigeant d'Alliance.

— Homme surpris est à moitié pris, répliqua Maude avec grâce.

— Chère Maude… Toujours aussi dangereuse. C'est ce qui fait sans doute tout votre charme…

Puis, il ajouta, se penchant vers elle pour un révérencieux baisemain :

— Charme qui vous rend encore plus désirable.

— Tout discours flatteur cache un poison, piqua-t-elle.

— Un peu d'encens brûlé répare bien les choses…

— L'encens gâte plus de cervelles que la poudre n'en fait sauter. Par ailleurs, je crois que l'on dit aussi que tout flatteur vit aux dépens de celui qui l'écoute.

— Loin de moi cette idée, ma chère. Vous êtes beaucoup trop intelligente pour tomber dans un piège aussi grossier. Je ne sais pas si Richard se rend vraiment compte de la chance qu'il a de vous avoir à ses côtés.

— C'est une question que vous devriez lui poser personnellement.

— Je crains, hélas, que nos rapports ne soient un peu trop tendus pour aborder un tel sujet. Du reste, vous n'y êtes pas étrangère.

— Moi ? s'écria-t-elle faussement ingénue.

— Voyons, ma chère. Nous savons tous les deux que derrière chaque grand homme se dissimule une femme. Sans vous, Richard serait toujours un excellent second chez Alliance et non pas mon plus farouche concurrent.

— Concurrent ? Vraiment ? Il me semblait que Dormeuil jouait la carte du luxe. Un marché que votre groupe snobait il y a quelques années. « Trop élitiste. Pas assez de retour sur investissement », disiez-vous. Aujourd'hui, c'est vous qui êtes réduit à nous suivre !

— C'est vrai, ma foi. Et vous m'avez prouvé que j'avais tort. Vous avez toujours eu du nez, ma chère. Quelle dommage que nos routes n'aillent dans la même direction. Mais… la vie réserve parfois de belles surprises.

— Qui sait… ?

La réplique mutine de la jeune femme eut l'effet escompté.

— Vous m'intriguez. Continuez, vous avez piqué ma curiosité.

— Encore un vilain défaut…

Maude devait passer à l'attaque. Avec une belle assurance, elle saisit le bras de Mérentier et l'entraîna loin de toute oreille indiscrète.

— À mon tour d'être curieuse.

— Si vous répondez à ma question.

— Chaque chose en son temps. Dites-moi, Jean-Yves… Qu'est-ce qu'un homme comme vous fait dans la région ? Nous savons tous les deux que ma seule invitation n'est pas la vraie raison de votre déplacement dans ce trou perdu.

— C'est exact. Mais pourquoi viendrais-je éclairer la lanterne de la concurrence.

— Rien ne vous y oblige, en effet. Encore faudrait-il que je sois toujours votre concurrente...

Cette fois, le sexagénaire marqua le coup.

— Je vous demande pardon ?

Maude lui fit face. Une détermination à toute épreuve durcissait son regard.

— Jean-Yves, cessons de jouer au chat et à la souris, voulez-vous ?

— Comme il vous plaira. J'adore les femmes de tête.

— C'est Montauban ? N'est-ce pas ?

— Peut-être...

— Allons, allons, Jean-Yves ! Vous et moi savons très bien que dans la région, hormis quelques rares beaux domaines et Les Souléïades, rien n'est susceptible d'attirer des gens tels que nous !

Mérentier sourit, énigmatique, toujours étonné par la vivacité d'esprit de ce petit bout de femme.

— Vous ne me répondez pas, mon cher. Dois-je en déduire que j'ai vu juste ? Mais bien sûr ! Alors sachez que je peux vous aider.

— Vous ? La grande Maude Dormeuil ? Pourquoi vous croirais-je ? Peut-être manigancez-vous un piège avec Richard ?

— Si vous ne courez pas le risque de me faire confiance, vous ne le saurez jamais.

— Je vous rappelle que la dernière fois que je vous ai fait confiance, cela m'a coûté mes deux meilleurs collaborateurs, vous et votre mari !

— Rancunier ? Ne vivez pas dans le passé, Jean-Yves.

— La nature humaine ne change pas. Vous usez de votre talent à louvoyer pour mieux retomber sur vos pattes !

— Le tout est de saisir la balle au bond et de mettre nos intérêts en commun...

— Je ne demande pas mieux.

— Bien ! Voilà un bon départ !

Les deux promeneurs s'éloignèrent et s'installèrent sous une imposante tonnelle de lierre au fond du jardin, à l'écart des invités.

— Montauban serait-il l'objet de votre convoitise ? poursuivit Maude.

— C'est votre conclusion.

— Certes... Alors laissez-moi poursuivre mon interprétation... de ce que je pourrais appeler la *Partition provençale.*

— À votre guise.

— Et si je vous annonçais que Montauban n'est peut-être qu'un apéritif ? Une mise en bouche...

Les yeux avides de Mérentier trahissaient son plus vif intérêt.

— ...

— Je vous propose un plat de résistance beaucoup plus consistant. Un plat qui ne peut que satisfaire le gourmet que vous êtes.

— J'en ai l'eau à la bouche. Ne me faites pas languir plus longtemps, ma chère.

— Que diriez-vous si je vous livrais le groupe Dormeuil sur un plateau !

— L'idée est des plus séduisantes. J'en conviens.

— J'en étais certaine.

— Mais où est votre intérêt dans tout ça ?

Le regard de Maude se figea, dur, mauvais.

— Autant que je vous l'annonce moi-même. Richard et moi ne vivons plus ensemble. Son manque d'élégance à mon égard nécessite que je lui rappelle les bonnes manières.

Mérentier buvait du petit-lait. Il avait toujours rêvé de s'allier à ce redoutable stratège qu'était Maude. Mais dans ses divagations les plus folles, il n'avait tout de même pas envisagé qu'une telle opportunité fût possible.

— Si je puis être l'humble artisan de votre vengeance, ma chère, j'en serais le premier ravi !

— Vous voyez bien que nous pouvons nous entendre.

— Certes. Comment comptez-vous procéder ?

— Nous devons dans un premier temps récupérer Montauban. Le domaine nous servira de rampe de lancement.

— Un seul hic, ma chère, le château n'est pas à vendre.

Maude sourit, cynique.

— Faites-moi confiance. D'ici très peu de temps, il sera à nous.

Alors qu'ils s'éloignaient, une main gantée écarta un buisson juste derrière eux, laissant entrevoir une silhouette qui semblait satisfaite d'avoir glané d'aussi précieuses informations…

Fête de la Saint-Éloi, 1923

Dans un voile de poussière virginal, la petite carriole fuyait à vive allure sur la route d'Arles, loin du village et de ses promesses de rêves brisés. Célestin tenait les rênes bien fermement tout en évitant le plus possible les nombreuses ornières creusées sur la chaussée par des orages impétueux. À ses côtés, la belle Angèle retenait d'une main délicate sa coiffe du dimanche. Tous deux goûtaient ce merveilleux souffle de liberté, se délectaient de l'air brûlant comme leur amour.

Mais le destin semblait en avoir décidé autrement. Leur course folle ne dépassa pas Bounias, à seulement un jet de pierre de la place du village.

— Que se passe-t-il ? s'enquit la jeune femme, soudain inquiète de voir son promis stopper l'équipage sur le bas-côté.

— C'est le moyeu. Je crois qu'il vient de rendre l'âme.

— Qu'allons-nous faire ?

— Nous trouverons une solution.

Célestin dirigea le cheval sur un sentier, au cœur de la garrigue parfumée. Là, loin des regards, ils firent halte près d'une clairière de chênes blonds. Tandis que le jeune homme tentait de rafistoler la jardinière, Angèle fit quelques pas vers les grands arbres. La futaie recouvrait de sa végétation une cavité rocheuse. Son ombre clémente veillait à la sérénité d'une source bavarde qui, sous une cornette de mousse épaisse, distillait les secrets de son existence. Angèle s'approcha. Pour se rafraîchir un peu, elle trempa un petit mouchoir dans les eaux cristallines et s'abandonna à la quiétude du lieu. Un court répit, troublé tout à coup par un écho. Celui d'une voix claire et pure, presque irréelle.

— Qui est là ? lança la jeune bergère, soudain vivement inquiète.

Son attention se porta sur une large entaille dans la roche. Debout et immaculée au centre de la paroi moussue, une femme vêtue à la mode antique l'enveloppait d'un regard empreint de bonté et de tristesse mêlées. Telle une apparition, elle répétait les mêmes mots, comme une litanie. Des syllabes étranges et douces à l'oreille. Une mélodie étonnamment limpide qu'Angèle ne comprenait pas.

— Amor tuus vincula meo franget.

C'est à peine si la jeune fugueuse osa tendre une main afin de s'assurer que son imagination ne lui jouait pas un tour. Mais aussitôt, la silhouette diaphane s'évanouit comme par enchantement…

Le soleil pointait ses rayons puissants à travers l'épais feuillage des chênes. Une lumière intense, aveuglante, s'emparait de la clairière. Angèle perdit connaissance. Quand Célestin vint lui annoncer qu'il ne parviendrait à réparer l'attelage, il l'aperçut, inerte, étendue sur le sol. Pris de panique, il s'agenouilla à ses côtés avant de glisser une main délicate sous sa nuque alors qu'elle revenait à elle.

— « Am… Amor », *bredouilla-t-elle en recouvrant ses esprits.*

Ses yeux s'emplirent aussitôt de larmes.

— Je ne sais même pas ce que cela signifie.

Célestin sourit, attendri.

— « De ton amour naîtra ma délivrance. » C'est très beau, reconnut-il. D'où te vient cette maxime ?

Bien qu'encore groggy, Angèle se souvint, troublée.

— Tu as sans doute eu une insolation.

— Sans doute, répéta-t-elle sans trop y croire.

— Si tu le veux bien, nous resterons là jusqu'à la tombée de la nuit. Il faut que tu te remettes. Nous avons un long voyage et toute une vie à partager.

Après avoir déposé un tendre baiser sur le front brûlant de sa promise pour la rassurer, Célestin lui fit part de son nouveau plan. Ensemble, ils se rendraient en Arles dès la tombée du jour. Ils monteraient dans un train pour Marseille. De là, ils embarqueraient pour l'Afrique du Nord où leur amour des grands espaces autant que leur soif d'aventures trouveraient sans doute toute leur dimension.

Un voile d'inquiétude se lut soudain dans le regard de la fille du pâtre qui n'avait jamais quitté son village. Arles, Marseille. De grandes villes grouillantes de monde.

— Et si nous nous perdions de vue ?

— Ne t'inquiète pas. Je ne te quitterai jamais. Tu entends ? Jamais.

Angèle vint se blottir tout contre lui puis, lentement, l'un et l'autre se laissèrent guider pour la première fois par les lois de l'amour...

LIVRE DEUXIÈME

IX

Très lentement, Philippine ouvrit les paupières, encore étourdie par le choc. Petit à petit, elle revint à elle. Sa mémoire engourdie lui renvoya quelques flashes furtifs sur ce qui venait d'arriver. Le lapin, le coup de volant sur la droite, la sortie de route… La jeune femme fit un effort de concentration intense, soudain paniquée à l'idée de ne pas retrouver tous ses esprits. Le gala, la dispute avec son grand-père, puis sa fuite à toute allure. La dernière image dont elle parvenait à se souvenir était cet énorme cyprès sur le bas-côté. Le crissement des pneus sur le bitume remplissait encore son cerveau, tout comme son cri étouffé juste avant que l'airbag ne se déclenche dans le bruit feutré du feuillage qui avait absorbé le choc. La lueur diffuse de la lune renvoyait contre le pare-brise les reflets métalliques du capot enfoncé sur toute sa largeur. Philippine dodelina de la tête, sentant une terrible pression au sommet de son crâne. D'une main mal assurée, elle voulut se masser. Elle passa ses doigts dans son chignon malmené avant qu'ils se posent sur des mèches de cheveux chaudes et humides. Très vite, elle comprit. La conductrice se rua sur le rétroviseur intérieur encore intact et vit le filet de sang couler le long de ses tempes.

Philippine s'activa à trouver un mouchoir dans le fouillis de son sac qui avait été projeté au pied du siège passager. La blessure semblait superficielle. Ce n'est qu'en sortant de la voiture, munie de son cellulaire, qu'elle mesura combien elle avait eu de la chance. Le prochain voyage de l'Audi serait pour la casse. Toute la partie avant de l'auto avait été enfoncée dans l'habitacle. Sans but précis, elle fit quelques pas en chancelant. Elle prit appui sur un rocher, miraculeusement évité lors de l'accident. Pendant combien de minutes avait-elle perdu connaissance ? Cette question l'angoissait au plus haut point. Elle devait appeler au secours. Mais aucune réception ne s'affichait sur l'écran de son portable. La jeune femme ne pouvait qu'espérer le passage d'une voiture. Dans la nuit, elle distinguait à peine la sombre silhouette de Saint-Gabriel, tout proche, qui veillait sur la colline. Depuis bien longtemps désaffectée, la chapelle se fondait dans l'oubli, mais l'esprit de Dieu régnait toujours sur les ruines de sa sacristie éventrée.

Philippine comptait les minutes à la trotteuse de sa montre. Un regard morne en direction de la carcasse froissée ne l'invitait guère à trouver refuge à son bord. Sur sa gauche, la départementale déroulait son ruban sombre sans qu'aucun phare n'éclaire l'asphalte. À cet instant, Philippine prit conscience qu'elle n'était rien. Ni son nom, ni sa fortune, ni même son physique ne pourraient l'aider. Pour la première fois de sa vie, elle était livrée à elle-même, sans pouvoir compter sur le secours de son mari ou de son grand-père. Elle se trouvait seule, plantée comme n'importe qui au bord d'une route déserte, à la merci du premier déséquilibré venu. Totalement impuissante, la belle héritière des Souléïades se voyait contrainte de passer la nuit à la belle étoile.

Manolo Estrella resta encore un moment à la soirée de gala. Engoncé dans un costume élégant mais dans lequel il se sentait mal à l'aise, il éprouva le besoin de prendre un peu l'air. Certes, l'envie ne lui manquait pas d'enfourcher sa moto et de s'en aller loin de ces *gadji*. Il avait lu l'étonnement, l'indignation dans leurs yeux, ceux de Phonse en particulier. Non, il n'avait pas été invité pour donner un côté exotique à la réception aux sons d'un flamenco endiablé ! C'est seulement par amitié pour Selim que le jeune gitan avait accepté de venir. Le vigneron avait bien soutenu les regards désapprobateurs, les obligeant souvent à baisser la garde. Lui, mieux que personne, comprenait le poids des préjugés.

Manolo alla sur la terrasse. La nuit, tiède pour la saison, offrait le réconfort d'un peu de fraîcheur sous un ciel étoilé. Le jeune homme saisit une flûte à champagne et se dirigea vers les escaliers qui menaient dans le parc. Au sommet de la première marche, son attention fut attirée par le couple qui arrivait de l'allée cernée par deux haies compactes de genévriers. Le gitan remonta dans sa direction et reconnut aisément l'héroïne de la soirée, Maude Dormeuil. Le regard de celle-ci se figea l'espace d'un instant quand elle le vit. Mais, contrairement aux autres, Manolo sut que cette femme ne le jugeait pas mais le jaugeait, comme prise en faute. Pressé de rentrer, le couple passa à sa hauteur. La jeune femme avait perdu cette singulière expression et arborait à présent un aimable sourire, le saluant même d'un gracieux mouvement de la tête. Curieux comme attitude…

Manolo s'éloigna. Les gravillons crissaient sous ses pas, bruit amplifié par le silence de la nuit. Au loin lui parvenaient quelques mesures de musique troublées par le bruit d'un moteur sur le parking. Arrivé près du bassin, il repéra un banc, l'endroit idéal pour fumer une cigarette en solitaire. Le jeune homme s'y installa tout en repensant à cette jeune femme volcanique avec laquelle il avait dansé. Elle était certainement trop bien pour lui. Du reste, elle avait disparu au premier rappel à l'ordre. Alors qu'il sortait son briquet, il crut deviner une présence. Il entendit des pas rapides sur sa droite. Il se leva. Un chat surgit d'un arbousier. Le jeune homme, amusé par son imagination, reprit place sur le banc, fixant la pièce d'eau face à lui. Sur un nénuphar, une grenouille l'observait de son œil globuleux. Elle semblait se gonfler d'amour pour lui, heureuse de partager un instant pacifique avec son beau prince. Puis, sans autre forme de procès, la rainette cessa tout commentaire. D'un coup, elle sauta de son trône. L'ombre inquiétante de trois silhouettes se reflétait à présent sur la surface troublée du plan d'eau.

— Alors, gitan, menaça une voix sourde tandis qu'un bras puissant étranglait Manolo. Tu nous as oubliés ?

Le jeune homme se débattit. Mais l'effet de surprise avait empêché toute réaction efficace.

— Pourtant, je te faisais confiance... Et mon fric ?

— Tu... tu l'auras, parvint-il tout de même à articuler.

— Ah ouais ? Et quand ?

— Donne-moi deux... deux jours.

Son agresseur relâcha la pression. Manolo s'extirpa d'un bond, fit trois pas en avant et se retourna. Son interlocuteur, encadré par deux acolytes, le scrutait d'un œil narquois. Véritable terreur des cités phocéennes, l'homme contrôlait des trafics en tout genre depuis quelques années. Manolo lui devait de l'argent à la suite d'une malheureuse transaction. Le jeune Gitan rêvait d'une moto mais ne pouvait se l'offrir. Puis, un jour, on lui avait proposé la mécanique tant convoitée. Une fusée de la route, carénée de chromes bien lustrés. Le prix défiait toute concurrence et la tentation avait été trop grande qu'il n'avait pu résister. Il avait payé un premier tiers et s'était engagé à régler le solde avant la fin du mois. Mais le délai était passé, et Manolo n'avait toujours pas réuni les fonds.

— Je dois toucher mon salaire d'ici deux jours. Tu auras ton fric, promis.

— Ton salaire ? pérora le chef de bande. Vous entendez ça, *men* ? ajouta-t-il à l'attention de ses deux compères, goguenards.

Une expression sadique défigura ses traits déjà émaciés.

— Tu me prends pour une banque ? Chez nous, il n'y a pas de crédit possible. Voilà ce que je te propose, puisque désormais tu es introduit dans le grand monde. Tu repères les objets, meubles et autres bibelots qui méritent qu'on s'intéresse à eux. Dans ce genre de baraque, les propriétaires vivent toujours au milieu de vieilleries de famille qui remontent à la nuit des temps.

— Non, pas ça ! Ils ont été corrects avec moi. Tu auras ton fric, tu l'auras... Mais pas comme ça !

— Parce que tu crois que tu es en position de négocier, gitan ?

— Reprends-la, ta moto, si tu veux ! Moi, je ne ferai pas ça.

— Eh bien nous verrons. Deux jours. Je te laisse deux jours. Passé ce délai, et si tu ne veux toujours pas entendre parler de mon offre, on te balance aux flics pour recel.

Les ombres s'évaporèrent dans la nuit sur cette ultime menace. Manolo enfourcha sa moto et s'élança au plus vite sur la route déserte.

Philippine commençait à s'assoupir, perchée sur la malle de l'Audi depuis qu'une araignée l'avait mordue au talon sur son rocher. Elle massait le périmètre de peau endolorie quand son attention fut mise en alerte. Rêvait-elle ou était-ce vraiment le bruit d'un moteur sur la route ? La jeune femme chaussa sa mule et regagna la départementale en toute hâte. Peu à peu, le bruit devint plus régulier et une lueur, d'abord furtive, devint plus intense. La belle héritière ne dormirait pas dehors ce soir. Son ange gardien veillait sur elle. Dans le dernier lacet, elle aperçut enfin plus nettement les phares. En fait un seul feu, blanc et rond, celui d'une moto. Bras tendus, Philippine dessina de grands moulinets pour attirer l'attention. La Kawasaki ralentit avant de stopper sa course sur le parking de la chapelle. La jeune femme se dirigea vers le motard.

— Toi ? s'écria-t-elle. C'est toi ? Dieu soit loué !

— Que t'arrive-t-il ? s'inquiéta Manolo qui n'avait pas encore vu l'Audi endommagée.

— Je viens d'avoir un accident. Mais tout va bien.

— Tu veux que je te ramène ?

La jeune femme, tellement heureuse de tomber sur Manolo, s'approcha de lui d'une démarche chaloupée.

— Avec grand plaisir. J'ai eu tellement peur, toute seule dans la nuit, minauda-t-elle.

Alors qu'il passait à la hauteur du roadster défoncé, Manolo prit conscience de la violence du choc.

— Tu es sûre que tu n'as rien ? On devrait peut-être aller voir un médecin ?

À cet instant, la jeune femme comprit qu'il se conduirait en parfait gentleman et la ramènerait immédiatement dans sa grande cage dorée. Mais le voulait-elle vraiment ? Philippine était consciente qu'elle allait peut-être passer à côté d'une belle opportunité si elle choisissait de rentrer sagement dans le cocon familial. La vie pouvait être courte, il lui suffisait de lever le regard sur l'épave à ses côtés. Alors elle s'approcha, plus effrontée que jamais, et, sur un ton qu'elle voulut persuasif, fit comprendre à Manolo qu'il pourrait sans doute facilement soigner ses blessures, mieux que le meilleur des médecins.

— Que dirais-tu si nous reprenions la conversation là où nous l'avons arrêtée…

Puis Philippine caressa l'avant-bras puissant et nerveux de Manolo. Elle lui offrit sa bouche. Il hésita.

— Tu es mariée, je crois ?

— Et alors ? s'indigna-t-elle sans vergogne. Parce que tu penses que ça peut gêner mon mari ?

— Chez nous, le mariage est sacré.

— Chez moi, c'est un arrangement. Un contrat passé entre deux familles dans le seul but d'asseoir davantage leur pouvoir ! Mais les contrats sont faits pour être rompus, alors…

Habituée dès sa plus tendre enfance à toujours obtenir ce qu'elle désirait, Philippine colla ses lèvres sur celles de Manolo. Les doigts de la jeune femme soulevèrent le tee-shirt du gitan, et explorèrent son torse musclé. Il ne fallut que très peu de caresses pour anéantir les dernières résistances du jeune homme.

Ils s'allongèrent sur un matelas de mousse. Et c'est dans le parfum poivré du thym sauvage que les deux corps s'abandonnèrent.

Maxime Lescure se trouvait lui aussi en charmante compagnie. Sitôt le service de la belle serveuse terminé, l'héritier de Montauban lui avait proposé de la raccompagner dans sa puissante voiture. Maxime roulait vite sur cette départementale qu'il aurait pu descendre les yeux fermés. Sur le siège passager, Aurélie souriait. De temps à autre, une mèche indisciplinée venait effleurer ses lèvres sensuelles. Elle la replaçait derrière son oreille avec une grâce délicatement féminine, dégageant ainsi sa nuque parfumée. Parfois, un remous d'air plus capricieux soulevait sa blouse, dévoilant un soutien-gorge en fines dentelles qui soulignait le galbe parfait de sa poitrine.

Maxime concentra son attention sur l'asphalte, accéléra pour libérer son esprit des fantasmes qui l'assaillaient. Bien malgré lui, ses yeux glissèrent vers les longues jambes ciselées de sa passagère. Sa jupe savamment fendue laissait deviner leurs contours harmonieux. Aurélie surprit le regard du conducteur. Sa main effrontée s'empara de celle de Maxime qu'elle posa sur sa cuisse. Le jeune homme la questionna des yeux et finit par arrêter la Porsche sur le bas-côté. Encouragée dans son entreprise, la jeune blonde enroula un bras lascif autour de la nuque du conducteur et l'attira contre elle. Les lèvres gourmandes de Maxime se posèrent dans son décolleté, coururent sur la nuque avant de remonter vers son visage. Là, Maxime prit la mesure de la situation. Il rouvrit les yeux, horrifié à l'idée de commettre l'irréparable.

— Désolé, fit-il simplement.

Le cabriolet redémarra dans un crissement de pneus. Quelques instants plus tard, il déposait Aurélie au pied de son immeuble. La jeune femme s'éloigna sans dire un mot.

Le jeune Lescure était fidèle à son épouse. Pas à la dernière en titre qui ne partageait que son nom, mais à la première, la seule femme qu'il ait aimée de toute son âme. Ce soir, il s'en voulait d'avoir suivi son instinct. Depuis le décès d'Isabelle, sa vie n'avait plus la même saveur. Il avait perdu son insouciance. Des femmes, il en avait croisé sur son chemin, toutes plus désirables les unes que les autres, mais aucune n'avait ce petit supplément d'âme, cette force que lui avait offerte Isabelle. Ses pensées voguèrent à présent vers Philippine. Son mariage était une erreur. Maxime ne se voyait pas continuer à jouer cette sordide mascarade plus longtemps. Il n'aimait pas Philippine, ne l'avait jamais aimé. Lui laisser croire qu'ils avaient un avenir ensemble était un leurre. Il devait mettre un terme à cette hypocrisie avant qu'ils ne finissent par se déchirer.

Il engagea la Porsche sur le chemin de La Commanderie. Il était grand temps qu'il sorte de cette impasse. Maxime quitterait l'hôtel particulier des Aymard dès le lendemain. Il retrouverait la place qu'il n'aurait jamais dû laisser, auprès des siens à Montauban, dans les chais. Là, il terminerait son apprentissage afin de poursuivre, un jour, l'œuvre de ses ancêtres. Sa grand-mère serait fière de lui.

Victoire…

Il n'avait même pas pris le temps d'aller lui faire une visite durant ces trois dernières semaines, et il s'en voulait vraiment. Bien sûr, il ne niait pas que la marquise s'était montrée dure avec lui. Son exigence ne connaissait aucune limite, même à son égard. Elle s'était sacrifiée corps et âme pour Montauban, reniant jusqu'à ses amours, sa famille, son fils, dans le seul but de préserver le domaine. Néanmoins, pour la première fois ce soir-là, Maxime comprit ce que pouvait représenter Montauban : un refuge, mais aussi ses racines.

Jamais Philippine n'avait vécu quelque chose d'aussi torride. Il lui semblait qu'à chaque nouvelle étreinte elle atteignait les sommets du plaisir. L'alchimie parfaite qui se dégageait au contact du corps de Manolo surpassait en tous points ce qu'elle avait pu connaître jusqu'à présent. Lorsqu'elle descendit de la moto devant la porte de La Commanderie, elle se sentait encore totalement grisée par le grand air, emplie de désir et de cette douce sensation qui semblait ne jamais vouloir s'estomper. À regret, elle laissa son « sauveur » à la grille, farouchement décidée à le revoir très vite.

Louis se tenait dans le vaste hall de marbre rose, mains jointes dans le dos. Il avait passé une robe de chambre de brocart vermillon qui lui conférait un air princier. Malgré son âge, maître Aymard n'avait rien perdu de sa superbe. Ses cheveux blancs impeccablement plaqués et dégagés sur la nuque encadraient un front haut d'une dignité tout aristocratique. Son visage était remarquablement lisse pour son âge, à la différence du cou, que le vieil homme dissimulait toujours sous un foulard de soie.

— Puis-je savoir pourquoi tu rentres si tard ?

— Oh, grand-père, lança Philippine presque larmoyante, j'ai eu un terrible accident de voiture.

— C'est sans doute pour cette raison que tu es rentrée à moto, lâcha-t-il désabusé tout en jetant un œil en direction de la grille de l'entrée.

Sans se démonter, sa petite-fille s'indigna.

— Tu pourrais au moins t'inquiéter de savoir comment je vais !

— Apparemment très bien. Quant au feu qui brûle tes pommettes, je pense qu'il n'est pas dû au choc…

— Grand-père !

Devant le regard glacial que lui lança Louis, la jeune femme préféra obtempérer.

— Si tu crois que c'est en te comportant de la sorte que tu vas m'inciter à te faire confiance, tu te leurres, ma chère petite.

— Mais…

— Jusqu'où comptes-tu aller ?

— Je ne comprends pas.

Louis sourit.

— Au contraire. Je crois même que tu me comprends parfaitement.

— C'est ma vie, grand-père. Je n'en ai qu'une et je compte la mener comme bon me semble, d'accord ?

— Ma petite-fille, tu oublies que tu portes un nom et que tu es mariée maintenant.

— Je sais ! Mais je veux vivre cette histoire et personne, tu m'entends, personne ne le pensait.

Louis marqua une hésitation. Il vit tout de suite que l'affaire était plus sérieuse qu'il ne s'y attendait.

— Enfin, ma chérie. Crois-tu vraiment que ce gitan en vaut la peine. Il est insignifiant. Tu vas gâcher ta vie. Pense à Maxime. C'est un garçon bien, à ta mesure. Il est de ton monde et il saura t'apporter tout ce dont tu as besoin. De plus, tu l'aimes !

— Sans doute… Mais avec Manolo, c'est très différent. Les choses paraissent plus simples. Je t'en prie, grand-père, laisse-moi vivre cette histoire. Il le faut, je le sais.

— Sans doute. Mais dis-toi bien que chaque récréation a une fin. Quand le moment sera venu, tu devras rendre sa vie à ce garçon, sans quoi, c'est moi qui m'en chargerai.

Très contrarié par ce contretemps, Louis Aymard s'enferma dans la bibliothèque pour avaler un cognac réconfortant. Alors qu'il rebouchait la carafe de cristal, son regard se posa sur un tableau représentant son épouse, Constanza Berutti, sublime dans sa grande tenue de gala. Le vieil homme eut un sourire ému au souvenir de ses propres erreurs. Son amour et sa haine pour Victoire de Montauban… Plus jeune, il avait pensé que la passion l'emporterait sur la raison. Puis il avait compris que la raison restait toujours la plus forte, mais à ce moment-là il était trop tard, la diva avait rejoint d'autres étoiles de légende…

Philippine ressemblait à son grand-père. Aujourd'hui, elle voulait vivre les folles promesses d'un idéal absolu, celui qu'on ne rencontre qu'une seule fois dans sa vie, avant que ne vienne le temps des regrets et le poison de la nostalgie. Louis savait à cet instant qu'il devait briser cette idylle dans l'œuf.

X

Pan ! La déflagration déchira le voile de brume matinale. Les lapins détalèrent, le gibier s'enfuit se mettre à l'abri dans les parcs nationaux. Les premières lueurs de l'aube avaient un goût de mort pour toute forme animale comestible. Terminée la quiétude de cette nature généreuse. Ce dimanche marquait l'ouverture de la chasse.

Les fous étaient de retour, armés jusqu'aux dents. Debout depuis trois heures du matin, ils semblaient tout excités à l'idée de se retrouver pour leur sport favori. Dans toute la Provence, tout homme ayant le moindre instinct meurtrier rassemblait ses chiens, son artillerie ainsi que ses litres de rouge pour affirmer sa suprématie guerrière. La campagne se métamorphosait. La saison des amours s'achevait avec les premières salves. La faune tremblait, le fusil résonnait. Les chasseurs se fondaient dans la nature, mesurant en silence le vent de panique qui s'était emparé de leurs futures proies. Les chasseurs ne causaient pas. Ils traquaient ! La seule manifestation de leur présence était la file de voitures garées au bord des chemins creux.

Vers sept heures, ce matin-là, un autre bruit résonna au sommet de la colline, celui du ronronnement poussif de la 2 CV du primeur. Péniblement, la camionnette parvint au terme de son périple. Il lui faudrait bien la journée pour se remettre de l'effort que venait de lui infliger son propriétaire. Elle s'immobilisa dans un soubresaut sur le bas-côté.

— À nous les petites perdrix, se réjouit Phonse en sortant d'un pas alerte.

Il contourna le véhicule pour décharger son matériel flambant neuf. Accessoirement aussi pour permettre aux chiens de se dégourdir les pattes, et à ce pauvre Lucien de remettre en place toutes ses vertèbres, malmenées par les ornières du chemin.

— Oh, funérailles ! gémit le libraire.

Phonse ne put s'empêcher de rire.

— Tu peux te moquer. On voit que c'est pas toi qui étais là-dedans ! Dans ton hors-bord des chemins ! Avé ton chien, en plus !

— Qu'est-ce qu'il a mon chien ?

— Il a qu'il a môvaise haleine !

— Pompon ? môvaise haleine ?

— Oui ! Comme son maître !

Mais rien ne semblait pouvoir entacher la bonne humeur du primeur.

— Té, Élie… tu viens ?

— Bonté divine ! marmonna le maire. Je n'arrive pas à m'extirper de cette carriole.

Phonse rit de plus belle devant le tableau qu'offrait son compère. Lesté par sa surcharge abdominale et postérieure, Élie restait engoncé dans la banquette défoncée de la camionnette. Ils ne furent pas trop de deux pour l'extraire de l'utilitaire.

— Au retour, tu monteras derrière !

— On peut savoir pourquoi, l'épicier ?

Le primeur poussa un petit rire aigu, amplement souligné par des yeux non moins farceurs.

— Parce que tu n'auras qu'à rouler pour descendre ! Et je n'aurai plus l'impression de verser sur la droite en conduisant.

— Fada, va !

— Et tout ça, parce que tu cuisines trop gras.

— Oh, bonne mère ! tonna Élie le feu aux joues. Si ton huile ressemblait un peu moins à de l'huile de vidange !

Lucien calma le jeu, les deux mains sur ses reins endoloris.

— Oh ! les collègues. Vous n'allez pas commencer de bon matin.

— Eh, quoi ? firent-ils en chœur. Si on ne peut même pas échanger nos points de vue.

— Allons, les amis, vous vous chamaillez depuis la communale. Et tous les jours que Dieu fait.

— Justement !

— Et oui, justement ! C'est notre habitude et c'est pas maintenant qu'on va en changer.

Élie était satisfait. De temps à autre, il jetait un coup d'œil sur l'épicier et le libraire qui semblaient avoir enterré la hache de guerre. Sursis ou armistice ? Le maire n'aurait su le dire, tant les querelles habituelles pouvaient prendre des proportions insoupçonnées, surtout en ce moment.

Cette idée d'une partie de chasse était son initiative. Élie ne voyait pas pourquoi la vieille rancœur des deux hommes depuis le retour de Fanette mettrait un terme au rendez-vous annuel de l'ouverture de la chasse. Il dut faire preuve de beaucoup de persuasion afin qu'ils en acceptent l'idée. Comme toujours, Phonse s'était montré le plus borné. Élie avait eu alors l'inspiration de se rendre dans sa boutique et de lui laisser entendre que Lucien comptait venir tester un nouveau fusil. Le primeur avait pris son temps pour terminer de monter sa pyramide de poivrons rouges. Le maire avait alors compris qu'il venait de gagner la partie. Pour la première fois depuis des jours, Phonse et Lucien s'adressaient à nouveau la parole. Il est vrai que le retour de Fanette pour l'« ensevelissement » de sa sœur avait jeté un froid entre les anciens camarades de classe. Ses deux prétendants, les deux amants…

Phonse coiffa une casquette militaire assortie à son treillis de camouflage. Ses compères le regardèrent un peu anxieux. Moyennant quelques billets, le papé s'était procuré la parfaite panoplie du redoutable mercenaire. Cet équipement de professionnel lui conférait davantage des airs de légionnaire lâché en milieu hostile que celui d'un chasseur amateur, avec viseur à lunette optique longue portée, boussole, sérum antivenin et autres rations de survie, cartouchière à sangle et couteau cranté au cas où les munitions viendraient à manquer.

— Hé, fadet ! railla Lucien. Tu veux finir les sangliers à la main ?

— Moque-toi si tu veux. On n'est jamais assez prudent.

Phonse prit une flasque d'aluminium remplie de pataclet, d'autres cartouches, et son Verney Carron Sagittaire Double Express. Il était fin prêt à affronter la savane sauvage. Pompon approuva d'un aboiement rauque. Impatient, le chien de chasse attendait l'ordre de son maître pour partir à l'affût. Il avait hâte de se mettre au travail après avoir passé des mois confiné dans le chenil. L'odeur des sous-bois l'excitait. Mais le vieux beagle dut encore attendre. Élie venait de sortir le saucisson…

— Attaquons les choses sérieuses. Rien de tel qu'un petit en-cas !

— On ne va pas courir les collines le ventre vide tout de même ?

— Pour sûr.

Après un bref silence, Phonse reprit, l'air préoccupé :

— Dis-moi, Élie, combien de temps vont-ils encore rester sur notre commune, les gitans ?

Le maire sentit la moutarde lui piquer le nez.

— Je ne sais pas, reprit le primeur, mais je trouve que ton idée d'accueillir ce genre de population chez nous… Moi, je dis que ce n'est pas la meilleure décision que tu aies prise.

— Phonse ! fit Lucien d'un regard réprobateur.

— Moi, ce que j'en pense…

La conversation n'alla pas plus loin. Dans le ciel, une volée de grives hardies franchit à tire-d'aile cette zone dangereuse. De l'index, Élie les visa.

— Pécaïre ! ironisa Phonse. Tu ne vas tout de même pas nous ramener des siffleuses au genièvre ?

— Et pourquoi pas ? Faute de mieux… Je peux t'assurer qu'amoureusement rissolées à la broche avec un pardessus en platine de lard, saliva le restaurateur en baisant le bout de ses doigts, c'est un vrai poème !

— Sûr qu'avec ton vieux fusil, tu ne vas pas nous décrocher un sanglier !

— Phonse ! Couillon de la lune ! réprimanda Lucien. T'en loupe pas une, toi !

— Laisse dire…, soupira Élie, résigné.

Très ému, le maire regarda le primeur droit dans les yeux tandis que ses doigts potelés caressaient tendrement la crosse sculptée.

— Tu vois, Phonse, ce vieux fusil que tu railles… Eh bien je le tiens du père de notre pitchounette. Et tant que je pourrai venir à la chasse, je l'emporterai. C'est ma façon à moi de témoigner ma reconnaissance à Pierre. Tu sais combien il aimait chasser notre Pierrot… Pas un de ces coins ne lui était méconnu…

— Peuchère ! s'amenda Phonse, nostalgique à son tour . Tu as raison. Qu'est-ce qu'il a pu nous en faire voir avec ses bartavelles. À croire que ces barjacasses n'avaient d'yeux que pour lui !

— Et il les a toutes eues avec ce vieux fusil ! Té ! C'est de loin celui que je préfère, avec bien sûr ma vieille besace et ma veste de chasse limée, car mes souvenirs sont beaucoup plus vivants que ceux que je pourrais me faire avec tous tes gadgets modernes.

— Oh, mais on ne peut pas toujours vivre dans le passé. Le temps du maquis, c'est fini !

— Et tant mieux, renchérit Élie.

— Faut reconnaître qu'on a gardé que nos meilleurs souvenirs, nota le libraire.

— Oh fan ! s'écria Phonse à l'attention de Lucien. Tu te souviens de la fois où les Boches sont arrivés vers notre planque et comme on a dû détaler vite fait ! Élie ne voulait pas partir !

— J'avais réussi à nous dégotter un superbe poulet fermier ! C'était un luxe à cette époque. Avec les petites herbes des collines, il aurait été succulent !

— On croirait qu'il le mange encore, ne put s'empêcher de dire Lucien en riant.

— Parle ! C'est les occasions manquées qui marquent le plus.

— Ce poulet n'a sûrement pas été perdu pour tout le monde, renchérit Phonse.

— Les mangeurs de choucroute ont dû lui faire son affaire, pesta Élie.

— Je suis sûr que c'est pour ça que tu ne les as jamais aimés.

— N'empêche qu'avé tes couillonnades, on a bien failli y rester !

— C'est vrai ! reconnut Élie. J'étais un jeune saute-rigole à l'époque.

— Un goinfre, tu veux dire ! reprit Phonse

— Sans Pierrot, je ne sais pas ce que nous serions devenus, fit Lucien.

— Notre Pierrot, il nous a vraiment sauvé la vie ce jour-là.

Redevenus silencieux, les trois hommes avalèrent les dernières bouchées de leur saucisson. Chacun vivait cet instant avec les souvenirs d'un passé toujours bien vivant dans sa mémoire. Pourtant, comme par un accord tacite, aucun d'eux n'évoqua Mamette, la seule femme du réseau. Son courage, son implication dans l'effort de résistance, sans oublier son ingéniosité, auraient pourtant mérité le respect. Mais voilà… Comment revenir sur les indiscutables vertus de « La Colombe », son nom de code, sans évoquer sa jeune sœur, Fanette, la belle jeune fille qui fit perdre la tête aux deux amis d'enfance ?

Élie but avec plaisir la dernière gorgée d'un montauban de l'année précédente. Puis les trois hommes s'ébranlèrent en douceur.

Pompon partit truffe à terre, excité par la moindre trace. Lors du casse-croûte, puis du déjeuner et enfin du goûter, ce brave beagle, ne fit même pas attention à son maître qui s'était arrêté. Il se perdit dans les collines et ne revint que tard en fin d'après-midi, éreinté par sa journée de cocagne. Pour leur part, les trois chasseurs émérites avaient vu les heures filer autant que leurs chances de ne pas rentrer bredouilles. Pas la moindre grive. Pas le plus petit gibier. Pas même une houppette de lapin pour sauver l'honneur. Harassés, ils firent une pause à l'ombre d'un vieux chêne. Phonse, vexé comme un pou de ne pas avoir eu le privilège de mettre à l'épreuve ses nouveaux jouets, était d'une humeur exécrable.

— Ça, c'est à cause de Pompon qui s'est caraputé dans la garrigue. D'habitude, il me rabat le gibier et je n'ai plus qu'à viser droit entre les yeux.

— Pense ! éclatèrent de rire les deux autres compères. C'est un chien de pêche. À part taquiner le mulot…

— Pompon ! Un chien de pêche ? rugit Phonse, piqué au vif.

— Un corniaud, on te dit.

Hors de lui, le primeur tapa la crosse de son Sagittaire Double Express qui était posé à côté de lui. L'arme tomba par terre. Le coup partit tout seul.

Les trois compères restèrent sans voix en découvrant la perdrix qui venait d'en faire les frais…

Sur la place du village, Fanette occupait désormais la petite maison de carrier où elle avait grandi. De toute part, une végétation presque sauvage avait envahi le petit jardinet. Un laisser-aller qui navrait les détracteurs de la nouvelle occupante, guère étonnés cependant, venant de la part d'une masco. Nul ici n'appréciait son excentricité. Selon certains, il lui arrivait même de sortir la nuit pour courir entièrement nue dans les collines ! D'autres lui prêtaient des pouvoirs occultes, dangereux puisque mystérieux. Quant aux plus anciens, ils se souvenaient de la jeune fille déjà étrange et souvent dévergondée qui avait fait tourner la tête à plus d'un homme.

Fanette connaissait bien ces rumeurs. Bien des années plus tôt, elle en avait beaucoup souffert et avait même dû fuir le village. Elle se savait différente de tous ces gens, tout comme sa mère et sa grand-mère avant elle. Elle voyait les choses et avait le don de communiquer avec l'au-delà. À l'époque antique, ce genre de femmes étaient appelées des pythies. Elles étaient respectées, voire même adulées pour leurs oracles. Au fil des siècles, elles devinrent des ribotes, de sombres sorcières que l'on brûlait. Depuis sa plus tendre enfance, Fanette vivait avec les fées et parvenait bien souvent à lire dans les pensées les plus intimes de ses interlocuteurs. Cette clairvoyance dérangeait le village, et plus particulièrement ceux qui conservaient jalousement leurs secrets. Les conversations s'interrompaient sur son passage, les gens devenaient méfiants. Avec le temps, elle avait appris à pardonner les regards de biais que les gens braquaient sur elle comme autant de doigts accusateurs.

C'est Mamette qui avait élevé sa jeune sœur après le décès de leurs parents, juste après la guerre. Elle l'avait fait du mieux qu'elle avait pu, jusqu'à son accident. Quelques mois avant le drame, Fanette avait flirté avec deux hommes plus âgés qu'elle, Lucien et Phonse. Bien qu'attirée par le premier, c'est le second qui avait touché son cœur. Mais le primeur était déjà marié et, à l'époque, tout le village en avait fait ses gorges chaudes, obligeant la « sorcière » à quitter la commune afin de ramener un peu de calme autour de la place centrale.

Bien calée dans un fauteuil provençal, Fanette se remémorait avec amertume cette période tumultueuse. Puis son regard devint soudain mélancolique. Un autre souvenir, tendre et triste à la fois, et qu'elle avait enfoui au plus profond de son être, venait de resurgir. Un secret qu'elle ne partageait pour l'heure avec personne, sauf... avec les fées de la garrigue..

XI

Gabrielle et Selim prenaient leur petit déjeuner sous la treille, sans doute l'un des derniers avant les frimas de l'automne. La température s'était rafraîchie depuis quelques jours, mais ces quelques degrés en moins n'avaient pas découragé le couple, ravi de respirer à pleins poumons l'odeur puissante de la terre humidifiée et les senteurs épicées de la garrigue, nimbée ce matin-là d'un léger voile de brume. Les mains posées bien à plat de chaque côté de son bol, Gabrielle soufflait sur son thé brûlant. À travers le filet de vapeur, elle se demandait ce qui pouvait tant contrarier Selim. Le front creusé de rides et le regard azur perdu dans les vignes endormies, il semblait curieusement absent.

— Que se passe-t-il ? murmura Gabrielle tendrement.

Le vigneron sortit de sa torpeur et lui sourit. Par habitude, il s'arrangeait toujours pour régler les problèmes en évitant d'en parler à la femme de sa vie. Gabrielle étant anxieuse par nature, il n'aimait pas la contrarier.

— Tu ne veux rien me dire ? Aurais-tu d'inavouables secrets ?

— Rien que tu ne puisses entendre.

La jeune femme attendit en silence, un sourire compréhensif aux lèvres. Selim se sentit fondre.

— Bien, puisque tu insistes…

Au cours d'une de ses inspections quotidiennes, il était monté près du Gaudre, le canal d'irrigation qui longeait la propriété. Depuis plusieurs jours, il ne parvenait pas à expliquer pourquoi autant d'eau avait pu se déverser sur les parcelles, d'ordinaire protégées des intempéries. De mémoire, jamais le domaine n'avait connu de telles inondations, et si localisées… Les rangs de vignes plantés en mourvèdre avaient subi de gros dégâts. Ceux en grenache et en cabernet sauvignon semblaient en revanche avoir été relativement épargnés par la pourriture grise.

— À quoi penses-tu ? risqua Gabrielle.

— Je ne trouve pas ça très naturel…

— Comment ça, *naturel* ? Tu ne penses tout de même pas à…

— …

— Enfin, chéri ! s'écria-t-elle. Qui pourrait bien faire une chose pareille ?

Avec tous les problèmes qu'ils avaient dû affronter ces dernières années dans la vallée, plus rien ne pourrait surprendre Selim.

— Je te rappelle, remarqua la jeune femme, que Victoire vit toujours dans une clinique spécialisée. Et très franchement, à part elle, je ne vois pas qui pourrait s'en prendre à Montauban ni pour quelle raison. Du reste, Victoire ne s'attaquerait jamais à Montauban. Non, c'est trop gros.

Le visage de Selim s'assombrit.

— Pourtant…

— Pourtant ?

— J'ai de bonnes raisons de croire qu'il ne s'agit pas d'un phénomène naturel. Encore moins d'un accident.

— Qu'entends-tu par là ?

— Suis-moi. Tu comprendras.

Gabrielle but une gorgée de son earl grey bien chaud et suivit son mari. Ils empruntèrent le chemin à flanc de coteau, au nord des parcelles de Montauban. Après avoir traversé le pont de pierre sèche enjambant le Gaudre, ils se dirigèrent vers le Carrefour de Vie, un lieu-dit où se trouvaient les trois trappes d'orientation irriguant les différentes propriétés. Selim prit appui sur l'un des piliers d'encadrement. De l'index, il pointa un doigt en direction d'un loquet de verrouillage.

— Tu vois cette tige métallique ?

Attentive, Gabrielle acquiesça.

— J'ai pour habitude de toujours la poser sur le pilastre afin de ne pas oublier de la remettre, ajouta-t-il en joignant le geste à la parole.

Deux trous au diamètre de l'axe en fer avaient été creusés, l'un dans la plaque d'orientation elle-même, l'autre dans le rail en maçonnerie dans lequel une tige métallique glissait de chaque côté. En cas de fort débit, un taquet renforçait le système de verrouillage.

Gabrielle constata que la tige de métal pendait dans le vide au bout de sa chaînette, au-dessus de l'eau.

— Tu as pu oublier de la remettre.

— C'est possible…

Selim eut une expression qui révélait autant son humilité que son professionnalisme. Le vigneron ne parlait jamais beaucoup et faisait toujours preuve d'une concentration extrême, ne se laissant jamais guider par des gestes irréfléchis.

— Très honnêtement, je ne pense pas. De plus, je te rappelle que c'est moi qui ai mis au point ce système afin d'éviter ce genre de catastrophe…

Gabrielle n'en doutait pas.

— Maintenant, j'ai autre chose à te montrer, reprit-il.

Il descendit de quelques mètres en dessous du chemin de guet. L'herbe, particulièrement haute à cet endroit, lui arrivait à mi-jambe. Selim s'immobilisa juste devant l'ouverture de la vanne de dérivation. Quand Gabrielle le rejoignit, il examinait le sol, écartant la végétation de la pointe de sa botte.

— C'est bizarre, l'herbe est couchée ici, remarqua Gabrielle. Tu as remarqué ?

— Oui, tu as raison. Et en direction…

— … des vignes de mourvèdre !

Pour les deux associés, il n'y avait plus de doute. Quelqu'un avait inondé les vignes. Une simple pluie n'aurait pas pu provoquer un tel carnage.

— Mais qui ? pesta Gabrielle. Qui ? Et pourquoi ?

— Nous finirons bien par le savoir, crois-moi.

Dans sa chambre, Maude bouclait ses valises. Elle préférait quitter Lou Triadou avant qu'on ne lui montre la sortie… à moins qu'on la supplie de rester. Mais une chose était sûre, elle avait décidé de conduire son mari à sa perte et elle irait jusqu'au bout. Et pourquoi ne pas renouer les fils de sa passion perdue avec Olivier ? Oui, elle resterait dans la vallée et n'abandonnerait jamais la partie.

— Que fais-tu ? s'exclama la propriétaire des lieux, très surprise de la voir plier ses affaires. Tu pars comme ça, sans une explication ?

— Je m'en tiens à ce que nous étions convenus, sourit-elle faussement gênée. Je devais partir après la soirée de gala, n'est-ce pas ?

Gabrielle paraîssait très ennuyée. Elle avait la très désagréable impression de jeter Maude à la rue, elle qui s'était montrée si attentive à l'époque où elle avait eu sincèrement besoin d'une amie. Comment Gabrielle aurait-elle pu oublier ces quelques jours passés chez Maude après le décès de Laurent, son premier mari ? Elle avait voulu fuir sa belle-famille, fuir le plus loin possible de Fontenay, ce mirage d'oasis où elle avait cru pouvoir s'abreuver mais où elle n'avait jamais pu étancher sa soif. Pendant dix longues années, elle avait tout donné, son amour pour Laurent, un enfant. Les Lambert-Duval lui avaient tout repris. Elle avait été bafouée, trompée. Complètement désabusée, elle était repartie plus désemparée qu'à son arrivée dans cette famille. Et quand Maude, toujours entre deux avions, lui avait fait savoir qu'elle pouvait s'installer dans la maison qu'elle avait gardée à Annecy, Gabrielle n'avait pas hésité une seconde.

— Tu es ici chez toi, lui avait alors lancé son amie en venant l'embrasser. Tu peux rester le temps que tu voudras. J'ai tellement honte de n'avoir pu me rendre à l'enterrement de Laurent.

— Mais tu es là aujourd'hui. Et c'est maintenant que j'ai besoin de toi.

Comme au temps de leurs études, elles avaient passé la soirée à se livrer mutuellement leurs secrets les plus intimes. Leur complicité n'avait jamais été aussi forte qu'à cette époque. Aux douloureuses craintes que Laurent ait pu avoir une liaison, Maude lui avait conseillé de ne garder qu'une image heureuse du bonheur qu'ils avaient partagé.

— On a tous notre jardin secret, lui avait-elle dit. La vie de couple s'enrichit aussi de ces différences. Un paysage est tout aussi beau sous la pluie que sous la lumière d'un soleil ardent. Il ne perd pas son charme... Laurent t'aimait et n'aurait jamais rien fait qui aurait pu te nuire. Ne l'oublie jamais... .

Entre les promenades dans les alpages et les baignades, elles avaient beaucoup parlé, de tout et de rien. Leur amitié s'était renforcée et quand, plus déterminée que jamais, Gabrielle avait décidé de repartir, Maude l'avait assurée de son soutien avant de lui faire promettre l'appeler chaque fois qu'elle en ressentirait le besoin.

Bien plus qu'une amie, Maude était devenue une sœur !

Gabrielle jeta une œillade désemparée à Selim qui passait justement dans le couloir. Elle avait besoin de son soutien et, surtout, de son consentement. Elle ne pouvait pas congédier son amie. Bien sûr, Maude s'était montrée différente durant son séjour à Lou Triadou, mais, au regard du passé, Gabrielle devait passer l'éponge.

— Rien ne vous oblige à partir aujourd'hui, lui dit Selim.

Cette remarque dissipa l'embarras de son épouse qui, reconnaissante, enchaîna immédiatement :

— Oui, rien ne t'oblige à nous quitter tout de suite…

Maude sourit, gênée, avant de reposer son sac sur le lit. Lentement, elle se retourna et lança, en regardant Gabrielle droit dans les yeux :

— Je ne veux pas abuser de votre hospitalité…

— Ne t'inquiète pas pour ça. Et Tristan sera ravi que tu restes encore quelque temps.

— Gabrielle ?

— Oui ?

— Je reconnais que, en ce moment, je préfère me sentir entourée par mes amis.

La propriétaire des lieux perçut dans cette remarque une pointe d'angoisse.

— Que se passe-t-il ? lui demanda-t-elle alors que Selim s'esquivait discrètement au rez-de-chaussée.

— Richard m'a quittée.

— Quoi ? Je croyais pourtant…

— Moi aussi.

Comme de toute façon Gabrielle finirait tôt ou tard par le savoir, Maude lui expliqua les véritables raisons de cette rupture. Richard, son mari et associé, avait rencontré une femme qui avait dix ans de moins qu'elle. Belle, indépendante et simple, elle semblait, selon ses dires, correspondre en tout point à ce qu'il recherchait, et il voulait aller au bout de cette passion. Ce qu'il avait considéré au départ comme une aventure s'était transformé en une vraie relation. Si bien qu'un beau matin, Richard n'était pas rentré au domicile conjugal. Et, avec tout le courage qui caractérise les hommes, il avait choisi de l'annoncer à sa femme par téléphone…

— Je n'en reviens pas, lança Gabrielle interloquée. Mais crois-tu que ce soit définitif ?

— J'en ai bien peur. Pourtant, tu sais, nous étions un couple très libre et j'étais prête à tout accepter. C'est vrai qu'on se voyait toujours entre deux avions. Chacun menait sa vie pour ainsi dire, mais c'était pour le bien du groupe Dormeuil.

Sa voix descendit d'une octave d'amertume quand elle admit qu'elle avait toujours pensé que son couple était plus fort que les autres, et que chacun avait trouvé son compte dans ce mariage.

— J'ai péché par orgueil... Le plus dur à digérer, pour moi, est de me dire que j'ai travaillé pour une autre ! Toutes ces années de sacrifices pour rien... Mais le bonheur se vit au quotidien et n'est pas un projet à remettre au lendemain. La preuve, cette femme a réussi à le retourner comme une crêpe.

Maude repensait à la dernière conversation qu'elle avait eue avec Richard. Certes, il reconnaissait les incomparables mérites de sa femme, son brillant esprit, son soutien ainsi que sa fidélité dans les épreuves... Mais ce n'était pas ce qu'il attendait d'une épouse, et toutes ces belles qualités ne remplaceraient pas la gentillesse et la tendresse qu'il avait trouvées chez sa nouvelle compagne. Des sentiments authentiques et simples auxquels il avait toujours aspiré. Les hôtels, le pouvoir et l'argent, il s'en moquait à présent. Maude fut mise devant le fait accompli. Sans autre forme de procès, Richard lui avait annoncé qu'il s'apprêtait à demander le divorce.

— Que vas-tu faire ? s'enquit Gabrielle.

— Rien. De toute façon, je n'ai plus rien. Rien à part ma soif de vengeance. Le petit fumier m'a tout pris, jusqu'à mes cartes de crédit !

— Et pour vos activités professionnelles ?

— Je ne peux rien faire non plus. Il est l'unique actionnaire. Légalement, je n'ai rien.

Gabrielle était consternée. Sans Maude, le groupe Dormeuil n'existerait pas et Richard serait sans doute toujours second chez Alliance. Sa brillante carrière, il la devait à sa femme, elle qui lui avait appris à prendre de l'assurance. Aujourd'hui, sa générosité se retournait contre elle, sans aucune considération pour son travail et ses innombrables sacrifices. La législation en vigueur ne protégeait que les intérêts machistes de son mari qui, grâce à un habile montage juridique, avait réduit sa vie à néant.

— Pourquoi ne m'as-tu rien dit ?

Maude, soudain très embarrassée, baissa le regard tout en lissant un revers de sa jupe.

— Ce n'est pas facile à admettre. Je ne suis plus rien.

— Rien ? Mais comment peux-tu dire une chose pareille ? Tu es victime d'un lâche, d'un sinistre égoïste.

— Sans doute…

Implacable, Maude reconnut avec franchise que sans cette brillante réussite, les gens ne l'auraient pas regardée de la même façon. Elle avait existé uniquement grâce à cela. Aujourd'hui, outre l'humiliation d'avoir été répudiée comme une malpropre, elle allait retomber dans le néant social, une disgrâce supplémentaire qu'elle ne méritait pas.

— Je ne suis pas une sainte, conclut-elle. Mais je ne suis pas capable de vivre sans projets. Parfois, je me dis que je ne courais pas après le bon objectif. Toi, tu as toujours recherché le bonheur. Tous tes efforts pour reprendre en main ce mas, fit-elle admirative, ta rencontre avec Selim… Quand je te vois vivre, ici, entourée, aimée, heureuse, je sais que c'est toi qui as le mieux réussi ta vie.

Même si elle se sentait flattée, Gabrielle ne partageait pas le point de vue de son amie. Rien ne la révoltait davantage que l'injustice. Pour elle, il ne faisait aucun doute que Maude était une victime dans cette histoire, et c'est tout naturellement qu'elle se rangea de son côté. Les épreuves qu'avait traversées Maude expliquaient clairement son changement d'attitude.

— C'est drôle, fit-elle, moi, je t'admire pour tout ce que tu es capable d'accomplir. Tu es une force de la nature, Maude. Rien ne semble t'effrayer. Mais pour être parfaitement honnête, je dois reconnaître que j'éprouvais ces derniers jours une sorte de... jalousie. Oui, de la jalousie. Je vivais difficilement le fait que Tristan puisse être en admiration devant toi quand il dénigre tout ce que nous essayons de faire pour lui.

— Ce n'était pas mon intention.

— Je sais. Je suis sans doute trop exclusive.

Pour la première fois depuis l'arrivée de Maude, elles rirent de bon cœur. Comme autrefois entre les étals du marché, quand les deux étudiantes arrondissaient leurs fins de mois. Maude réussit à se détendre, comme soulagée d'un fardeau. Elle lança, presque badine, qu'elle acceptait de rester à Lou Triadou si elle pouvait les aider.

— Ne te fais pas d'illusions, se reprit-elle. Je ne travaillerai pas dans les vignes ou les chais. Je pense très sincèrement que je ne vous serais pas d'une très grande utilité, bien au contraire. En revanche, je pourrais mettre à profit mes compétences pour vous aider à gérer les fonds récoltés lors du gala, en les faisant fructifier par des investissements judicieux qui te permettraient de décrocher de nouveaux contrats pour Montauban.

Gabrielle, qui trouva l'idée séduisante, s'empressa de lui répondre qu'elle la soutiendrait dans cette démarche.

— Marché conclu, ajouta-t-elle, ravie. J'aime mieux te dire que tu as du pain sur la planche !

En silence, elle aida son amie à défaire ses valises puis à ranger tous les vêtements dans l'armoire. Au bout d'un instant, Gabrielle se décida à lui poser une question qui lui brûlait les lèvres depuis quelques heures. La veille, Béatrice lui avait révélé que Maude était la femme dont Olivier avait été amoureux, celle qui l'avait plongé dans une profonde déprime lorsqu'elle avait rompu.

— C'est vrai, reconnut Maude. À quoi bon le nier ? Je préfère que tu apprennes de ma bouche tout ce qui s'est réellement passé.

Quelques années plus tôt, elle avait eu une liaison avec Olivier, la seule, l'unique qu'elle s'était permise durant son mariage. Elle avait été conquise par sa soif de liberté et son intégrité, tout comme par cet indéfinissable besoin d'évasion qui l'avait littéralement fascinée. Pour la première fois depuis longtemps, un homme s'était intéressé à elle pour ce qu'elle était vraiment et il l'avait comprise mieux que personne. Ce qui l'avait le plus frappée, c'est qu'il avait eu pleinement conscience de son ambition professionnelle mais qu'il n'en avait été nullement effarouché. Grâce à lui, Maude avait pu modérer son tempérament de battante, elle était devenue plus sereine. Elle appréciait sa compagnie, son discours, et faire l'amour avec lui. Les précieuses journées volées aux conventions étaient devenues autant de parenthèses nécessaires à l'un comme à l'autre. La vie auprès de Richard était devenue un véritable parcours du combattant où leur seule intimité se traduisait par un calage de rendez-vous entre leurs agendas respectifs…

Malgré tout, Maude avait renoncé à poursuivre cette relation passionnée. Elle ne s'était pas sentie prête à tout plaquer, à tout recommencer. À sa place, Gabrielle aurait sans doute eu cette force. Alors elle s'était jetée à corps perdu dans le travail, avait monté des projets fous pour fuir Richard le plus possible, oublier Olivier et l'horrible gâchis qu'était devenue sa vie, parvenant même à transformer sa douleur en énergie créatrice. Et rien ne lui avait résisté. Mais cette fuite en avant avait détruit son mariage. Richard et elle avaient fini par se retrouver autour d'un seul et unique enfant, le groupe Dormeuil, qui prospérait aimablement et était devenu le sujet de toutes leurs attentions. Le couple fondateur avait dû résister à la concurrence toujours plus féroce, chacun avalant toujours plus de kilomètres au gré des fuseaux horaires. Au bout du compte, cette distance physique eut raison de leur couple.

— Voilà, lança-t-elle mélancolique. Tu sais tout.

Une fois de plus, Gabrielle se trouvait coincée bien malgré elle entre deux feux avec, d'un côté, Béatrice qui était amoureuse d'Olivier, et de l'autre, Maude, prête à tout pour revivre cette passion intense qu'elle avait connue avec lui. Dans tous les cas de figure, l'une des deux allait souffrir.

— Que comptes-tu faire ?

Maude sourit, amusée par cette question autant que par le sous-entendu.

— J'ai appris à mes dépens qu'en amour, il faut être deux. Je vais revoir Olivier, c'est certain. Mais très franchement, j'ignore si lui le veut encore. Après tout ce qui s'est passé…

Plus sincère que jamais, elle avoua en souriant tristement :

— Je ne lui en voudrais pas si sa porte reste fermée. Je n'en ai pas le droit. Je suis responsable de notre rupture et j'assumerai.

— Surtout, prends soin de toi, fit Gabrielle en posant une main affectueuse sur l'épaule de son amie.

Elles terminèrent de ranger les affaires. Alors que Maude refermait le tiroir de la commode, Gabrielle retira de la dernière valise un dossier vert étiqueté « actifs Dormeuil ».

— Laisse, s'écria vivement Maude en se retournant, avant de reprendre sur un ton plus doux : Je vais le ranger.

Pour ne pas aborder le sujet, elle tourna court en annonçant que Mérentier, le patron du groupe Alliance, était revenu sur sa décision. Il acceptait de signer avec Montauban d'ici quarante-huit heures.

— C'est vrai ? souffla Gabrielle admirative. Mais comment as-tu fait ça ?

— Le talent…, répliqua Maude ironiquement, tout en subtilisant habilement le dossier Dormeuil des mains de son amie. Le talent et quelques petits secrets…

— Eh bien merci. Je crois qu'on te doit une fière chandelle. Je suis heureuse qu'on ait pu parler toutes les deux. Et plus encore de t'avoir retrouvée.

— Moi aussi, Gabrielle. Moi aussi, crois-moi.

Deux arbustes de buis taillés en cône étiraient leurs pointes verdoyantes devant l'imposante porte à double vantail des chais de Montauban. Haute de cinq à six mètres, l'entrée était la seule ouverture donnant sur la longue façade du bâtiment. Me Simon Robin y pénétra, immédiatement saisi par le contraste de la température avec l'extérieur. Ici, la pénombre presque froide des chais donnait le vertige. Dès que ses yeux s'habituèrent à l'obscurité, il ressentit la magie de l'endroit, fidèle à sa légende, une cave à la mesure de ce haut lieu vinicole… En partie creusé sur les flancs du mont Paon, le site avait été construit dans l'esprit des bâtisseurs de cathédrales. Sur deux mille mètres carrés, les vins du château de Montauban se magnifiaient, dans une fraîcheur monacale, sous d'immenses voûtes en clé d'ogive, soutenues par des arcs en chêne blond d'une grande pureté de ligne. Au pied de chaque pilier étaient alignés des foudres de la même essence, un véritable boulevard de cuves, tonneaux et autres barriques. Jusque dans les moindres recoins, le vin attendait patiemment l'heure de sa maturité, l'instant d'absolu qui en ferait le nectar des dieux.

L'homme de loi longea l'immense corridor. Cabernet sauvignon, grenache, rolles, mourvèdre et syrah, l'excellence des meilleurs cépages de la vallée mûrissait dans les foudres. L'avocat arriva dans la nef d'accueil. C'est là, dans un confort un peu spartiate mais qui plaisait par son authenticité, que les particuliers, touristes et journalistes étaient accueillis lors des visites. Me Robin contourna la longue table style monas tère et se dirigea vers le bureau de Béatrice. Désappointé de ne trouver personne, il s'apprêtait à rebrousser chemin quand il tomba nez à nez avec Maude. Après quelques banalités d'usage, l'amie de Gabrielle lui demanda ce qu'il pensait de la situation financière du domaine. L'avoué se garda bien de lui dire la vérité et opta pour une réponse qui ne l'engageait guère.

— Me Robin…, minauda-t-elle, à quoi bon parler la langue de bois. Je suis de votre côté. Je sais parfaitement ce qu'il en est. Gaby m'a mise dans la confidence. Par ailleurs, vous n'ignorez pas qui je suis. Nous savons tous les deux que les frais sont beaucoup trop lourds à supporter pour un domaine tel que Montauban, sans parler de tout ce qu'il a subi ces derniers temps. Avec l'incendie, les inondations et la lourde amende de l'Urssaf, malgré leur bonne volonté, je ne vois vraiment pas comment ils pourraient s'en sortir. Le rachat d'une partie du capital par Philippine ne fera que masquer l'abîme qui les attend.

— Je vois en effet que vous êtes parfaitement renseignée, madame Dormeuil.

— C'est un devoir en affaires. Une règle d'or, mon cher.

Simon sourit, soudain amusé par la similitude de certaines reparties qu'il avait l'habitude d'entendre de la bouche de Victoire de Montauban. Par expérience, il resta donc sur ses gardes. D'autant plus que Maude, contrairement à son ancienne cliente, jouait sur un autre registre, celui de la séduction. Il acquiesça donc poliment, tout en insistant sur le fait que cet avis n'engageait que lui, et qu'en aucun cas il ne reflétait celui des actuels propriétaires de Montauban.

— Je vois, conclut-elle, maligne.

Maude comprit que l'avocat n'en dirait pas davantage. Elle adopta une autre tactique.

— J'espère simplement qu'au cas où une proposition inespérée se présenterait à eux, vous seriez avisé de donner de bons conseils à vos clients ?

— Ce qui semble ne pas être étranger à vos desseins, madame Dormeuil.

Bien qu'elle s'en défendît, assurant ne rien avoir à y gagner, Maude se fit encore plus chatte, pour le plus grand plaisir de Simon qui voyait se dérouler devant lui un formidable numéro de funambule.

— Je crois simplement que vous êtes payé pour défendre leurs intérêts, voilà tout.

Simon la regarda s'éloigner, amusé par cette dernière remarque. Victoire. C'était Victoire tout craché. En plus sexy tout de même, ce qui n'était pas pour lui déplaire. Quel homme pourrait résister à cette femme, d'ailleurs…

Seules deux petites lumières éclairaient la façade du rez-de-chaussée de Lou Triadou dans cette nuit sans lune. Dans le salon, Gabrielle relatait sa discussion du matin avec Maude, blottie tout contre Selim.

— Je te remercie de ton intervention, tout à l'heure.

— C'est normal. C'est ton amie et je suis ravi que vous vous soyez retrouvées.

Après avoir raconté à son mari ce que lui avait confié Maude le matin même sur sa vie privée, Gabrielle souligna les indiscutables qualités de négociatrice de son amie et sa proposition de les aider pour faire prospérer Montauban. La soirée de gala avait été une réussite totale grâce à elle. Toujours grâce à elle, Mérentier avait changé d'avis et s'apprêtait à signer un accord avec eux.

Selim écoutait. Selim écoutait toujours, du reste, ne portant aucun jugement sur les gens, pas plus qu'il ne laissait son intuition guider ses choix. Lui préférait les actes, les seuls à ses yeux capables de justifier un comportement. Certes, il se réjouissait de l'amitié qui unissait les deux femmes. Par ailleurs, il connaissait suffisamment Gabrielle pour savoir qu'elle accordait trop facilement sa confiance aux gens. Bien souvent, il lui arrivait de déchanter, surprise qu'ils ne respectent pas leurs engagements à la lettre. Pour l'heure, Selim se gardait de tout commentaire, mais il avait observé Maude avec attention. Depuis son arrivée, la jeune femme le dérangeait un peu. Chaque fois qu'une situation semblait lui échapper, elle trouvait une parade. Un jour ou l'autre, elle finirait bien par se prendre les pieds dans ses fils.

Gabrielle et Selim se turent un instant. Ils restèrent serrés l'un contre l'autre sans bouger sur le canapé, chacun perdu dans ses pensées. Une fois de plus, Gabrielle revint à la charge :

— Qu'est-ce qui te préoccupe ?

Selim inspira profondément avant de se livrer.

— C'est le camp gitan. J'y suis passé tout à l'heure.

— Et alors ?

— Ils vivent là-bas dans des conditions déplorables. Le terrain est en zone inondable, sans aucune commodité.

— La municipalité devrait faire quelque chose.

— Là, je crois que tu rêves. Les trois quarts du village souhaitent les voir partir loin d'ici. Le conseil municipal ne va pas les contredire, tu penses bien. Pour Phonse et Amélie, ce sont eux les responsables de tous les maux qui frappent le village. Aujourd'hui, leur point de vue fait toujours autant d'émules lors des votes.

— Phonse est borné, certes, mais ce n'est pas un mauvais homme.

— Et Amélie Rivière ? demanda Selim, sourire en coin.

— Ne m'en parle pas ! lança Gabrielle en se redressant d'un bond. Cette vieille bique ferait se battre des montagnes. En ce moment, elle en a après Fanette qu'elle déteste.

— Fanette est particulière, mais très agréable.

— C'est vrai. Elle a le cœur sur la main. Mais tu sais mieux que moi comment sont les gens devant une personne qui dérange leur petite vie.

Après avoir délacé ses chaussures, elle revint auprès de Selim et poursuivit :

— Au fait, pourquoi es-tu allé au camp ?
— Je voulais voir Manolo.
— C'est un type bien.
— C'est ce que je pense aussi. J'aimerais l'aider. Ce n'est pas le travail qui manque ici, et ça ne lui fait pas peur.
— En tout cas, sans lui et le secours de ses cousins, je ne sais pas comment nous aurions pu rentrer la vendange de cette année.

De fil en aiguille, Gabrielle en vint à parler d'un projet qui lui tenait à cœur depuis quelque temps. En faisant du rangement, elle était tombée sur une vieille revue historique de son père dans laquelle on parlait du merveilleux pétillant des Baux qui avait fait la joie de la cour du Roi-Soleil. Après quelques recherches sur Internet, Gabrielle avait découvert que, au XVIIe siècle, le vin de Provence était particulièrement apprécié à Versailles. Et ce matin, elle avait retrouvé dans les archives de Montauban une méthode champenoise de tout premier ordre.

— C'est une idée à creuser.
— Il faudrait que l'on puisse en discuter avec Béatrice.
— Tu oublies Philippine. Elle aussi a son mot à dire maintenant...

Gabrielle leva les yeux au ciel et préféra revenir à son idée de champagne provençal, imaginant déjà la robe ambrée, les fines bulles perlant le long d'une flûte en cristal, son arôme subtil et son goût en bouche fruité et délicat. Elle se représentait la bouteille, et surtout la belle étiquette au contour doré qui signerait le renouveau des dîners fins :

Cuvée Royale
Vin du Roi-Soleil

Maude, en équilibre sur la dernière marche de l'escalier, dans le couloir, n'avait pas perdu une miette de la conversation. Décidément, les insomnies avaient du bon. Sans ce verre de lait qu'elle venait de se servir, cette précieuse information lui aurait sans doute échappé. Elle remonta se coucher, tout en veillant à ne faire aucun bruit afin de ne pas attirer le moindre soupçon. Elle se cala contre les oreillers moelleux et sirota son verre de lait, sourire aux lèvres. Son regard fut attiré par le dernier numéro de *Elle* posé sur la commode. Tout en le feuilletant d'un œil distrait, elle alluma machinalement la télévision. Soudain, la voix du présentateur la fit tressaillir. Elle leva les yeux et constata qu'on diffusait un reportage sur Richard. Elle saisit la télécommande et augmenta le volume. « Richard Dormeuil a été accueilli par les autorités locales dès sa descente d'avion sur l'aéroport privé de Chai Wan. Le voyage de l'homme d'affaires à Hongkong devrait se traduire par la signature d'un contrat particulièrement lucratif pour les deux parties. »

Maude manqua de s'étrangler. Blême de rage, elle jeta le magazine féminin sur l'écran avant d'éteindre le poste.

— Espèce de grosse ordure ! Ce sont MES négociations. Et tu as le toupet de te pointer là-bas avec ta dinde ! Tu ne t'en tireras pas à si bon compte.

Peu à peu, la rage de Maude s'atténua. Plus décidée que jamais à se mesurer à son futur ex-mari, elle décrocha son téléphone portable.

— Maintenant, nous pouvons passer à l'offensive, lança-t-elle à son interlocuteur.

XII

Le sort s'acharnait à nouveau contre elle. Béatrice finit même par sourire à cette fatalité. Que pouvait-elle faire d'autre, du reste ? Elle n'avait plus assez de larmes à verser et le cœur bien trop déchiré pour s'apitoyer davantage sur son sort. Toujours est-il qu'à quarante-trois ans, sa vie sentimentale était un vrai désastre. Bien trop gentille par nature pour chercher des boucs émissaires, Béatrice s'en voulait d'abord à elle-même. Elle n'avait jamais fait les bons choix. Mariée très jeune à un homme volage, elle aurait dû mettre un terme à cette farce qui ne l'avait pas rendue heureuse. À cette époque, elle n'en avait pas eu le courage et avait préféré courber l'échine pour mieux endurer les humiliations d'Armand, son défunt mari, et surtout celles de Victoire, sa belle-mère. Et depuis le retour d'Olivier à Montauban, elle s'était imaginé qu'une idylle aurait pu naître entre eux. Là encore, elle avait projeté sur son beau-frère des fantasmes qu'il semblait ne pas partager.

Deux jours plus tôt, elle avait pu mesurer son erreur. Honteuse et triste à la fois, elle se revoyait lors de la soirée de gala, le sourire figé, pétrifiée lorsqu'elle surprit Olivier et Maude enlacés, échangeant un tendre baiser. Et dire qu'elle avait mis sa plus belle robe et étudié avec soin maquillage et coiffure dans le seul but de lui plaire ! Elle n'avait pas réagi. Qu'aurait-elle pu leur dire d'ailleurs ? « Salut, ça va les amoureux ? » Non, elle aurait certainement hurlé sa déception. Mais à quel titre ? Olivier était son beau-frère. Certes, ils avaient des affinités, Olivier avait peut-être pour elle une vague attirance. Mais elle se serait ridiculisée. Alors elle avait ravalé sa fierté, ses désillusions, et choisi de rentrer au château comme s'il ne s'était rien passé. Elle avait pleuré, seule dans son coin. Le lendemain, elle avait même montré un certain détachement lorsqu'elle s'était retrouvée en face d'Olivier au petit déjeuner, évitant d'évoquer le sujet. Mais un peu plus tard dans la journée, quand Gabrielle était entrée dans son bureau, celle-ci avait immédiatement remarqué que quelque chose n'allait pas. Béatrice lui avait fait part de la scène de la veille. Gabrielle l'avait alors rassurée sur un point. Maude ne voulait faire de mal à personne, et encore moins à Béatrice. Elles en avaient parlé ensemble quelques heures plus tôt, Maude n'avait aucun désir de reconquête.

Occupée par ses sombres pensées, Béatrice ne parvenait pas à mettre la main sur le service en argenterie qui servirait ce soir pour le dîner avec le P-DG d'Alliance. Elle tenait à ce que tout soit impeccable pour le recevoir. Montauban avait un enjeu de taille à remporter. Enjeu qui, sans l'intervention de Maude, n'aurait jamais pu être possible. Décidément tout la ramenait à cette femme.

— Où ai-je bien pu les ranger ? pesta-t-elle, dépassée.

Depuis la réduction du train de vie de Montauban, l'intendance d'une telle demeure était une tâche lourde à porter pour les seules épaules de Béatrice, surtout depuis le licenciement du personnel de maison. Si ça n'avait tenu qu'à elle, elle aurait bazardé cette vieille baraque à laquelle ne se rattachaient que de douloureux souvenirs. Bien sûr, elle refusait une telle extrémité, et pour plusieurs raisons. En premier lieu ses enfants, Ludivine surtout. L'adolescente tenait à ce domaine de famille et comptait bien un jour en prendre les rênes. Ensuite par défi, celui de relancer l'entreprise. Enfin, il y avait Victoire. Montauban avait été tout au long de son existence sa seule raison de vivre. Bien qu'elle aille aujourd'hui beaucoup mieux depuis son entrée en maison médicalisée, la vente du château lui serait fatale, et Béatrice ne voulait en aucun cas avoir sa mort sur la conscience. Certes, la redoutable marquise l'avait fait souffrir et elle ne se sentait aucunement redevable. Sa place à la tête du domaine, elle l'avait méritée. Mais elle ne ferait pas à sa pire ennemie ce qu'elle n'aimerait pas qu'on lui fasse. Plus qu'une question d'honneur, Béatrice voyait là un signe d'intelligence, autant qu'une douce revanche sur le passé.

Elle fouilla d'une main avide le fond de la grande armoire du séjour sans parvenir à retrouver la ménagère aux armes des Montauban. De toute façon, elle n'avait plus le temps de chercher. Tant pis, M. Mérentier devrait se contenter de couverts ordinaires.

— Bonjour, m'man, s'écria Ludivine en courant dans le vestibule.

— Un instant, jeune fille, lança sa mère avec autorité.

— Quoi ?

— « Comment », je préfère, la reprit-elle, un œil sur le tableau de Barthélemy de Grillet, le fondateur de la dynastie, comme si sa présence imposait le respect des convenances.

— Comment…

— Où vas-tu ? J'ai besoin de ton aide pour préparer la réception de ce soir. Veux-tu mettre la table ?

— Pas tout de suite. Je vais voir grand-mère. Il semblerait que peu de monde s'intéresse à elle depuis quelque temps…

Béatrice ne releva pas la pertinence de ses propos. Elle-même se reprochait souvent son attitude égoïste. Acculée de tous les côtés, elle ne pensait pas vraiment qu'une personne âgée, seule avec ses souvenirs, pût ressentir le besoin d'une compagnie pour l'aider à meubler les journées, lentes et désœuvrées, qui la séparaient de la mort. Surtout une personne comme Victoire ! Mais le temps se montrait injuste avec tout le monde, même avec la redoutable marquise...

Au pied de la citadelle des Baux, Olivier marchait de long en large derrière un paravent d'arbousiers, inquiet et excité à la fois. Il l'attendait, tout en répétant chaque mot qu'il allait lui dire. Mains jointes, le visage anxieux, il mesurait le poids, les inflexions de chaque syllabe qu'il allait devoir prononcer afin d'exprimer le plus fidèlement possible les désespoirs de son âme.

Maude... Elle réapparaissait enfin dans sa vie ! Peu lui importait à présent les motifs de leur rupture, tout autant que leurs conséquences. Il y avait Béatrice, bien sûr, qui avait éveillé en lui de tendres pensées, et Olivier ne voulait pas la blesser. Mais il devait parler à Maude, du moins pour éviter d'avoir des regrets. Et puis sa belle-sœur méritait mieux qu'un amour meurtri et, d'une certaine façon, c'est aussi pour elle qu'il se trouvait là. Être fixé une bonne fois pour toutes, quitte à tourner comme un lion en cage. Il attendait beaucoup de ce tête-à-tête qui lui apporterait sans doute une réponse, une nouvelle raison de vivre. Déjà, il devait se rendre à l'évidence, il lui avait suffi de croiser le regard de Maude pour que cette terrible impression d'inachevé resurgisse, plus douloureuse que jamais.

Deux jours. Deux longues journées s'étaient écoulées sans le moindre signe de vie depuis ce baiser inespéré sur la terrasse de Biotech. À plusieurs reprises, le cadet des Lescure s'était rendu sur place afin de s'assurer qu'il n'avait pas rêvé. Pour comprendre comment ce doux songe avait pu prendre corps. Et quel corps ! Aujourd'hui, une foule d'images, plus sensuelles les unes que les autres, bousculaient les portes des convenances. En cascade, elles déferlaient dans sa mémoire comme cette torride escapade à Malibu. C'était à la mi-janvier. Sur la côte Est des États-Unis. La neige avait investi Central

Park à New York qu'il venait de parcourir, transi de froid. Quelques heures plus tard, le soleil californien réchauffait leurs amours illicites derrière l'immense baie vitrée de leur villa sur la plage. Leur duo avait écrit la plus belle histoire, avec pour unique témoin les ressacs tapissés d'écume du Pacifique. Pendant quarante-huit heures, ils s'étaient nourris de leurs caresses, interrompant leurs étreintes le temps de tremper une fraise dans les bulles d'un dom-pérignon bien frappé. Puis ils retournaient à leurs jeux amoureux, bercés par la musique de la divine *Tosca* de Puccini. Comment se remettre de tels souvenirs ?

Olivier arpentait le sentier de terre, le long de la caverne de Taven. Cet endroit retiré et escarpé semblait tout désigné pour abriter le rendez-vous d'un couple illégitime hanté par la crainte d'être surpris. Pour la énième fois en cinq minutes, il jeta un coup d'œil à sa montre, un cadeau que Maude lui avait fait lors de ce fameux week-end en Californie. La veille, il avait ressenti le besoin un peu fou d'aller discrètement la chercher au fond de ce qu'il appelait son « carton de désintoxication », dans le grenier. C'est dans ce carton qu'un soir de colère il avait rassemblé tous les objets qui lui rappelaient de douloureux souvenirs. Il n'avait jamais eu le courage de s'en défaire. Aussi, quand il prit la décision de s'installer dans les Alpilles, la caisse avait suivi. Il l'avait glissée sous le toit de Montauban et était même parvenu à l'oublier.

Il releva le nez de sa montre et eut la merveilleuse surprise de découvrir qu'il n'était plus seul.

— Tu l'as toujours ? fit remarquer Maude, touchée.

— Toi aussi, apparemment, sourit-il en s'apercevant qu'elle portait autour du poignet celle qu'il lui avait offerte.

— Que veux-tu… Il y a des choses dont on croit pouvoir se défaire, mais « vanité des vanités, tout est vanité ».

Toutes les belles paroles qu'Olivier avait prévu de dire s'envolèrent par-delà les vestiges du château des Baux qui dominait le cirque rocheux où ils s'étaient donné rendez-vous. Maude était venue. Elle se trouvait là, devant lui, en pleine lumière. Avec volupté, il regardait s'effondrer ses bonnes résolutions. Fini le carême, vive Pâques et ses délices !

— Je..., commencèrent-ils en chœur.

Ils sourirent, amusés.

— Toi d'abord, insista Olivier.

— Bien..., hésita Maude, visiblement déstabilisée.

Elle aussi venait d'oublier son discours. Elle choisit donc de laisser les mots jaillir de son cœur.

— J'ai pleinement conscience d'avoir commis la plus grande erreur de ma vie le jour où j'ai mis fin à notre histoire.

Face à elle, Olivier écoutait, silencieux, presque impassible.

— Je sais aujourd'hui que je me suis trompée, reprit-elle, confuse. Ni la distance, ni même le temps ne sont parvenus à me faire oublier ce que nous avons vécu ensemble.

Maude fixait le sol afin de puiser dans les gravillons blancs le courage dont elle avait tant besoin à présent. Malgré ses efforts, elle ne parvint pas à retenir ses larmes.

— Je n'en ai pas eu la force. Je ne l'ai jamais eue.

Olivier succomba à sa détresse et l'invita dans ses bras. Cette femme le touchait toujours autant. Il devait se l'avouer. La seule compassion ne suffisait pas à définir ce qu'il éprouvait à cet instant. Avec délice, il huma le parfum de ses cheveux, les yeux mi-clos pour mieux s'abandonner à cette douce ivresse encore si présente dans sa mémoire. Ses doigts, légers comme un souffle, lissèrent quelques mèches soyeuses avant d'effleurer la peau de son cou. Sous son contact, il sentit trembler le corps de Maude qui lui avait tant manqué et qui s'offrait à nouveau à lui. Il crut défaillir. Maude releva son visage humide.

— Je n'ai pas eu d'autres relations après toi, avoua-t-elle avant que ses sanglots n'aient raison d'elle. Cela m'aurait été parfaitement impossible. Quant à ma relation avec Richard, j'ai longtemps voulu y croire, je t'assure. Mais j'ai dû me rendre à l'évidence que notre histoire était terminée. Je suis venue te retrouver, Olivier. Maintenant… je comprendrais que tu ne souhaites pas…

Maude sentit l'émotion l'envahir à nouveau, et ne parvint pas à la contenir davantage.

— Si tu savais à quel point j'ai honte de moi, sanglota-t-elle une main sur la bouche. Si tu savais…

— Allons, répondit Olivier en l'enlaçant. Tout cela est derrière nous maintenant. C'est du passé. Ne dis rien… Je suis là, et personne ne nous séparera plus.

Dans la salle à manger de Montauban, une élégante table était dressée et attendait les invités. Béatrice avait apporté un soin tout particulier à la décoration florale. Rien que des fleurs fraîches, cueillies le matin même dans le parc de la propriété.

Concentrée sur l'ordonnancement d'un bouquet, elle avait failli heurter son beau-frère dans le hall d'entrée. Elle avait bredouillé quelques excuses d'un regard fuyant, mais s'était bien vite aperçue que le temps d'une explication était venu. Face à elle, Olivier ne semblait guère enclin à vouloir retirer sa main de la rampe d'escalier qui lui barrait le passage.

— Je sais que je te fais souffrir, avait-il reconnu, sincère, et je m'en veux terriblement, crois-moi. Tu es la dernière personne que je voudrais blesser sur cette terre. Je n'ai aucune excuse valable pour justifier ce qui m'arrive. Mais y en a-t-il seulement en amour ? Tout ce que je peux te dire, c'est que je dois le vivre. Je serais malhonnête de te faire croire qu'il existe peut-être un espoir pour nous. Ce genre d'illusion verse bien plus d'acide sur les plaies. Sache que tu comptes beaucoup à mes yeux et que je serai toujours là pour toi. Enfin, reprit-il, si toi-même désires que nous restions amis…

Béatrice lui avait répondu tristement.

— Je te remercie de ta franchise. Bien sûr que nous resterons amis. C'est vrai que c'est dur pour l'instant, mais je suis trop attachée à toi pour accepter de te voir malheureux. Tu sais, je ne souhaite à personne de passer à côté du bonheur.

Olivier lui avait souri avec une tendresse toute particulière qui ne s'adressait qu'à elle.

« Dieu qu'il est beau ! » n'avait pu s'empêcher de penser Béatrice.

Un lustre en cristal trônait majestueusement au centre du plafond chantourné. Trophée du XVIIe siècle, époque de la splendeur de Montauban, ses pampilles tintaient de temps à autre sous la caresse d'un faible courant d'air. Béatrice recevait ses invités avec simplicité. Ce dîner si important était le premier qu'elle donnait dans ce cadre en tant que maîtresse de maison. Elle se sentait particulièrement tendue, presque déplacée dans ce rôle que lui avait toujours ravi Victoire. Gabrielle était arrivée la première, dès la fin de l'après-midi. Ensemble, elles s'étaient attelées aux ultimes préparatifs.

— J'ai convié Maude à nous rejoindre ce soir, avait lancé Béatrice à brûle-pourpoint.

Gabrielle avait alors suspendu la composition d'un plateau de hors-d'œuvre, surprise d'une telle révélation. Elle avait fait face à son amie, une tomate cerise en main. Béatrice s'était attendue que cet aveu la surprenne et s'en était justifiée.

— Ce matin, Olivier m'a parlé. Je sais ce qu'il éprouve pour Maude. Son amour est visible et sincère.

Puis ses propos étaient devenus mélancoliques.

— Aimer un homme, c'est aussi parfois accepter de le voir plus heureux dans les bras d'une autre. C'est pour cette raison que j'ai demandé à Maude de venir. Je tiens à ce qu'il sache que je ne ferai rien contre eux.

— Je vois, avait simplement répondu Gabrielle.

Sans quitter Béatrice des yeux, elle avait croqué la petite boule rouge, un air malicieux dans le regard.

— Tu pourras aussi juger sur pièce si cet amour est partagé, lui avait-elle dit.

— Sans doute…

Quand Olivier descendit le grand escalier, un bien-être absolu se lisait sur son visage hâlé. Il respirait la joie de vivre, le bonheur d'une relation qui pouvait éclater au grand jour. L'idée d'être heureux ici, à Montauban, dans ce lieu si convenu, relevait presque du surnaturel ! Et cette chance incroyable, il ne la devait qu'à Béatrice. Il la croisa justement dans le salon d'hiver où elle alignait quelques alcools sur la desserte avant l'arrivée des premiers invités. Olivier s'avança et, plein de fougue, l'embrassa dans le cou.

— Merci, répondit-il simplement à la maîtresse de maison.

Dans le couloir, l'écho des voix de Maxime et Philippine les surprit.

— Maman ? C'est nous, cria Maxime.

La maîtresse de maison vint embrasser le jeune couple et salua Louis Aymard qui les accompagnait, soulagée qu'ils arrivent avant Mérentier. Pourtant, en croisant le regard que portait Louis sur sa petite-fille et son mari, elle crut y lire une certaine inquiétude… Selim et Tristan arrivèrent dans la foulée.

— Maude n'est pas avec toi ? s'étonna-t-elle en cherchant par-dessus l'épaule du vigneron la silhouette gracile de sa rivale.

— Non, elle n'avait pas fini de se préparer. Elle ne devrait plus tarder maintenant.

— Ah…

Déçue de devoir reporter ce qu'elle redoutait tant, affronter Maude, Béatrice devait prendre son mal en patience.

À vingt heures trente très précises la limousine de Jean-Yves Mérentier s'immobilisa devant le perron de Montauban. Béatrice, Gabrielle et Olivier vinrent à la rencontre de celui qu'ils attendaient comme le Messie. Silencieux, un chauffeur ouvrit la portière avant de contourner la voiture pour permettre à sa passagère de descendre. Un escarpin de satin noir se détacha soudain, soulignant une cheville à l'attache très fine. Une jambe cuivrée, parfaitement galbée, s'échappait entre deux pans d'une longue robe d'organza. Puis, sortant de l'habitacle tout de cuir, une main délicate suspendit son vol à mi-hauteur et se posa sur celle que lui tendait le chauffeur.

Sur le perron, les trois associés retenaient leur souffle devant cette remarquable entrée. Puis les expressions se figèrent. Béatrice arbora un sourire de politesse tandis que ses rêves les plus fous s'envolaient à jamais. Olivier, quant à lui, se sentait extrêmement fier. Gabrielle, pour sa part, aurait préféré rester à l'intérieur avec Selim et les autres invités.

Mérentier tendit un bras distingué à sa sublime cavalière. La gracieuse silhouette de Maude ondula à ses côtés…

Elle se montra aimable, drôle aussi, ce qui étonna tout le monde. À la fin du dîner, même Béatrice se surprit à rire.

— Je comprends Olivier, fit-elle à Gabrielle en aparté. Si j'étais un homme, je serais certainement séduit par une femme telle que Maude. Elle a toute la grâce, l'aisance et les manières qu'une personne un jour rêve d'avoir, ajouta-t-elle, mélancolique.

— Elle est très forte pour ça. Mais tu as des qualités de cœur tout aussi attachantes.

Gabrielle serra son amie dans ses bras. Béatrice reconnaissait sa défaite avec fair-play. Ce genre d'aveu ne devait pas être facile à faire.

— Et toi ? Comment te sens-tu ?

— Très sincèrement, j'ai mal à en mourir. Je me console en pensant qu'un amour comme le leur m'attend quelque part.

Dès la fin du repas, Mérentier, dont le jet décollait moins de deux heures plus tard pour la Russie, prit place derrière le bureau qu'occupait jadis Victoire. Les contrats préparés par Simon étaient prêts. Il les parapha. Puis ce fut au tour de Philippine d'apposer sa signature sur les liasses que lui tendit l'avocat. L'avoué lui lançait des sourires courtois, très professionnels. Trop, presque. Au cours de la soirée, c'est à peine s'il lui avait parlé, se contentant des banalités d'usage, apparemment fasciné par le charme captivant de Maude. Philippine en avait été agacée. Nul ici n'ignorait leurs rapports passés.

Dans son coin, Louis Aymard suivait la transaction avec une attention particulière. Par l'intermédiaire de sa petite-fille, le moment était enfin venu pour lui de prendre le contrôle de quarante pour cent de la propriété de Montauban. En cinquante ans de carrière, jamais il n'y était parvenu. Le rêve de sa vie prenait forme, et sa revanche sur le passé se scellait de façon officielle ce soir. Une lueur de triomphe perça dans son regard vif chargé d'orgueil en s'arrêtant sur le portrait peint de Victoire. Louis n'aurait manqué cette soirée pour rien au monde. Pas plus qu'il n'avait pu s'empêcher, dans l'après-midi, d'ordonner à son chauffeur de le conduire à Saint-Rémy-de-Provence, où sa redoutable rivale résidait, isolée de tous dans sa maison de retraite. Il avait tenu à lui annoncer lui-même la nouvelle, pour le plaisir de voir son visage arrogant se crisper. Mais il n'en fut rien… Dans la pénombre de sa chambre, la pauvre vieille femme se détachait en ombre chinoise devant la large fenêtre, clouée sur le fauteuil roulant qui, désormais, supportait sa malheureuse carcasse. Plus solitaire que jamais, le fantôme de la puissante marquise semblait attendre patiemment que les heures s'égrènent jusqu'à ce que son long supplice s'achève par la grâce d'une intervention divine. Décidément, toute sa vie, Victoire surprendrait Louis là où il ne l'attendait pas, toujours pleine de paradoxes. Il la haïssait au plus profond de son être, faute de pouvoir l'aimer… Maître Aymard s'était muré dans sa fierté pour ne plus souffrir. Du reste, les gens de sa génération n'avaient pas pour habitude de livrer leurs sentiments, tant ce déballage intime leur semblait déplacé. Mais au crépuscule de sa vie, las de leurs querelles fratricides, Louis devait reconnaître que l'état de santé de sa meilleure ennemie le peinait au plus haut point.

Quand la transaction fut scellée, Louis manifesta sa fatigue. Sa petite-fille et son mari prirent congé. Tandis que Maxime accompagnait son grand-père par alliance jusqu'à leur voiture, Philippine ne put s'empêcher d'annoncer d'emblée la couleur à Gabrielle et à Béatrice :

— Je serai là demain à la première heure. Je veux tout connaître de vos méthodes.

Sur la dernière marche du perron, elle fut rattrapée par Maude. Philippine jeta sur elle un regard plein de condescendance, bien qu'elle n'ait pas digéré qu'elle lui ravisse la vedette au cours de la soirée.

— Je ne vous conseille pas de venir contrecarrer les projets en cours à Montauban, commença l'invitée de Lou Triadou.

— Pardon ? Mais pour qui vous prenez-vous ? rétorqua Philippine.

— Ce n'est qu'un conseil, je connais les personnes de votre genre.

— De mon genre ? singea la jeune femme, plus amusée qu'indignée.

— La différence fondamentale entre vous et moi, ma chère, c'est que moi, j'ai appris à me battre avec mes propres armes. Armes que j'ai dû affûter toute seule, sans l'aide d'un grand-père fortuné.

— Une ambitieuse qui croit pouvoir tout s'offrir, siffla Philippine avec dédain. Mais il me semble avoir entendu dire que votre pouvoir avait perdu un peu de son prestige ces derniers temps.

Maude lui sourit. Sans perdre son sang-froid, elle la toisa avec une froideur inouïe.

— Mais ma détermination est intacte. Et sachez que j'obtiens toujours ce que je veux. Vous êtes beaucoup trop présomptueuse, votre orgueil vous perdra. Je ne ferai qu'une bouchée de vous ! À bientôt Philippine. À très bientôt.

Sans laisser le temps à Philippine de répondre, Maude tourna les talons, intriguée toutefois lorsqu'elle aperçut Manolo près des garages. Il n'avait pas perdu une miette de la scène et couvait des yeux Philippine qui, en passant devant lui, lui fit un petit signe de tête évocateur avant de s'engouffrer dans la voiture...

Maude rentra et s'appuya contre les tentures qui habillaient l'entrée, savourant déjà le merveilleux cadeau que venait de lui faire cette petite écervelée. Dans les jours prochains, Philippine allait devenir sa priorité absolue. Et pour cause ! Elle détenait quarante pour cent de Montauban. Une raison bien suffisante pour aiguiser l'appétit de Maude Dormeuil...

XIII

Le regard perçant d'Amélie Rivière scrutait les réactions de Phonse. Pour l'heure, la vieille commère restait sur sa faim, mais elle avait noté la fébrilité particulière du primeur à sa façon d'empaqueter ses emplettes. Sans doute devait-il être pressé d'en finir avec elle. Et cette gêne trahissait bien ce qu'elle pensait.

La vieille fille distillait ses ragots, les savourant comme le meilleur des vins d'ennui. Seule au monde depuis le décès de son chat, cette occupation lui permettait de meubler une existence vide en se délectant des malheurs d'autrui. Mlle Rivière portait en permanence sur son visage ingrat l'expression de sa hargne de n'avoir pu être chérie pour ses indiscutables malveillances. Elle n'avait jamais aimé *la* Fanette. Ce n'était un secret pour personne. Et le retour de cette Messaline avait stimulé son imagination fertile. Pourquoi certaines femmes avaient-elles cet impact sur les hommes quand d'autres, comme elle, ne savaient que les faire fuir ?

— Ce sera tout ? s'enquit Phonse, visiblement agacé.

Amélie sortit un petit porte-monnaie limé de son panier. Elle le tenait serré entre ses doigts crispés afin que le commerçant ne parvienne pas à deviner ce qu'il contenait.

— Je suis bien certaine que cette… sorcière a tué sa propre sœur, siffla-t-elle.

À bout de patience, Phonse leva les bras au ciel, sans oublier d'encaisser.

— Oh, peuchère ! Tu ne fais que radoter ça depuis le décès de Mamette. Même le docteur a dit qu'elle était au bout du rouleau, la pauvre.

— Peut-être. Mais cette vipère n'est pas l'oie blanche que tu dépeins. Moi, je le sais ! Et tu verras que je ne me trompe pas. Elle va attirer de nouveaux malheurs sur notre village. Souviens-toi, il y a vingt-trois ans, ta pauvre femme ne s'en est jamais remise ! Ce qui s'est passé ne t'a donc pas suffi ?

Cette dernière remarque fit sortir le primeur de ses gonds.

— Va peindre des cages ailleurs, s'enflamma-t-il tout en pointant un index impérieux en direction de la sortie.

Sa colère s'étouffa aussitôt à la vue de Fanette. Amélie Rivière la croisa sur le seuil de la porte et la salua d'un haussement d'épaules. Derrière sa caisse enregistreuse, Phonse ravalait sa colère.

— Qu'est-ce que tu veux, toi ?

— Je suis venue chercher quelques tomates et du pistou.

Le primeur bougonna tout en s'emparant d'un petit sachet de papier. Fanette s'approcha de lui. D'un geste doux, elle effleura la manche de sa chemise. Crispé, Phonse se sentait incapable de contrôler la moindre émotion. Il n'avait rien oublié. Son parfum aux subtils effluves de patchouli et de lait d'amande douce, la finesse de ses traits, ni même le grain de sa peau d'albâtre. Pas plus qu'il n'avait pu effacer de son cœur la douleur qu'il avait ressentie lorsqu'un beau matin, Mamette l'avait informé que Fanette était partie sans un mot, sans aucune forme d'explication.

— Tu m'en veux toujours ? murmura-t-elle dans un souffle.

Phonse haussa les épaules, comme s'il avait gommé de son esprit ce flirt sans importance.

— Je sais que tu en souffres toujours, poursuivit-elle émue. Je te demande pardon.

Soudain glacial, il lui fit face pour lui annoncer qu'elle se faisait des idées.

— Il n'y a jamais rien eu d'important entre nous. J'étais marié et j'aimais ma femme. Ce n'était qu'un flirt, un coup de sang, rien d'autre, tu entends.

— Je vois..., conclut-elle tristement.

Le primeur la suivit du regard jusqu'à ce que sa gracieuse silhouette sorte de la boutique, laissant derrière elle l'empreinte de son parfum.

Fanette prit la direction de la librairie. L'accueil fut tout aussi froid que chez Phonse, bien que Lucien se montrât un peu plus courtois, mais guère plus enthousiaste que son ami. Lui aussi l'avait longtemps dévorée des yeux. Lui aussi avait dû surmonter le choc de son départ une vingtaine d'années plus tôt. À la seule différence qu'il n'avait plus personne avec qui partager sa vie. Très curieusement, c'est cet isolement qui lui avait permis de se réconcilier avec Phonse, son rival, sans que jamais ils évoquent cette parenthèse dans leur amitié.

Fanette avança dans l'allée bordée de livres. Elle caressa délicatement de sa main les couvertures des quelques ouvrages de collection. Les préférés de Lucien. C'est cette passion commune pour les auteurs du Félibrige qui avait rapproché à l'époque ces deux êtres. Aubanel, Mistral, Roumanille, Arène, Mauron ou Daudet avaient bercé leurs soirées, et Lucien n'avait jamais oublié leurs longues conversations sous les étoiles, nichés au creux des petites collines environnantes. L'attention de Fanette s'attarda sur un ouvrage ancien à la couverture en cuir vermillon, d'où se détachait le titre en lettres dorées : *Lis Oulivadou – Les Olivades*, un recueil de poésies de Frédéric Mistral daté de 1912. Elle saisit le livre et l'ouvrit. Son regard se posa au hasard sur quelques vers qui, immédiatement, transportèrent son cœur de Provençale :

Il suffit ! Sur la mer de l'histoire
Tu fus, Provènço, un pur symbole,
Un mirage de gloire et de victoire,
Qui sur le sombre désordre des siècles transitoires…

— … *Permit de voir un éclair de beauté.*

Juste derrière elle, Lucien venait de réciter le dernier vers de la strophe. L'expression de son visage était dure, presque agressive. Fanette en fut choquée. Le libraire retira le livre des mains de sa cliente, le reposa avec précaution avant de lui lancer, froidement :

— Le rayon ésotérique est ici. Je te conseille ce titre que je viens de recevoir, *Au coin de la vie, l'étrange*, d'Aurélien Leblé.

Refroidie par ce comportement inattendu, Fanette bredouilla quelques mots de remerciements et prit l'ouvrage.

— Tu m'en veux toujours, Lucien ? lui demanda-t-elle un instant plus tard, alors qu'elle réglait son achat.

— Non, non. J'essaie simplement de conseiller mes clients le mieux possible. Un point c'est tout.

Fanette ne releva pas le propos qui, malgré tout l'avait blessée.

Tout en quittant la boutique où jadis elle flânait avec tant de plaisir, elle laissa ses pensées aller vers un triste constat. Son retour à Fontvieille n'était vraiment pas une bonne idée. Hormis Gabrielle et Selim, personne ne lui adressait la parole. Pire, le village entier semblait toujours lui en vouloir et lui faire payer le passé. Elle longea le cours principal en direction de la place du village. Malgré les regards hautains des passants qu'elle croisa en chemin, elle garda la tête haute, devinant les pensées qui germaient dans leur esprit. Certains baissaient la tête ou s'attardaient subitement à la devanture d'un commerce, d'autres changeaient de trottoir. Les plus virulents la toisaient, lèvres pincées. Arrivée chez elle, elle déposa son panier de courses, saisit sur le portemanteau une vieille besace, et prit la direction des collines.

Les bruits s'estompaient peu à peu, comme étouffés par une nature indulgente. De temps à autre, le souffle du vent effleurait avec précaution la cime des grands cyprès. Peu à peu, une impression de douceur transforma le paysage. La force des éléments enveloppa la vallée tout entière de tons filtrés, telle une ombre portée du divin. Fanette revivait dans ce monde peuplé d'esprits apeurés par la sauvagerie des hommes. C'est là, sur ces chemins qui épousaient les mouvements du sol sans jamais les contrarier qu'elle parvenait à communier avec eux en toute quiétude. Quelques heures précieuses où le temps s'écoulait, fluide et léger. Avec un rituel établi dans sa famille depuis la nuit des temps, Fanette rechercha les plus belles touffes de brome, quelques brins de sarriette et de farigoule, plus loin un bel épi de mandragore. Elle tressa une natte végétale qu'elle noua autour de sa taille. Ses pas la guidèrent à proximité d'une clairière de chênes blonds. Le silence du lieu bruissait de mille ondes, de chuchotements invisibles pour toute âme incapable de voir avec son cœur. Fanette retenait son souffle. Elle venait d'arriver dans le temple qu'elle avait tant cherché. Elle avança. Les oiseaux s'étaient tus. À peine entendait-elle un frémissement dans les buissons. Une silhouette se détacha enfin au centre de la cavité rocheuse, nimbée d'un voile mystérieux. Telle une femme de Velathri à la mélancolique beauté, une couronne de myrte et d'olivier retenait sa longue chevelure aux reflets blond vénitien. Quelques mèches soyeuses encadraient un visage d'opale, à l'ovale parfait. La silhouette parut soulagée lorsqu'elle porta son regard blanc sur la tresse de mandragore de Fanette.

La mortelle savait. La mortelle comprenait.

Les vertus mydriatiques de la plante solanacée dilateraient sa pupille et la protégeraient du mauvais sort. Confiante, l'immortelle livra son message d'une voix à la pureté absolue. Sa cantilène latine enchanta l'ouïe de Fanette.

Ex humo malum te nuntiabit.

Bien que charmée par la douce magie des mots, la pauvre femme ne parvenait pas à en saisir le sens.

Aqua, vitae fons, cum traiecto judicatur.

Cette étrange apparition n'avait rien d'effrayant, bien au contraire. Pleine de bonté, elle semblait la mettre en garde. Mais contre quoi ?

Flatus aerem rursus capiet.

Fanette crut comprendre qu'elle devait se méfier du souffle de l'air, son latin était si loin…

Et igne, tertius innocens occidet.

« Et par le feu, le troisième innocent périra ». Cette phrase ne laissait aucun doute sur la nature du message. Il s'agissait bien d'une mise en garde.

Avant même que Fanette ne puisse dire quoi que ce soit, la silhouette immaculée s'évanouit dans le lointain…

Fanette reprit le chemin en sens inverse. Elle devrait remettre à plus tard son départ de la vallée, car il ne faisait aucun doute pour elle que certains signes s'étaient déjà manifestés. Tout d'abord le feu, en juillet dernier, comme le démontraient les contreforts brunis du mont Paon, puis l'eau, source de vie, avec les récentes inondations qui avaient frappé la région. Restait à découvrir qui était concerné, qui devait trépasser. Pourquoi ? Quand ?

Fanette emprunta la départementale. Machinalement, elle s'écarta de la chaussée au bruit d'un moteur. Le cliquètement grave d'un vieux diesel ralentit à sa hauteur.

— Bonjour, Bluma…

Fanette sut. Nul autre que Ricardo, le vieux gitan du camp voisin, ne l'avait jamais appelée ainsi, la petite fleur en langue gitane. Les Estrella... Des amis de longue date, toujours là dans les heures difficiles, toujours accueillants, qui ne jugeaient jamais. De braves gens qui respectaient ses croyances comme un don divin. Lui et sa femme Rita avaient déjà partagé tant de secrets avec elle...

Fanette sourit et s'avança vers la vitre baissée de la vieille Mercedes.

— Bonjour, Ricardo. Ça fait un bail.

— Oui, un sacré bail, et nous avons tant de choses à nous dire...

XIV

Manolo Estrella connaissait par cœur la route de Tarascon pour l'emprunter régulièrement. Aujourd'hui, il roulait à vive allure, négociant parfaitement les courbes sinueuses qui le ramenaient vers le camp gitan. C'est là, près de la chapelle Saint-Gabriel, que tout avait commencé deux mois plus tôt.

Sa relation avec Philippine Lescure-Aymard se poursuivait au rythme de leurs allées et venues nocturnes. Au début, Manolo avait cru que la jeune femme voulait peut-être se libérer du joug familial et que cette histoire n'avait pas grande importance à ses yeux. Puis, très vite, il avait compris que la belle héritière ne désirait pas seulement braver les interdits, et que le seul goût du fruit défendu ne rassasiait plus son appétit. Elle voulait partager sa vie avec lui. Contrairement aux apparences, leur aventure ne se limitait pas au sexe mais se nourrissait de sentiments sincères. Philippine était amoureuse. Manolo le savait. Elle le lui avait dit clairement le soir où elle avait signé son association avec Montauban.

Cette nuit-là, il s'était aventuré sur les terres du domaine. Philippine et lui étaient convenus malgré les risques de se voir cinq minutes, à minuit très précis. La jeune femme était censée retrouver son amant près des garages, prétextant une pause cigarette pendant le dîner. Mais Manolo, retenu plus longtemps que prévu, était arrivé en retard. Et quand il l'avait vue partir une heure plus tard, il n'avait pu s'empêcher de la siffler afin qu'elle ne s'imagine pas qu'il lui avait posé un lapin. Jamais il n'aurait fait une chose pareille en d'autres circonstances, car lui aussi ressentait un drôle de sentiment pour elle, une émotion tout à fait nouvelle. Bien que tout les opposât, cette force lui insufflait l'énergie suffisante pour surmonter leurs différences, sans toutefois penser aux lendemains. Le gitan, dans sa fierté, souhaitait réussir sa vie, prouver qu'il était digne de l'amour d'une fille comme elle, sans pour autant tirer parti de cette liaison ou renoncer à ses origines.

Après ce rendez-vous manqué, Philippine était rentrée à La Commanderie avec Louis et Maxime. Manolo les avait suivis. Une demi-heure plus tard, elle l'avait rejoint devant la grille de l'hôtel particulier. Le jeune homme avait dû mettre fin à leur étreinte à l'instant même où il avait surpris le mouvement de rideau derrière la fenêtre de la chambre de maître Aymard.

Les semaines s'étaient écoulées. Au fil de leurs confidences, le couple s'était renforcé et chacun avait peu à peu sondé les secrets de l'autre. Ce soir, Manolo avait révélé à Philippine à quoi ressemblait l'enfance d'un gitan. La jeune femme avait presque paru surprise de l'entendre se remémorer ses traques au lézard dans les collines, ou les courses à bord d'une vieille poussette rafistolée. Amusée, elle l'avait imaginé en culotte courte, jouant avec sa joyeuse bande de copains qui, dans le fond, avaient eu une enfance heureuse… La jeune femme avait néanmoins retrouvé un souffle plus exotique quand il lui avait décrit les veillées près de son *vieux*, comme il avait l'habitude d'appeler affectueusement Ricardo, son grand-père. Là, autour du feu crépitant, lui et ses nombreux cousins écoutaient religieusement les accords plaintifs des *soleares*, *fandangos*, *bulerías* ou autres *rumbas*. Dans le respect de leurs aînés, la jeune génération s'était imprégnée de cette culture orale. La guitare était bien vite devenue un exutoire pour Manolo, l'inséparable accessoire qu'il traînait partout, l'âme résonnante de ce peuple du vent.

Dans les vignobles, l'odeur de la terre devenait plus âpre, chargée d'humidité, et la robe de feu des feuilles brunissait peu à peu sous la lumière de la fin d'automne. Peu de temps après les vendanges, Selim avait proposé à Manolo de rester quelque temps encore, jusqu'à la fin de la taille d'octobre. Mais ils n'étaient pas trop de deux et la pluie des derniers jours avait considérablement retardé leurs travaux saisonniers sur les dernières parcelles.

Le phare de la moto éclaboussait de son jet lumineux les derniers virages avant l'entrée du camp. D'un coup de poignet, Manolo accéléra, tandis que les pensées affluaient à nouveau. Sa vie semblait prendre une bonne tournure. Malgré une situation précaire, il avait un travail régulier au grand air, il se sentait utile et respecté à Montauban. Mais ce traitement se limitait toujours aux seules frontières de la propriété car, dans le village, un tout autre accueil lui était réservé... Qu'importe, il tiendrait bon, tout comme Selim en son temps. C'est vrai, son patron était un chic type, un *gadjo* généreux. Contrairement aux autres, il souhaitait vraiment lui venir en aide, sans le juger ni chercher à le détourner de sa culture gitane. À plusieurs reprises, il lui avait même laissé entendre qu'il pourrait l'engager de façon définitive si cela lui convenait. Et il le ferait sans aucun doute, car le vigneron n'avait qu'une parole.

Et puis il y avait eu les mauvaises rencontres, Farid et sa bande marseillaise... Les tristes hasards de l'existence avaient voulu que Farid réapparaisse dans sa vie. Manolo était rattrapé par son passé, redevable tout à coup de ses récentes erreurs de jeunesse, de ses rêves chimériques de réussite. L'argent facile qu'il avait gagné en faisant quelques courses sans importance lui avait permis d'améliorer le quotidien de ses grands-parents, mais il avait compris trop tard que cette prison dorée était devenue bien plus hermétique que l'injuste système social qui cantonnait leur famille dans ce camp, en lisière de commune, ce misérable terrain vague.

Farid et sa bande… Farid et ses joues creusées par les coups tordus. Farid, la plus mauvaise rencontre de sa vie. Deux ans plus tôt, le malfrat avait été écroué dans le cadre de l'opération Paradis, vaste campagne de lutte contre la délinquance menée tambour battant par Armand Lescure, le préfet de l'époque. Mais, pour un simple vice de procédure, Farid avait été libéré et avait pu sévir à nouveau dans les rues de Marseille. À sa sortie, la vie dans les quartiers nord de l'agglomération n'avait pas changé. La Castellane offrait toujours le même spectacle, désolant, avec ses barres de béton serrées et déprimantes, coincées dans un espace limité. Ici, c'était le monde de la rue avec sa culture, le rap, et sa religion, le foot. Un vrai terrain de prédilection pour Farid qui reprit activement ses activités très lucratives. Bien que son petit commerce dans les cages d'escalier lui fût des plus profitables, il avait voulu se diversifier. À la suite d'un règlement de comptes, il avait hérité d'une nouvelle activité, le trafic d'objets anciens. En bon chef d'entreprise, il s'était placé sur le marché de l'antiquité et avait pu approcher quelques spécialistes du genre. Certes, il détonnait avec sa BMW trop voyante et ses airs de golden-boy échappé d'une cité. Mais Farid avait su mettre en évidence ses nombreux contacts, et il payait toujours rubis sur l'ongle. Son regard, qui scintillait toujours d'une lueur malfaisante, savait repérer la proie idéale qui accomplirait le sale boulot. Manolo avait été au nombre de ceux-là, et Farid exerçait maintenant un chantage sur le jeune gitan afin qu'il passe à la vitesse supérieure.

Manolo ralentit à l'entrée du camp. Il jeta un œil inquiet sur la roulotte de droite, celle de Ricardo. Ses grands-parents devaient déjà dormir. Il coupa les gaz et poussa sa moto jusqu'à la caravane qu'il occupait un peu plus loin.

Comment se débarrasser de Farid ? Cette question le hantait depuis des jours. Il ne lui était redevable de rien. Rien. Et dès qu'il verrait cette vermine, il le lui ferait savoir. Manolo savait de quoi Farid était capable. Il lui en avait donné un avant-goût l'autre soir, dans le jardin de Biotech, lors du gala de charité...

À pas de velours, il avança jusqu'à sa porte. À l'instant où il pensait être tiré d'affaire, la voix rauque de son grand-père se fit entendre dans la pénombre.

— Tu étais encore avec elle. Cette *gadgé* va t'attirer beaucoup d'ennuis.

L'espace d'une seconde, Manolo hésita à reconnaître les faits. Après tout, il était libre de ses choix, comme n'importe quel garçon de son âge. Seulement voilà... Le jeune Estrella ne pouvait pas renier ses origines, sa culture gitane, et il respectait son aîné. En tant que tel, il se savait redevable quoi qu'il lui en coûtât.

— C'est vrai, avoua-t-il, pris en faute.

Le vieux Ricardo tira une profonde bouffée sur sa cigarette, dont la lueur incandescente laissa voir un rictus creusé par l'inquiétude.

— Nous nous faisons beaucoup de souci pour toi.

— Il n'y a pas de quoi !

À peine eut-il prononcé ces quelques mots pleins de défi que Manolo les regrettait déjà.

— Je t'assure, reprit-il plus doucement.

— Je ne partage pas ton avis. Sans le vouloir, tu es en train d'attirer le *tchano* sur notre famille. Oui, le mauvais œil.

— Je ne vois pas pourquoi ! Philippine et moi restons discrets et ne faisons rien de mal.

— Rien de mal ! Et le mariage, rugit Ricardo. Que fais-tu des sacrements du mariage ?

— Tu sais très bien que c'est un mariage arrangé. Rien d'autre.

— Peu importe. Il a été prononcé devant Dieu.

Cette dernière phrase résumait à elle seule toute la philosophie du chef de clan.

— Si tu L'offenses, poursuivit-il, un timide index pointé vers la voûte étoilée, attends-toi à subir Son châtiment.

— Arrête avec tes superstitions, veux-tu ?

Le vieil homme fut beaucoup plus blessé par cette dernière réplique qu'il ne le laissa paraître.

— C'est notre famille que tu mets en danger.

— Mais non.

— Si. Et tu le sais au fond de ton cœur et de ta conscience.

— Arrête. C'est du chantage.

Après avoir tiré une ultime bouffée de sa cigarette, Ricardo écrasa son mégot et poursuivit, le regard incisif :

— Dieu t'a déjà mis à l'épreuve avec tes « relations d'affaires »...

Manolo se crispa, une main accrochée à la poignée de sa caravane. Que pouvait bien savoir son grand-père ?

— J'ai repéré deux types ce matin qui rôdaient autour du camp. Je sais qu'ils te cherchaient. Rita les avait déjà vus avec toi.

Juste avant de disparaître dans la nuit, Ricardo leva une dernière fois les yeux au ciel.

— Pense à ce que je t'ai dit. Fais-Lui confiance et redoute Sa colère !

Le lendemain matin, Gabrielle était particulièrement excitée en entrant dans les chais de Montauban. En effet, dans quelques minutes, elle partagererait son grand projet avec Béatrice et Olivier. Une émotion extraordinaire l'envahissait. Gabrielle savourait cet instant magique, ce rendez-vous avec l'histoire, quand le lustre du passé renaît de ses cendres. Les archives du château lui avaient livré un secret. Au fond d'une vieille malle délaissée se dissimulait un véritable trésor, sous la forme d'un vénérable parchemin datant de la fin du XVIIe siècle. Au fil des pages, les feuillets granuleux révélaient chaque étape d'un procédé de vinification exceptionnel de vin pétillant, dont la description ainsi que la prouesse technique qu'il exigeait restaient déconcertantes pour l'époque. Certains reçus attestaient même que ce nectar original était très apprécié par le Roi-Soleil en personne. Gabrielle laissa courir ses doigts sur les aspérités du parchemin. Son esprit remonta immanquablement le temps. Versailles, les bruissements de la cour, le Grand Siècle… Elle aurait aimé pouvoir remercier la personne qui avait gratté de la pointe d'une plume vaporeuse la feuille encore vierge. La calligraphie appliquée témoignait d'un véritable souci de transmettre aux générations futures cette fabuleuse découverte. Quel merveilleux présent…

Une lumière aveuglante envahit soudain la pièce. Deux silhouettes se détachèrent bientôt.

— Alors ? fit la voix enjouée de Béatrice. Montre-nous vite.

— Oui, ajouta Olivier. On veut voir.

Avant qu'elle ne partage cet instant solennel, Gabrielle ne put s'empêcher de noter la complicité qui liait ces deux âmes. Leur attitude ne ressemblait guère à celle de simples amis, quoi qu'en pense Olivier. Du reste, ses manières demeuraient beaucoup plus réservées en présence de Maude. Ils prirent place autour de la longue table rustique. Gabrielle respira profondément et leur raconta sa merveilleuse découverte.

— Vous voyez où je veux en venir ? lança-t-elle une fois son histoire terminée.

Ses deux associés sourirent de concert, séduits par la même idée qui germait déjà dans leur esprit. Remettre au goût du jour un vin d'excellence comme celui-là permettrait sans doute à Montauban d'éviter le pire et d'enrayer une bonne fois pour toutes la banqueroute qui menaçait le domaine.

— Pas du tout ! siffla Philippine, qui venait d'entrer avec Maxime. Une réunion secrète ? Une conspiration ?

— Que vas-tu chercher encore ? s'indigna son mari.

— C'est pourtant bien l'impression que cela donne ! S'il s'agit d'un rendez-vous professionnel, je veux en être informée.

Le ton sans appel qu'utilisait la jeune femme laissa tout le monde interdit. Gabrielle se voulut conciliante mais fut rapidement rabrouée.

— Voyons, Philippine, s'enquit Béatrice, ne le prends pas comme cela. Nous ne faisons que discuter…

— Écoutez-moi bien, *maman*, à compter de ce jour, je veux être présente pour chacune des discussions que vous aurez au sujet de l'avenir de Montauban. Comme je vous l'ai déjà dit, je veux m'investir totalement dans le domaine.

Afin de bien marquer son territoire, Philippine occupa le siège de Gabrielle en bout de table. D'un air entendu, elle attendit que la propriétaire de Lou Triadou reprenne son exposé depuis le commencement. À la fin du récit, elle lança un regard dédaigneux sur le vieux parchemin.

— Je ne vois vraiment pas l'intérêt de remettre ça en production.

Ses interlocuteurs se dévisagèrent, tout autant interloqués que contrariés. Maxime, pour sa part, leva les yeux au ciel devant un tel abus de pouvoir.

— Nous savons tous ici que le champagne a acquis une réputation d'excellence que nous n'aurons jamais. Que voulez-vous faire de Montauban ? Un bon petit mousseux pour bal à papa ? Ce n'est pas comme ça que j'envisage l'avenir. S'il le faut, je bloquerai le projet. Vu ?

Le message fut parfaitement entendu. Aussi bien autour de la table que sur le seuil de la porte d'où Maude les observait depuis un moment. À tous, le pouvoir dont abusait la jeune femme donna des sueurs froides. Moins d'une demi-heure plus tard, Philippine se leva, princière. La nouvelle associée du domaine n'était pas mécontente de son coup d'éclat. Pour elle, il ne faisait aucun doute qu'elle devait s'imposer rapidement, car elle ne tenait nullement à jouer les potiches. Elle quitta les chais en direction de sa nouvelle voiture, une Mercedes dont Louis venait de lui faire cadeau pour sa brillante prise de contrôle du bastion ennemi.

Maxime la suivit du regard, la rage au ventre. Soudain, il claqua violemment les mains sur le plateau de la table, se leva d'un bond et courut après elle. Au moment où il s'apprêtait à sortir, Manolo passa dans l'entrebâillement de la porte. Ils se mesurèrent du regard quelques secondes.

— Toi, sors de là, gronda le jeune Lescure avec hargne.

L'employé resta immobile, redoutant que Maxime ne s'en prenne à Philippine.

— Tire-toi ! rugit-celui-ci de plus belle avant d'associer le geste à la parole.

— Maxime ! s'écria Béatrice en se ruant sur lui. Mais tu es devenu fou ?

— Ouais... C'est ça.

Il jeta un œil sur le roadster qui s'éloignait dans un nuage de fumée, puis, noir de rage, sur Manolo.

Maude s'était éclipsée furtivement dans sa chambre à Lou Triadou. Ce qu'elle venait de voir l'incitait à beaucoup plus de vigilance qu'elle ne l'avait soupçonné. Philippine pouvait se révéler redoutable pour ses projets. Elle devait agir vite. Et de manière radicale. Pour cela, elle avait déjà quelques pistes qui ne tarderaient pas à créer leurs effets de surprise en temps voulu, car Maude savait attendre avant d'attaquer. Elle affûtait ses armes, quand la sonnerie du téléphone l'interrompit dans ses pensées.

— Comment… c'est vous ? s'écria-t-elle en masquant assez mal son désappointement.

À l'autre bout du fil, Kevin Sax resta sans voix. Le bras droit des Dormeuil depuis de nombreuses années avait toujours eu un tendre sentiment pour Maude, faiblesse qu'elle avait bien sûr longtemps utilisée pour mieux servir ses intérêts. Néanmoins, cet amour en sens unique était vite devenu un frein quand elle avait rencontré Olivier. À une époque, elle avait même soupçonné Sax d'être le corbeau qui avait révélé à Richard l'existence d'un autre homme dans la vie de sa femme.

— Je croyais avoir été claire avec vous, lança-t-elle froidement. Je ne tiens pas à ce que l'on vous voie dans la vallée. Il ne faut en aucun cas que l'on puisse faire un lien entre nous. C'est compris ?

Maude se radoucit un peu afin de mieux manipuler son soupirant.

— Si vous tenez un peu à moi, Sax, faites-moi confiance. Je vous promets que je vous en serai reconnaissante.

En raccrochant le combiné, l'invitée de Lou Triadou réalisa à quel point ses projets reposaient sur un fil ténu…

XV

Les oliviers balançaient leur feuillage argenté dans la pureté du ciel de novembre. Déjà, les rayons obliques de l'arrière-saison caressaient la ligne de crête des Alpilles, abandonnées aux caprices du temps. C'est là, disait-on, que se cachait la sorcière des Baux. Dans quelque repli discret, son âme ciselée dans le calcaire distillait encore ses secrets de bonheur et de jouvence. Autour de la place du village, les passants, emmitouflés dans leurs habits d'hiver, le nez collé contre leur écharpe, marchaient d'une foulée rapide dans les rues étroites.

Ce matin-là, Fanette émergea assez difficilement d'un sommeil comateux, l'esprit encore perdu dans ses rêves. Puis la mémoire lui revint peu à peu. L'apparition qui l'avait surprise dans la clairière de Bounias la nuit précédente devenait plus précise. Elle n'en avait pas saisi le sens sur le moment, mais, lui semblait-il, la Dame Blanche était venue se rappeler à son bon souvenir et lui avait délivré un nouveau message, dans un latin particulièrement audible cette fois-ci. Assise au milieu de ses draps défaits, quelques bribes lui revinrent très nettement : *Ex humo malum te nuntiabit.* Fanette se précipita vers le secrétaire et nota les phrases. *Aqua, vitae fons, cum traiecto judicatur. Flatus aerem rursus capiet. Et igne, tertius innocens occidet.* Excepté les derniers mots, elle butait encore sur la version latine. Pourtant, une curieuse intuition lui commandait de décoder cette énigme au plus vite, certaine que de précieuses informations lui seraient livrées. Au fil du temps, Fanette avait appris à déchiffrer les signes grâce à ce don qu'elle avait hérité de sa mère, mais qui lui valait d'être rejetée par tous. Pourtant, son acuité la plaçait en réalité dans le rôle d'unique voyante dans un monde d'aveugles et, jusque-là, jamais aucune vision ne l'avait induite en erreur. Elle sentait venir les événements, les anticipait, tout comme elle savait qu'ici, dans son village natal, le pire restait à venir...

Au même instant, de l'autre côté de la place, toute la chaleur s'était concentrée dans la salle principale du Laetitia, derrière les vitres embuées. C'est là, en effet, que se tenait une grande réunion avec tous les vignerons de la vallée, organisée à la demande de Selim. Ensemble, ils devaient convenir de l'attitude à adopter face à leur compagnie d'assurances qui, plus de quatre mois après l'incendie, n'avait toujours pas réglé les indemnités. Élie usa de son autorité de maire pour rétablir le silence dans l'assistance.

— Messieurs... Je crois que nos esprits s'échauffent un peu. Il ne s'agit pas d'organiser un putsch, mais de faire entendre nos droits.

— Facile à dire pour toi, s'écria Bertrand Certoux, un exploitant. On voit que tu n'as pas la moitié de ta propriété réduite en cendres !

— Oui, c'est vrai, renchérit son voisin. Nous, c'est notre toit et notre gagne-pain qui sont partis en fumée.

— Nous voulons réparation ! lança un troisième. Nous avons des droits et entendons les faire respecter.

L'assemblée acquiesça, entraînée par quelques meneurs plus belliqueux.

— Élie a raison...

Ces mots, prononcés d'une voix sans appel par Selim, eurent raison de l'emportement général. Bientôt, tous les visages se tournèrent vers lui pour écouter ce qu'avait à dire celui que tout le monde respectait.

— Dans la colère, nous ne résoudrons rien. Nous devons nous organiser et agir comme un seul homme. C'est en restant unis que nous serons plus forts.

— C'est bien beau tous ces discours, reprit Certoux, mais comment comptes-tu procéder ?

— Je crois que nous n'avons pas d'autre choix que de nous structurer. La CAPA est une compagnie d'assurances puissante qui peut faire traîner un dossier pendant des années si nous ne sommes pas organisés.

— Moi, je dis qu'il faut aller au siège régional de la CAPA à Marseille et mettre le varaï tant que nous n'aurons pas obtenu gain de cause.

— Non. Mettre le bazar dans leurs locaux ne résoudra rien.

Avec calme, Selim soumit sa proposition. Selon lui, tous les membres de l'appellation des baux-de-provence devaient monter au front ensemble.

— Tu oublies simplement que les sinistrés ne sont pas tous vignerons, souligna Amélie Rivière.

— Je ne l'oublie pas. C'est pour cette raison que j'ai demandé à Simon Robin de venir éclairer notre lanterne. Vous allez comprendre.

L'avocat de Montauban, qui écoutait attentivement au fond de la salle, se leva et rejoignit Selim près du zinc. Tout le village connaissait cet homme discret, qui parlait pointu et portait des costumes de grandes marques, cette ombre fidèle et indissociable de Victoire pendant des années. Simon put même lire dans le regard de certains de la méfiance à son égard. Sans doute n'avaient-ils pas pardonné les conséquences de l'affaire Biotech dont la redoutable marquise avait honteusement tiré parti, grâce à l'appui de son avocat.

L'homme de loi ne se démonta pas pour autant et exposa sa stratégie. Selon lui, les sinistrés devaient faire bloc, comme le leur avait conseillé Selim. Il se proposait de rédiger un courrier de médiation avec la compagnie d'assurances afin de récupérer les indemnités. Si les choses ne bougeaient pas, ils saisiraient la justice. Pour cela, il leur conseillait de monter une association et de se porter partie civile devant le tribunal de commerce.

— Coquin de sort..., souffla Bertrand. Mais cette talounade va nous coûter une fortune !

— Nous avons des fonds, je vous le rappelle, fit remarquer Selim.

— Des fonds ? D'où ?

— Du gala de charité.

— Mais ils appartiennent à l'association !

— Justement. Notre association est déjà créée. Elle peut très bien se porter partie civile.

— Absolument, confirma l'avocat.

Cette idée sembla séduire le plus grand nombre, ce qui motiva le propriétaire de Lou Triadou d'introduire Maude sans plus attendre. La femme d'affaires rejoignit les deux hommes devant le zinc. Elle développa son idée sans avoir besoin de forcer la voix, tant l'attention de tous lui était acquise d'avance. La plupart des gens présents lui reconnaissaient d'indéniables mérites, notamment celui d'avoir organisé la soirée de gala qui avait été une véritable réussite grâce à ses relations et à son savoir-faire.

— Je vais rester quelque temps parmi vous, commença-t-elle. Je souhaiterais mettre mes compétences à votre service pour vous aider à sortir de la mauvaise passe dans laquelle vous vous trouvez. J'ai même quelques suggestions de placements à vous proposer pour faire fructifier le capital récolté. À mon avis, en travaillant sur des valeurs sûres, vous pourriez payer vos frais de justice... et les honoraires de Me Robin.

L'approbation fut générale. La salle du Laetitia se vida peu à peu sur la promesse d'une prochaine rencontre qui fixerait les engagements. Les derniers irréductibles partis, Élie rejoignit Phonse et Lucien, en grande conversation avec Selim et Bertrand Certoux.

— Tu fais une erreur en engageant ce broco, lui disait le primeur.

— Manolo est quelqu'un de bien, assura Selim. Il mérite sa chance.

— Les gitans… Tous des poltrons, je vous dis !

Selim et Élie marquèrent leur indignation d'un signe désapprobateur, sans toutefois polémiquer. Les autres sourirent.

— Ricanez, ricanez… Mais il faut bien constater que nous ne sommes pas figues de même panier. Ces rats-là, ils nous couillonnent chaque fois qu'ils le peuvent avec leurs yeux de poulpe.

— Oh l'épicier, tonna Élie. Mais qu'est-ce que tu as aujourd'hui ? Tu es bien remonté. Tu as attrapé la cagagno en mangeant trop d'amandes vertes ?

— Je ne suis pas fada, va. Je sais encore ce que je dis. Et le pitchoun, renchérit Phonse en désignant Selim, il va faire une belle couillonnade.

Bien que la situation ne s'y prêtât guère, le vigneron fut touché que le primeur l'appelle « pitchoun ». Après les nombreux différents qu'ils avaient pu avoir par le passé, le temps semblait bien avoir accompli son œuvre. Cette idée rassura Selim à propos de Manolo. Un jour prochain, Phonse finirait sans doute par l'accepter aussi.

— En tout cas, reprit ce dernier qui n'en démordait pas, ton gitan est un vrai pistachié. Oui, un vrai coureur de jupons ! Tout le village jase à propos de lui et de Philippine. Ils s'esquichent dès qu'ils le peuvent.

— Pôvre Maxime, reconnut Lucien. Il n'a pas eu de chance avec les filles.

— En tout cas, Élie, insista Phonse, tu as intérêt à nous débarrasser de ce camp de gitans. Ce bidonville à l'entrée du village, c'est pas bon pour nous.

La voix du primeur devint plus sarcastique.

— Si j'étais à ta place, je ferais rapidement le ménage, sans quoi tu risques de faire la grande culbute aux prochaines élections. Oui, le plongeon ! Un jour ou l'autre, il faudra bien compter les figues.

— Mais tu n'es pas à ma place, l'épicier !

— Heureusement, ironisa Lucien.

— De toute façon, je ne pense pas me représenter pour un autre mandat.

Cette dernière phrase tomba comme un couperet. Le village sans Élie comme maire... C'était comme un pastis sans anis, une partie de pétanque sans cochonnet, la vallée sans soleil ! Pourtant, le regard du maire paraissait déterminé, usé sans doute par les tracasseries administratives et las de vivre toujours dans l'angoisse d'un désastre. Autour de la table, ses interlocuteurs se dévisagèrent, interdits. Le premier magistrat ne semblait pas plaisanter. Et s'il ne revenait pas sur sa décision dans les jours prochains, une course à la succession était à prévoir. Les prochaines élections municipales auraient lieu dans moins d'un an.

Pendant ce temps, Fanette s'était rendue chez Lucien pour qu'il lui traduise les mystérieuses phrases latines, mais elle avait trouvé porte close. Elle s'apprêtait à rebrousser chemin quand son attention fut attirée par deux corbeaux qui tournoyaient dans le ciel, formant un cercle parfait. L'un d'eux s'éloigna tout à coup. Fanette vit là toute une symbolique, celle de la dialectique du pair et de l'impair, expression du chemin qu'elle aurait à parcourir, seule contre tous, pour découvrir *la* vérité. Les bestiaires médiévaux regorgeaient de ce genre d'allégorie. Par ailleurs, il ne lui fut pas difficile de localiser l'endroit où se trouvaient les rapaces : la clairière de Bounias, à deux pas de Montauban !

Elle traversa la grande place à la hâte, convaincue de l'urgence de sa démarche. Mais en entrant au Laetitia, elle jugea inopportun d'aller plus loin. À l'intérieur, l'atmosphère semblait tendue. Des propos racistes fusaient de part et d'autre, encouragés par Phonse. Fanette en fut profondément meurtrie. Si seulement il connaissait son secret…

À Montauban, les labours d'automne se terminaient par un buttage méticuleux auquel Selim apportait le plus grand soin. Ce travail annuel assurait de bonnes conditions végétatives à la vigne et un bien meilleur enracinement des ceps pour l'année à venir. Aérée, la terre offrait une alimentation plus riche, surtout pour les jeunes plantations en mourvèdre de Lou Triadou, qui reçurent un apport supplémentaire de compost. La préparation du sol se révélait particulièrement harassante. Une fois de plus, Manolo ne ménagea pas ses efforts, limitant ses pauses au strict minimum et restant tard le soir pour remporter cette course contre les saisons. Bien sûr, Selim surveillait du coin de l'œil l'entrain de son employé. Il appréciait ses initiatives, tout comme sa bonne volonté. Le jeune homme parlait peu, s'activait d'un geste précis à répandre de la corne de silice entre chaque sillon.

— Manolo…, fit-il en rompant soudain le silence.

Le gitan leva un sourcil par-dessus la rangée.

— Tu sais que ton contrat se termine à la fin du mois ?

Le nez rougi par le froid piquant, il déglutit avec peine, redoutant déjà le pire. Selim lui sourit.

— Ne sois pas inquiet. Je suis très content de ton travail et, si tu le désires bien sûr, je suis prêt à te signer une embauche définitive.

À ces mots, tout le soleil de l'Andalousie se donna rendez-vous dans le sourire qu'arborait Manolo.

— Si je le désire ? C'est mon vœu le plus cher !

Son voisin de rangée fut soulagé. Néanmoins, il lui fit comprendre que la situation financière actuelle du domaine ne lui permettrait pas de lui offrir un salaire conséquent.

— L'opportunité que tu m'offres aujourd'hui est bien plus importante que l'argent, ajouta Manolo reconnaissant. Grâce à toi, je vais pouvoir devenir « normal ».

— Tu es quelqu'un de bien, de courageux, Manolo. N'écoute pas les mauvaises langues. Elles se tairont quand les gens du village auront appris à te connaître.

— Peut-être. Mais je serai toujours différent aux yeux des *gadji*.

Selim lui expliqua que lui aussi avait subi ce genre d'affront, mais qu'avec le temps, les choses s'étaient calmées.

— Tout à l'heure, au Laetitia, ils m'ont écouté. Moi, celui qu'on surnommait le mesclin, le métèque. Phonse, qui a été mon pire ennemi à une époque, m'a même donné du pitchoun ! Alors tu vois…

Amusés, ils se remirent au travail. Fort de la proposition de son patron, Manolo voulut se confier à lui, mais il ne savait comment s'y prendre. Sans doute parce que, toute sa vie, il avait été élevé dans la crainte et la méfiance des *gadji*. Mais comment aborder le sujet de Farid et de sa bande ? L'occasion lui en fut donnée par le vigneron qui, concentré sur son travail, se mit à évoquer son passé.

— Tu sais, avant d'arriver dans la vallée, j'étais dans une mauvaise passe. Dans la cité où j'ai grandi, c'était la loi de la jungle, les coups tordus, les mauvaises rencontres. Je ne voulais pas de cette vie, c'est pour cela que je suis parti. La liberté est un choix à payer, souvent cher. En ce qui me concerne, le destin a bien failli me rattraper il y a quelques années.

— La marquise ?

— La marquise, oui. Cette chère Victoire…

— J'ai beaucoup entendu parler d'elle.

— Je m'en doute. Cette femme n'a jamais hésité à remuer le passé pour servir ses fins personnelles. Et tu vois, elle en paie le prix fort aujourd'hui.

Manolo réfléchissait, prêt à livrer les tourments qui le rongeaient.

— Nous nous ressemblons beaucoup tous les deux, continua Selim. Bien que nos cultures soient différentes, nos combats sont les mêmes pour nous faire accepter. Je suis intimement convaincu que, dans chaque homme, le meilleur côtoie le pire. Seul le hasard des rencontres fait pencher la balance d'un côté ou de l'autre.

L'odeur de la terre fraîchement retournée emplissait les narines de Manolo. Âpre, comme la vie qu'il avait menée jusqu'ici dans son campement. Là-bas, sur la route d'Arles, l'eau gelait souvent dans les canalisations, tant le chauffage d'appoint peinait à tiédir la roulotte. Voilà ce qu'était la cité où le jeune gitan avait grandi, des caravanes entassées sur un terrain vague, aride en été, boueux dès les premières pluies, une misère présente partout, mais incomparable cependant avec l'immense détresse que dissimulait le cœur de ce peuple. C'est pour fuir ces conditions précaires que Manolo avait choisi de suivre Farid... mais il s'était engagé dans une autre impasse.

À présent, une nouvelle option s'offrait à lui, comme ce fut le cas pour Selim en son temps. S'il voulait éviter qu'une Victoire replace les cadavres de son passé sur son chemin, mieux valait qu'il parle. Maintenant.

Simon Robin regagna Arles dès la fin de la réunion avec les vignerons. Son esprit en ébullition élaborait déjà une stratégie de défense, stratégie qu'il comptait vérifier dans les moindres détails. Pour cela, plusieurs pistes s'offraient à lui. Une seule cependant semblait convenir parfaitement, et sa base de données le renseignerait certainement sur les arrêts de la jurisprudence. Certes, l'affaire était intéressante à plaider au plan juridique, mais son désir de prouver à toute la vallée qu'ils se trompaient sur son compte le motivait bien davantage.

Quelques heures plus tôt, il avait bien remarqué leur accueil mitigé au moment où il avait pris la parole dans la salle du Laetitia. Bien que contrarié, il ne leur en tenait pas rigueur. Et pour cause, ils étaient loin de soupçonner l'enfer qu'il avait vécu au quotidien en travaillant pour la toute-puissante Victoire de Montauban ! Parfois, Simon repensait à ces années auprès d'elle. Jeune diplômé, ambitieux et plein d'illusions à l'époque, il comptait pourtant ses clients sur les doigts d'une seule main. Aussi, quand l'honorable septuagénaire lui avait fait une proposition pour une affaire de second ordre, il avait déployé un zèle tout particulier pour mener à bien le dossier. Très impressionnée, la marquise avait su déceler le potentiel de ce garçon, mais elle avait aussi compris qu'elle pourrait le façonner à sa guise. Un vrai petit soldat, poli, toujours au garde-à-vous. En peu de temps, il avait croulé sous une tonne de paperasserie administrative et juridique visant à détruire les voisins du château, ou à asseoir davantage le pouvoir de la marquise dans la vallée. Bien vite, Montauban était devenu son seul et unique dossier.

Cependant, Simon devait reconnaître qu'en quelques mois seulement, on l'avait présenté à tout ce que la région comptait de sommités, sans parler des leaders d'opinion nationaux. Ce petit bout de femme énergique cachait, sous ses dehors de paisible grand-mère, un redoutable appétit pour le pouvoir. Avec l'affaire Biotech, Simon avait compris que sa cliente ne reculerait devant rien pour parvenir à ses fins, découvrant à ses dépens que loi et justice n'étaient finalement que deux cousines très éloignées. Il avait préféré démissionner, renonçant à une carrière en totale contradiction avec ses idéaux d'étudiant.

Me Robin entra dans son appartement, un loft lumineux à la décoration très feng shui. Il ne put s'empêcher de jeter un coup d'œil sur le théâtre romain qui se profilait devant la baie vitrée, entre deux cèdres du Liban. Simon ne se lassait pas de cette vue, de cette empreinte indélébile laissée par la glorieuse civilisation augustéenne qui avait marqué la cité. Lui aussi, à son niveau, souhaitait accomplir de grandes choses. C'est pour cette raison qu'il avait choisi le droit, une façon pour lui de réparer les injustices. Aujourd'hui, l'occasion lui en était donnée. Il alluma son ordinateur et commença à éplucher le Code rural.

De son côté, Gabrielle ne savait plus quoi faire avec Tristan. Alors qu'elle rangeait du linge propre dans l'armoire de sa chambre, une lettre tomba à ses pieds. Elle la ramassa, découvrant qu'il s'agissait d'un courrier adressé à son nom par le proviseur du lycée. Elle comprit immédiatement que Tristan l'avait subtilisée. Fébrile, elle décacheta l'enveloppe et commença à en lire le contenu, apprenant avec stupeur que l'adolescent avait fait l'objet d'une mise à pied pour impertinence en cours et manquements divers au règlement en vigueur dans l'établissement. La lettre était arrivée deux semaines plus tôt… Deux semaines plus tôt !

Quand Selim poussa la porte de la cuisine, il découvrit Gabrielle anéantie, le regard dans le vide. Sans même avoir la force de lui expliquer, elle lui tendit la feuille de papier.

— Où as-tu découvert ça ?

— Bien planqué dans l'armoire de sa chambre.

Gabrielle frappa du poing sur la table.

— J'aime mieux te dire qu'il va devoir avouer. Je ne supporte pas le mensonge. Encore moins venant de mon propre fils. S'il le faut, je l'attendrai ici toute la nuit.

— Que comptes-tu lui dire ?

— Ce sera à lui de parler. Je crois que ça s'impose, non ? J'aimerais bien savoir ce qu'il a fait depuis deux semaines alors qu'il aurait dû être en cours.

À peine eut-elle terminé sa phrase que Tristan eut le malheur de franchir le seuil de la porte. Il ne lui fallut qu'un bref regard pour deviner l'orage qui s'annonçait. L'adolescent embrassa furtivement sa mère avant de se rendre vers le frigo. Il s'empara d'une bouteille de lait et but au goulot. Excédée, Gabrielle se rua sur lui et lui retira le litre des mains.

— Eh ! s'écria Tristan dans un mouvement de colère. T'es folle, t'en as renversé sur ma manche.

— Pardon ? tonna Gabrielle que cette réaction fit sortir de ses gongs. Je ne supporte pas que tu boives à la bouteille. Tu n'es pas tout seul ici.

— Oh ça va… Cool.

— Non, ça ne va pas, justement. Il y a des règles dans cette maison. Tu n'es pas à l'hôtel.

Tristan leva les yeux au ciel et voulut sortir. Sa mère le rattrapa violemment par l'épaule. La couture de son tee-shirt craqua légèrement, ce qui rendit l'adolescent furieux.

— T'as vu ce que t'as fait. T'as déjà sali mon tee-shirt, et en plus, tu le déchires.

— Désolée. Mais question linge, je crois que tu ne t'en soucies guère. Comme tout le reste à la maison d'ailleurs ! J'ai vraiment l'impression d'être ta bonne à tout faire.

Gabrielle se campa devant lui pour lui barrer le chemin. Elle le fixa droit dans les yeux et, d'une voix menaçante, insista :

— On apprend pourtant beaucoup de choses en s'occupant du linge, tu sais ?

— …

— Peux-tu nous dire ce que tu fais de tes journées depuis deux semaines ?

— Ben, j'suis en cours.

Tristan mentait avec une arrogance que Gabrielle ne lui connaissait pas. Il semblait même se moquer d'elle. Ce constat la blessa profondément.

— Vraiment ? siffla-t-elle, des éclairs plein les yeux. Alors quelle bonne explication vas-tu me trouver pour ça ?

Elle venait de plonger la main dans sa poche pour en sortir la lettre du proviseur. Tristan parut déstabilisé l'espace d'une seconde, avant que l'insolence ne reprenne le dessus.

— Tu fouilles dans mes poches, maintenant ? T'as rien d'autre à faire ?

— Je t'ai posé une question, Tristan, répondit-elle en essayant de garder son calme. J'attends une réponse.

— Ouais, c'est vrai. J'ai séché. Et alors ?

— Et alors ? Mais tu te rends compte ? Nous te faisons confiance. Nous te croyons au lycée pendant que tu es je ne sais où. Et s'il t'arrivait un accident ? Tu y as pensé ?

Gabrielle se radoucit.

— Pourquoi fais-tu ça, hein ? Pourquoi ?

— Qu'est-ce que ça peut te faire ? Tu es tout le temps dans les chais avec Selim et Manolo.

— Mais nous sommes toujours là pour toi, souligna le vigneron. Tu le sais.

Tristan ne sut quoi répondre, se sentant soudain fautif. Il baissa le regard.

— Dès demain, nous irons parler avec ton proviseur, conclut Gabrielle. Pour l'heure, tu es consigné à la maison. Maintenant, monte dans ta chambre, s'il te plaît.

À nouveau seuls dans la cuisine, Selim prit sa femme dans ses bras. Elle se mit à pleurer de déception. Gabrielle avait mal. Mal de ne pas avoir été à la hauteur, mal d'avoir échoué dans sa mission de mère. Son fils lui mentait. Pour la première fois, il trahissait sa confiance et l'image qu'il avait toujours donnée de lui. Tout à l'heure quand elle s'était aperçue qu'il déguisait la vérité, elle avait eu l'impression de se retrouver face à un étranger, d'élever un individu qu'elle ne connaissait même pas. Son propre fils ! Elle redoubla de sanglots.

À l'heure où la crête des Alpilles brunissait déjà par vagues plus ou moins sombres, Manolo dut quitter le vignoble, faute de lumière. Satisfait d'avoir terminé le travail qu'il avait prévu d'accomplir dans la journée, il rentra le tracteur dans la remise. Ce soir-là, il se sentait différent, fier de lui aussi, car il avait eu le courage d'affronter les fantômes du passé. Sa conversation avec Selim avait été sincère. Le vigneron n'avait porté aucun jugement sur les motivations qui conduisaient ses semblables sur des chemins de traverse. Ensemble, ils avaient parlé de Farid, et même de sa relation avec Philippine dont le village se faisait des gorges chaudes. Selim lui avait conseillé de couper une bonne fois pour toutes avec le trafiquant avant qu'il ne soit trop tard. Le jeune gitan devait aller lui parler sans plus tarder, chose qu'il avait l'intention de faire dès le lendemain. Quant à l'héritière des Souléïades, la connaissant depuis quelques années, il espérait seulement que Manolo soit sûr de ses sentiments, et que ceux-ci soient réciproques.

Manolo gara le tracteur au fond de la remise. En sortant du véhicule, il aperçut une silhouette se détacher dans la pénombre. Interloqué, il reconnut Farid.

— Eh *man*, sourit ce dernier. On dirait que tu as oublié notre petit accord.

Non, Manolo n'avait rien oublié. Il ne pensait qu'à ça justement. L'instant où il devrait affronter cette vermine. Combien de fois avait-il imaginé la scène ? Farid, nonchalamment assis sur le capot rutilant de sa BMW, le narguait avec un sourire sadique. Et pour l'impressionner davantage et bien faire sentir qu'il ne reculerait devant rien, il était venu jusqu'à Montauban !

— Il faut que je te parle, commença le jeune gitan, jetant un furtif coup d'œil autour d'eux pour s'assurer que nul ne pourrait les surprendre.

— Ça tombe bien, moi aussi.

— Tu peux me tabasser si tu veux, me piquer le peu que je possède, mais je ne ferai plus rien pour toi, *gadgio.*

Farid sourit. Il tira une profonde bouffée de sa Marlboro et, d'un sourire amusé, tourna la tête en direction des deux personnes qui l'accompagnaient, et que Manolo n'avait pas remarquées dans le noir.

— Vous entendez ça, les mecs ? Mais on dirait qu'il nous tient tête…

Farid se redressa puis s'approcha de Manolo.

— Fais gaffe, *man.* On n'est pas en train de jouer. T'as vingt-quatre heures pour revenir à de meilleures dispositions. Après…

À quelques kilomètres de là, Simon était toujours plongé dans ses dossiers. Sa concentration fut brutalement perturbée par le bruit strident d'un rideau métallique, à l'extérieur. L'homme de loi regarda sa montre, surpris de constater l'heure tardive. Il n'avait pas vu le temps passer, absorbé par la lecture des dossiers. Jamais, en acceptant de régler ce litige avec les assurances, il n'avait soupçonné l'ampleur de l'affaire. Juste avant d'aller se coucher, il relut une dernière fois ses notes. Dans une première colonne, il avait noté : « contrat d'assurance signé avec le cabinet Fabregat », dans l'autre : « vérifier s'il s'agit d'un mandataire, d'un courtier ou d'un agent » – il avait entouré le mot « courtier » –, « inscription au registre du commerce et des sociétés ». Un sigle suivait : « D D T ». Ici, la ligne restait vierge. Simon avait buté sur le numéro d'agrément préfectoral. Sans mot de passe, le site de la préfecture avait refusé de le mettre en relation avec la Direction départementale du travail. De même pour les informations censées paraître dans les journaux légaux. Plus opiniâtre que jamais, il envoya un mail au greffe du tribunal de commerce afin d'obtenir ces renseignements. Dans les jours à venir, il serait fixé. De la pointe de son stylo, il tapota sur son bloc-notes.

— Fabregat… Ce nom me dit quelque chose. Fabregat…

Le regard perdu sur le chapiteau d'une des colonnes du théâtre, il devinait bien plus qu'il ne la voyait, la large entaille à la base de son abaque. Il connaissait ces vestiges romains dans leurs moindres détails pour les avoir dessinés maintes fois.

— Fabregat… Où ai-je vu ce nom ?

La mémoire lui revint d'un coup, alors qu'il contemplait l'emplacement de l'ancienne scène de bois. Simon fouilla dans sa boîte à CD pour en sortir celui de la comptabilité de Montauban. Il déroula les différentes pages jusqu'à la date d'octobre dernier. Dans les achats, figurait un règlement de Jean-Pierre Fabregat pour une commande de vingt-cinq cartons de bouteilles de la cuvée de la Reine 2000.

— Si j'ai un peu de veine, je vais mettre la main sur le nom de la banque. Bingo !

Par chance, le hasard voulait que Jean-Pierre Fabregat soit domicilié dans un établissement bancaire où il avait quelques entrées. Après une brève hésitation, il décrocha son téléphone.

— Patricia, c'est Simon. Je ne te réveille pas ?

— Non, répondit son interlocutrice. Je viens de rentrer.

— Pourrait-on se voir un moment. J'ai un immense service à te demander.

— Sans problème, mon chou. Quand tu veux…

La réponse était on ne peut plus explicite. Qu'importe ! Simon voulait cette information. Quant au bonus qui s'offrait à lui, il n'allait certainement pas dire non. À quoi bon rester célibataire sinon ?

La lune diffuse apparaissait derrière quelques nuages effilochés. Dans la vallée, les ombres devenaient menaçantes. Passé la limite de la commune, plus aucune lumière ne ponctuait la route d'Arles. À cette heure avancée de la nuit, les roulottes du camp entouraient les cendres déjà tièdes du dernier feu de veillée. Le silence avait pris le pas sur les dernières complaintes de flamenco. Depuis quelques heures, chacun avait rejoint sa couche, serré contre son conjoint pour se protéger du froid. Bientôt, la moto de Manolo rugirait dans les derniers lacets de la route de Tarascon. Pour l'heure, sa caravane restait vide.

Une main gantée tourna la poignée avec précaution. La porte s'ouvrit. L'intrus entra, un paquet sous le bras. Il chercha du regard un emplacement discret et facile d'accès à la fois. Muni d'une lampe torche, il dirigea le faisceau de lumière vers les tiroirs disposés sous le lit, avant de placer son colis dans celui du milieu...

XVI

Philippine ne se sentait pas bien depuis plusieurs jours. Elle dormait mal, avait toujours faim mais redoutait de passer à table en raison des innombrables nausées qui suivaient les repas. Elle s'était procuré un test en pharmacie dont le résultat, à son grand soulagement, avait démenti l'hypothèse d'une grossesse. Néanmoins les symptômes persistaient… À La Commanderie, elle évitait toute discussion, tant la moindre contrariété la rendait agressive. Manolo, lui aussi, avait fait les frais de sa mauvaise humeur lorsqu'il était venu lui annoncer que Selim l'embauchait définitivement. Emporté dans son élan, il n'avait pas pris la peine d'avertir Philippine de sa venue, ce qui l'irrita au plus haut point lorsqu'elle le vit arriver à la grille. Terriblement déçu, le pauvre gitan était reparti sans même lui dire au revoir.

La jeune femme se décida finalement à prendre rendez-vous chez sa gynécologue. Elle sut se montrer suffisamment persuasive pour que le médecin accepte de la rencontrer immédiatement.

— Vous serez fixée très rapidement, Philippine, lui annonça-t-elle, les résultats de votre prise de sang seront disponibles dans l'après-midi.

Philippine s'apprêtait à vivre une journée éprouvante, dans l'attente d'un diagnostic qu'elle redoutait depuis quelques jours.

Fanette, elle aussi, ne connaissait plus le repos. Pour la deuxième nuit consécutive, un cauchemar épouvantable l'avait sortie brutalement de son sommeil. Au point qu'elle s'était levée et s'était blottie dans un coin de la pièce. Les genoux recroquevillés sous le menton, elle avait attendu les premières lueurs de l'aube comme le salut, ne pouvant oublier les images de ce rêve affreux qui l'avait terrifiée. Cette fois-ci, la jeune femme en blanc lui avait parlé dans un dialecte étrange et mélodieux. « Sauve-moi, sauve-moi », avait-elle imploré d'une voix neutre.

La Dame blanche, auréolée d'une lumière irradiante, fixait intensément Fanette, debout à l'entrée d'une grotte. Soudain, la lumière avait disparu, plongeant les deux femmes dans les ténèbres. Et tandis que l'apparition virginale s'apprêtait à dévoiler son secret, un filet de sang s'était mis à couler le long de son cou d'albâtre, puis, de plus en plus abondant, sur sa robe immaculée. Le drapé rougissait à vue d'œil, dégageant une odeur âpre à soulever le cœur. La suppliciée avait alors émis des râles horribles, lancinants. Puis ses lèvres bleuies avaient articulé quelques syllabes inaudibles que Fanette n'avait pu comprendre. Dans un cri ultime, la silhouette de la Dame blanche s'était évanouie dans un halo de fumée.

Le soleil jouait à cache-cache derrière les persiennes de la chambre quand Fanette émergea de sa torpeur. Elle était toujours allongée sur le sol, tout près du guéridon. La fatigue avait dû avoir raison d'elle sur le matin, mais très vite, elle reprit ses esprits. Elle se redressa péniblement, déterminée à percer le secret de cette apparition. Sa version latine en poche, elle se rendit chez Lucien. Le libraire possédait un nombre incalculable d'ouvrages traitant de légendes anciennes. Fanette pénétra dans la boutique, les traits de son visage encore marqués par la fatigue.

— Fanette, s'inquiéta le commerçant d'un geste compatissant, ça ne va pas ?

— Si, si. Merci.

Lucien se ravisa et ôta sa main de l'épaule de sa cliente, visiblement mal en point. Benoîtement, il lui présenta des excuses pour son accueil un peu rude de l'autre jour.

— C'est déjà oublié. Aujourd'hui, je viens te voir parce que j'ai besoin d'un immense service…

— Je t'écoute.

Fanette sortit de sa poche le précieux papier où elle avait noté le message en latin de la Dame blanche. Lucien examina le texte avec attention avant de le traduire.

— *Ex humo malum te nuntiabit.* Je crois que la traduction la plus fidèle serait : « De la terre le mal t'informera. » *Aqua, vitae fons, cum traiecto judicatur* : « Eau, source de vie, sur son passage jugera. » Quant à *Flatus aerem rursus capiet*, c'est un futur que je traduirais ainsi : « D'air, le souffle reprendra. » Pour le dernier vers, *Et igne, tertius innocens occidet…*

— « Et par le feu, le troisième innocent périra », l'interrompit Fanette, qui était sûre de sa traduction.

— En effet, c'est le plus juste.

Lucien marqua un temps de réflexion avant de s'enquérir de l'origine d'un tel message.

— Je ne peux encore rien te dire pour l'instant. Mais je te promets de te tenir au courant. Pour l'heure, je désire me procurer tous les ouvrages que tu possèdes sur les légendes locales. Tous, tu entends. Principalement ceux qui évoqueraient une dame blanche.

— Oh, coquin de sort ! Tu vas être servie. Notre vallée est une légende à elle toute seule.

— Je sais, Lucien. Je sais. Mais je recherche quelque chose de très précis.

— Cette fameuse Dame blanche ?

— Oui.

— Jamais entendu parler dans la vallée.

Fanette était déçue. Lucien ne venait que confirmer ses craintes.

— Voilà tout ce que j'ai est ici. À moins que…

— Que… ?

— Ne bouge pas une seconde, s'il te plaît.

Le libraire disparut dans sa réserve, mais revint bredouille quelques instants plus tard.

— Désolé. Je pensais avoir un exemplaire du *Recueil de légendes provençales*. Ce livre date du XIXe siècle. Je l'ai probablement vendu.

— Sais-tu à qui ?

— Je crois que oui. Je vais essayer de le récupérer.

— Il faudrait que je puisse l'examiner.

Fanette s'avança d'un pas.

— C'est très important, Lucien. Tu comprends ?

— Je vais faire le maximum, lui promit le libraire qui n'avait jamais rien pu lui refuser.

— Merci. Je compte vraiment sur toi.

Le clocher de Saint-Pierre-ès-Liens venait de sonner la demie de onze heures. Fanette prit congé de Lucien et décida de se rendre dans la foulée à la mairie. En consultant les archives de la commune, plus précisément les plans cadastraux du site de Bounias, elle trouverait sans doute de nouvelles pistes à explorer. Elle traversa la place d'un pas alerte. Arrivée sur le perron, elle constata avec regret que le bâtiment venait de fermer ses portes.

Maxime ne décolérait plus contre sa femme. Son abus de pouvoir dans les chais de Montauban avait mis le feu aux poudres. Il devait lui parler une bonne fois pour toutes avant qu'ils finissent par se haïr définitivement. Bien sûr, il n'ignorait rien de la relation entre Philippine et Manolo. Qui, du reste, n'en avait pas eu vent dans la vallée ? À quoi ressemblait aujourd'hui ce simulacre de mariage ? Maxime ne tenait pas à jouer les maris cocufiés, encore moins à rester prisonnier d'une union de convenance totalement dénuée d'amour.

— Je veux que nous divorcions, annonça-t-il froidement au cours du déjeuner.

Philippine ne sembla pas choquée par cette déclaration, bien au contraire. Sans doute l'absence de Louis à cette table y était pour quelque chose.

— Ce n'est pas ça, l'amour, reprit-il. Pas ce que nous vivons en tout cas. Nous sommes amis, rien de plus. Et ce n'est pas ma conception du mariage. Tu comprends ?

Philippine se sentait presque soulagée de la décision de Maxime. À vrai dire, elle en aurait même été ravie si l'attente des résultats de sa prise de sang ne l'angoissait pas autant. Son mari voulait divorcer, parfait. Louis envisagerait-il enfin de modifier son testament ? Un testament qui, jusqu'à présent, stipulait que son union avec le petit-fils de Victoire était la condition requise pour pouvoir hériter, surtout depuis que les Aymard possédaient quarante pour cent de Montauban. Philippine serait alors libre de fréquenter qui elle voudrait, et peut-être même d'« officialiser » sa relation avec Manolo. La jeune femme l'aimait éperdument. Elle ne voulait plus se cacher comme une fautive en se contentant de quelques rencontres furtives. Vivre son bonheur au grand jour était son vœu le plus cher.

— Alors, tu es d'accord ?

— Oui. Je suis d'accord pour divorcer. Tu as entièrement raison, Max.

— Très bien, se détendit-il. Je ne te demanderai qu'une chose.

— Je t'écoute.

— Je souhaite qu'à l'avenir, tu laisses ma mère et Gabrielle décider seules de leurs assemblages. Tu sais qu'elles ont beaucoup plus d'expérience que toi dans ce domaine.

— Oui… Et on voit bien où ça les a menées !

Maxime marqua un temps d'arrêt. Cette dernière réplique, pleine de perfidie, trahissait une nouvelle fois l'état de dégradation de leurs rapports. Il jugea préférable ne pas relever pour l'instant. Néanmoins, cette condition serait non négociable. Philippine se réfugia dans sa chambre après le déjeuner, zappant d'un téléfilm à l'autre sans trouver un programme qui parvienne à retenir son attention. Quand, enfin, le téléphone sonna.

— Bonjour docteur, lança-t-elle, le cœur battant.

À l'autre bout du fil, une voix lui annonça que les résultats ne laissaient planer aucun doute. La jeune femme était enceinte de deux mois…

Tristan nettoyait sans grande motivation la petite remise de Lou Triadou quand Ludivine apparut, les bras chargés de livres.

— Salut.

— Salut.

— T'es de corvée ?

— Ouais. Une idée de ma mère.

— Je vois.

La jeune fille s'assit sur un tonneau sans dire un mot. Tristan continua de balayer sans rien dire.

— Je t'ai apporté les cours. Pour que tu prennes pas trop de retard.

— Merci.

— La prof d'économie est tombée malade. Nous avons un remplaçant.

L'adolescent ne releva pas, ni ne réagit aux autres nouvelles dont lui fit part son amie. Au bout de quelques minutes, lassée de parler à un mur, Ludivine préféra s'éclipser.

— Si tu as besoin de mon aide, tu sais où me trouver…

Tristan attendit qu'elle ait tourné les talons pour poser son balai. Il aurait aimé l'appeler, lui dire à quel point il était heureux de la voir, et s'en voulut de ne pas le faire.

Ne voulant pas être troublé dans sa sieste, Élie avait choisi de se retirer à la mairie, au service des archives. Il s'était assoupi, bien calé au fond d'un vieux fauteuil, ravi de disposer de cet instant de détente loin de tous. Le temps nécessaire pour que les couleurs un peu vives de son visage joufflu n'accusent plus les affres d'une digestion difficile. Un toussotement le fit soudain sursauter. Il ouvrit les yeux et aperçut Fanette qui venait de rentrer dans la pièce, confuse de perturber le premier magistrat dans son sommeil.

— Je te dérange en pleine séance de travail, le taquina-t-elle.

— Entre, je t'en prie, répondit Élie qui renonçait déjà à sa sieste.

Il se redressa fièrement, avant de lui demander ce qu'elle désirait.

— Je voudrais consulter l'ancien cadastre.

— Tu trouveras tout ce que tu veux depuis 1920. Pour les années antérieures, les actes sont répertoriés à Marseille. Que cherches-tu exactement ?

— Je m'intéresse à la clairière de Bounias.

Élie parut surpris. Le lieu-dit de Bounias se trouvait en pleine garrigue. Un endroit sauvage depuis la nuit des temps. Bien sûr, il y avait une hypogée préhistorique à quelques pas de celle du Castelet, mais depuis mille ans au moins, seuls les lapins colonisaient le site. Fanette devait courir après quelque légende ancestrale. M. le maire ne portait aucun jugement sur l'originalité de ses administrés. Selon lui, de la diversité d'une population naissait sa richesse. Et sur ce point, Fanette remportait la palme haut la main. Néanmoins, Élie l'appréciait beaucoup. C'est pour cette raison qu'il se proposa de l'aider à éplucher les vieux plans cadastraux de la commune.

— Voilà, s'écria-t-elle une heure plus tard. Je crois que j'ai mis la main sur quelque chose.

Le maire regarda attentivement le document que lui montrait Fanette. Il s'agissait d'un acte faisant état d'un changement de propriétaire, daté de 1930. Quatorze hectares compris entre le sud du village et les terres de Montmajour acquis par la commune. Au centre du terrain, Fanette visualisa un cercle presque parfait, la clairière de Bounias.

— Ces terres appartenaient donc à Montauban, pensa-t-elle à voix haute.

— Le domaine a probablement dû vendre après la crise de 1929. Mon grand-père disait le pauvre marquis complètement ruiné.

— Je te remercie, Élie. Vraiment, merci.

Fanette l'embrassa fougueusement. Sur le seuil de la porte, elle lança à la volée :

— Tu devrais prendre des décoctions d'angélique et de camomille. Elles facilitent la digestion…

Louis Aymard méditait dans son bureau, une habitude toute récente. En silence, dans la pénombre, il ressassait de vieux souvenirs, savourant son amère revanche sur Victoire tout en essayant de recomposer un passé plus idyllique.

— Philippine, lança-t-il vivement au moment où sa petite-fille passait dans le couloir.

La jeune femme revint sur ses pas. Elle ne tenait pas vraiment à entendre un sermon en ce moment, d'autres problèmes l'angoissaient.

— Jeune fille, commença maître Aymard, je tiens à te rappeler tes engagements.

Cette fois, Philippine décida de se jeter à l'eau. Sa conversation avec Maxime lui avait offert une magnifique oportunité de mettre les choses au point avc son grand-père.

— Justement… à ce propos, je t'apprends que mon mari souhaite demander le divorce.

Louis ne cilla pas.

— J'ai essayé de faire de mon mieux Grand-Père, fit-elle faussement sincère, mais Maxime s'entête. De toute façon, tu as pu récupérer les parts de Montauban. C'était bien ce que tu voulais, n'est-ce pas ?

— Ma chère enfant, fit le vieil homme plein de douceur, je t'aime et tiens à toi comme à la prunelle de mes yeux. Ton bonheur est ce qui m'importe le plus, tu le sais…

Là, son visage se durcit d'un coup.

— Néanmoins, si tu peux te satisfaire des miettes, c'est que tu n'es pas à la hauteur pour hériter des Souléïades. Les clauses de notre accord demeurent inchangées. Je veux que tu aies un enfant avec Maxime Lescure afin que nos familles soient unies par les liens du sang, les seules que l'on ne puisse trahir. Me suis-je bien fait comprendre ?

Philippine tourna les talons, vexée de voir sa tentative échouer. Louis ne la retint pas. Et retourna à sa méditation. Le petit gitan devenait un élément beaucoup trop perturbateur. Pire, il risquait de contrarier ses plans. Si proche du but, maître Aymard ne pouvait le tolérer…

Retranchée dans sa maison, Fanette feuilletait avec le plus vif intérêt le livre que Lucien avait finalement récupéré. Mais pour l'heure, aucun indice n'était susceptible de la mettre sur la piste de la Dame blanche. Fanette savait qu'elle n'avait pas été l'objet d'une hallucination quand cette femme si étrange lui était apparue dans la clairière, la mandragore l'en avait préservée. Mais qui était-elle ? Quel message avait-elle voulu lui transmettre ? Fanette s'assit en tailleur à même le sol, étala autour d'elle les pages qui lui semblaient intéressantes, des légendes locales pour la plupart. Amours défuntes, mérites héroïques, monstres effrayants, des récits fantastiques qui relataient de terribles histoires, sans pour autant livrer la moindre ligne sur une éventuelle dame blanche.

Quelques heures plus tard, Fanette interrompit sa lecture et se leva. Tout en massant sa nuque engourdie, elle se servit une nouvelle tasse de thé. Son regard se porta sur son secrétaire en bois exotique, un souvenir de Pondichéry parmi les autres objets hétéroclites qui meublaient la maison. Fanette ouvrit le tiroir du haut et en sortit la feuille griffonnée par le libraire.

De la terre le mal t'informera.
Eau, source de vie, sur son passage jugera.
D'air, le souffle reprendra.
Et par le feu, le troisième innocent périra.

Le feu, l'inondation… Fanette pensait savoir de quoi il s'agissait. Mais la terre perdant son sang… Le troisième innocent… Là, elle n'avait vraiment aucune idée. Elle retourna s'asseoir au centre de la pièce. Un frisson la parcourut. Sans doute un courant d'air, pensa-t-elle. Les pages du recueil de légendes provençales défilèrent jusqu'à une gravure de 1835. La légende, en lettres gothiques, indiquait : *Elphège et Landry.* Fanette ferma les paupières et prit une profonde inspiration. Les signes ne trompaient jamais. Tout comme ses ancêtres avant elle, elle avait le don de sentir les énergies positives et de les comprendre. Lentement, elle saisit l'épais recueil, l'attira vers elle, les yeux toujours clos. Puis, sans aucune hésitation, son index, surmonté d'une énorme améthyste, la pierre protectrice, pointa un personnage en arrière-plan de l'illustration. Fanette fut certaine qu'elle venait de découvrir l'indice qu'elle recherchait. Une femme vêtue de blanc dissimulait son visage entre ses mains diaphanes. Un texte figurait sur la page d'à côté :

« Il était une fois, une belle et douce princesse du nom d'Elphège, que les hasards de la généalogie voulurent bien proclamer descendante du Roi mage Balthazar. Elle vivait dans un magnifique château érigé au sommet du formidable éperon rocheux des Baux. La vie des seigneurs de ce palais s'écoulait au rythme des cours d'amour. Là, gentes dames et troubadours se retrouvaient sous les hauts plafonds à caissons où s'élevaient les sons mystérieux des luths, les pastourelles envoûtantes des baladins et le bruit feutré des entrechats de quelques danseurs. Plus loin et un peu à l'écart, l'âme romantique des troubadours murmurait une prose des plus galantes.

« Le cœur de la belle et douce Elphège battait à l'unisson avec celui de Landry, son preux chevalier servant. Ils s'aimaient d'amour tendre et se promirent l'un à l'autre pour la vie. Leur cour dura deux longues années sans que le moindre sentiment impur n'y fût mêlé. Pour retrouver sa promise, le vaillant Landry n'hésitait pas à couvrir dans une même journée la distance qui l'éloignait des tendres délices.

« Un soir, il eut l'idée de couper par le massif des Alpilles afin de ménager son rapide destrier. Une forêt de chênes touffus, de taillis foisonnants, empêtrait ses branchages sous de hauts bosquets opaques. La lumière fuyait. Les oiseaux se taisaient. Même les grillons restaient muets. Un silence oppressant hantait les lieux. Landry s'engagea. À mi-chemin, il lui sembla apercevoir une ombre. Il se dirigea vers elle. La silhouette d'une femme, aussi belle qu'énigmatique, se dessinait, immaculée et rayonnante, sur les ombres de la futaie. Quand il fut près d'elle, elle sembla s'agiter, dissimulant son visage derrière ses longs cheveux blonds coiffés d'une couronne de myrte. Le preux chevalier sauta à terre et s'approcha d'elle, captivé par cette mystérieuse apparition. Il joua de ruse et parvint à croiser son regard blanc…

« Dès son arrivée au château, Landry reçut l'ordre d'aller croiser le fer avec les Infidèles en Terre sainte. La douce

Elphège lui jura amour et fidélité jusqu'à ce qu'il s'en revienne victorieux, après avoir reconquis le tombeau du Christ. Mais les Sarrasins eurent raison de lui. Quand elle apprit la nouvelle, la vierge Elphège, ivre de désespoir, se jeta de la plus haute tour du château dans le précipice. À l'endroit où cette âme pure entra en contact avec la terre surgit le plus bel olivier de la région. »

Cette fois, Fanette était fixée. L'esprit d'une dame blanche existait bel et bien dans la vallée, car toute légende repose sur un fait précis. Elle se souvenait de sa rencontre dans la clairière de Bounias. Elle n'avait pas ressenti la moindre crainte, le moindre danger. Cette âme était pure, bienfaisante, et sans doute prisonnière d'un sort. Seule l'héritière des augustes pythies pouvait agir, lui rendre sa liberté tout en préservant ses contemporains du maléfice.

Isolée dans sa chambre, Philippine ne savait que faire. Elle arpentait le parquet de long en large. Deux hommes, une ambition. D'un côté, Maxime qu'elle n'aimait pas. De l'autre, Manolo qu'elle adorait. Et puis un fabuleux héritage dont elle ne pourrait entrer en possession qu'après avoir donné un arrière-petit-fils à son grand-père. Nul ne savait encore que son ventre s'arrondirait bientôt d'une nouvelle génération. Mais, pire que tout, elle ignorait qui était le père de cet enfant ! Après que sa grossesse lui eut été confirmée, Philippine avait senti son sang se glacer dans les veines quand la gynécologue lui avait annoncé la date de la conception. À cette période, Maxime, Simon et Manolo traversaient sa vie...

Fabien Munez quitta son cabinet bien après vingt et une heures. Sa dernière patiente, une névrosée de première, lui avait déclaré sa flamme en plein milieu de la séance. Bien qu'habitué à ce genre de situation, le psychanalyste détestait ces transferts affectifs. Surtout quand la déclaration provenait… d'une femme, aussi désirable fût-elle. Il faut dire qu'il avait eu sa dose d'hystériques aujourd'hui. De riches patientes, toutes plus atteintes les unes que les autres, la palme revenant sans doute à Philippine Aymard-Lescure, une nymphomane enceinte jusqu'aux dents et qui ne savait même pas de qui… Vraiment, sans l'attrait financier et l'excellente réputation dont il jouissait, Munez aurait volontiers choisi une profession dans laquelle il n'aurait côtoyé que des hommes. Les hommes, justement. Ce soir, il ressentait un furieux besoin de se retrouver en leur compagnie, sans forcément leur parler, ni même les écouter, mais juste pour sentir contre sa peau le corps juvénile d'un Adonis à peine sorti de l'adolescence. Malgré sa fatigue, il décida de se rendre au Gladiator, véritable fast-food du sexe. L'établissement étant situé à Nîmes, le risque était moindre pour Munez de tomber sur un patient avignonnais. Une heure trente plus tard, il franchissait la porte capitonnée du sex-club. Dès son arrivée au crusing-bar, il repéra le chérubin idéal. Après deux ou trois sourires insistants, Fabien suivit le blondinet dans une des sombres backrooms.

À l'aube, alors que le patron du Gladiator s'apprêtait à fermer son établissement, bien après le départ des derniers clients, la sonnette retentit. Trois fois, d'un coup bref, puis, une quatrième, avec insistance. C'était le signal convenu. Prestement, le tenancier se dirigea vers un magnétoscope, retira la cassette vidéo de la cabine 7, la glissa dans une enveloppe kraft, et la tendit par l'entrebâillement de sa porte d'entrée en échange d'une autre, pleine de billets…

À cette époque de l'année, le marché serrait ses étals sur deux rangées seulement. Malgré un ciel sans nuages, les clients pressaient le pas dans le froid piquant de la mi-novembre. C'est près de l'étalage des pots de miel de M. Paul que Gabrielle retrouva Fanette, en grande conversation avec l'apiculteur à propos des vertus antispasmodiques de la lavande. Selon elle, il n'y avait rien de mieux contre les quintes de toux. À peine eut-elle embrassé la propriétaire de Lou Triadou qu'elle remarqua presque aussitôt sa petite mine.

— Je crois que j'ai dû prendre froid, reconnut celle-ci gênée.

— *Aïgo boulido*, répliqua aussitôt Fanette. Eau, huile d'olive, ail et sauge. Les ingrédients idéaux pour remettre les malades sur pied. Et si tu as la migraine, tu peux aussi essayer le romarin en assaisonnement d'un tian de courgettes, mêlé à du basilic et un jus de citron. C'est tout simplement prodigieux.

Puis, d'un œil malicieux, elle ajouta que la sauge serait sans doute beaucoup plus conseillée pour ce qu'elle avait.

— Ah oui ? Et de quoi je souffre à ton avis.

Fanette déposa trois bocaux de miel dans son panier.

— Tu es contrariée. Je le sens.

Elle marqua une pause, avant de reprendre avec beaucoup de douceur :

— Dis-toi que si tes yeux pleurent, c'est que ton cœur aime toujours.

Gabrielle s'inclina devant tant de perspicacité.

— C'est vrai. Tu as vu juste une fois de plus. C'est Tristan.

— Si tu veux en parler…

— Nous avons de gros soucis avec lui en ce moment. Il a été renvoyé du lycée pour un mois. Hier, nous avions rendez-vous avec le proviseur. Il maintient sa sanction et je dois t'avouer que je ne sais plus quoi faire. Il risque de prendre beaucoup de retard, de redoubler son année. Pourquoi agit-il ainsi ? Il n'était pas comme ça avant.

Elle ajouta, la voix emplie d'une profonde tristesse :

— C'est sans doute ma faute. Je ne me suis pas assez occupée de lui ces derniers temps.

Fanette posa une main affectueuse sur l'épaule de son amie.

— Tranquillise-toi. Tout va rentrer dans l'ordre maintenant. Il ne prendra pas de retard, je te le garantis.

— Une vision ?

— Je sais simplement que Ludivine va l'aider. Ton fils devient un homme à présent.

— Ludivine ?

— Oui.

— Je l'ai toujours bien aimée, notre petite Lulu.

— Tant mieux, car un jour, elle rentrera dans ta famille…

Devant la mine médusée de Gabrielle, Fanette reprit, avec un sourire en coin, que là, elle venait d'avoir une vision.

La mère de Tristan n'eut pas le temps de lui répondre, interrompue par les cris d'une femme. Clients, commerçants et badauds, tous les regards alentour convergèrent dans sa direction. Près du bassin, Amélie Rivière hurlait, une main posée sur la joue, tandis qu'elle pointait le jet de la fontaine d'une main tremblante. Bientôt, le village tout entier se rassembla derrière la vieille fille affolée. L'eau de la fontaine était rouge sang.

— C'est à cause d'elle, persifla Amélie, pointant du doigt Fanette qui était restée près du stand de l'apiculteur. C'est le diable en personne.

Tandis qu'elle se signait trois fois de suite, Élie, alerté par ses hurlements, sortit du Laetitia en furie.

— Mais tu vas cesser de crier, vieille folle ! Oh, funérailles, t'es complètement jabastre ?

Le maire porta son doigt sous le jet, puis sous son nez, avant de le mettre dans sa bouche. Tout le monde attendait le verdict du premier magistrat comme la Bonne Parole.

— Ce n'est pas du sang. Rien que de l'eau. Sans doute mélangée à la bauxite des terres de Montauban, en amont du village. La canalisation qui alimente la fontaine du village traverse le domaine depuis le Gaudre. Voilà, l'incident est clos, conclut-il, lançant un regard courroucé sur la pauvre Amélie qui venait une fois de plus voir ses chances de vengeance anéanties. Pourtant, cette fois, l'occasion était inespérée.

— Pfff ! siffla-t-elle juste avant de couler vers son nid. Vous comprendrez un beau jour que le mal s'attrape comme la gale. Et le malin, c'est elle, cette ribote.

Restée devant le stand de M. Paul, Fanette ne se sentait pas bien. Mais les accusations publiques de Mlle Rivière n'y étaient pour rien. Chancelante, elle prit appui sur la nappe provençale qui habillait l'étal. Un adage lui martelait le cerveau. Douloureux, lancinant comme une litanie de pardon.

« De la terre, le mal t'informera… De la terre, le mal t'informera… De la terre, le mal t'informera… »

Un nouveau signe venait de se manifester. Elle seule en avait conscience. Pourtant, nombreux ici, sur la grande place, pouvaient dès à présent redouter le pire…

XVII

Un courant d'air circulait dans les chais de Montauban, ravivant l'odeur des cuves de macération. Bientôt s'écoulerait le fruit d'une année de labeur et, par là même, le règlement des créances de quelques fournisseurs. Béatrice et Olivier vérifiaient la dernière livraison de bouteilles neuves, en vue du prochain conditionnement du millésime en cours.

— Après cette dernière palette, lança-t-elle, très professionnelle, il faudra vérifier les cartons de l'imprimeur.

— Les étiquettes ?

— Oui, les étiquettes. L'an dernier, il y avait une faute d'impression.

Depuis le dîner avec Jean-Yves Mérentier, toute équivoque entre eux semblait dissipée, au grand soulagement d'Olivier. Béatrice semblait s'accommoder de la situation et lui conservait toute son amitié. Il avait d'ailleurs été très surpris lorsqu'elle lui avait suggéré de proposer à Maude de venir s'installer à Montauban. Pour la première fois de sa vie, plus aucun obstacle ne perturbait son bonheur. Mais, curieusement, cette idée le réjouissait tout autant qu'elle l'effrayait. Comment réagirait l'élue de son cœur ? N'était-ce pas prématuré ? Pourtant, Olivier en mourait d'envie. Tout en déballant les dernières bouteilles, il cherchait comment soumettre cette idée à Maude.

Face à lui, Béatrice semblait tout aussi absorbée par ses pensées. Elle savait le domaine en grand danger malgré ses efforts et le concours de ses proches. Elle seule porterait cet échec sur la conscience, même si nul ne lui jetterait le pierre. Elle avait cru être capable de gérer le domaine, faute de réussir dans sa vie affective. Force était de constater que même là, le succès serait relatif. Elle ne possédait ni le charisme en affaires de Victoire, ni le pouvoir de séduction de Maude. Que ferait-elle sans Montauban ?

Après avoir sorti l'ultime bouteille du carton, la jeune femme releva le nez en soupirant, mettant fin à sa rêverie. Ses yeux croisèrent ceux d'Olivier qui l'observait avec amusement. Pour se donner une contenance, elle rassembla nerveusement les copeaux de protection, plus troublée qu'elle ne l'aurait voulu.

— C'est peut-être la dernière mise en bouteille que nous allons faire, finit-elle par lâcher, morose.

— Peut-être... Chaque mort est une nouvelle naissance, c'est ce qu'il faut se dire.

Béatrice ne put retenir un sourire. Olivier et son sens de la répartie littéraire. Pourquoi avait-il abandonné l'écriture ? Elle n'avait jamais osé le lui demander. De temps à autre, elle le surprenait parfois dans un coin du parc, un carnet à la main, en train de prendre quelques notes, mais il restait toujours très discret sur le sujet.

— Tu sais, je crois que nous devrions peut-être nous débarrasser de Montauban, reprit Olivier.

— Quoi ! s'écria-t-elle, incrédule. Après tous les sacrifices que nous avons consentis ?

— Tu sais bien que tôt ou tard nous devrons nous y résoudre. Le domaine est beaucoup trop lourd à gérer. Quant au château... Plus personne n'a les moyens aujourd'hui d'entretenir une aussi grande baraque !

Sur ces mots, Olivier empoigna le colis d'étiquettes posé sur la table et le fit glisser vers lui. Béatrice remarqua ses bras puissants et musclés et frissonna. Elle baissa les yeux tout en cherchant à se donner une contenance pendant que son beau-frère étirait à nouveau son bras en quête d'un outil tranchant.

— Mais… nous avons Philippine, émit-elle sans grande conviction.

— Voyons Béa, son apport n'est qu'une goutte d'eau dans l'océan de dettes qui s'amoncellent devant la grille du château. Nous avons tout juste de quoi pallier la perte d'une partie de la vendange de cette année.

— Je sais bien, reconnut-elle, agacée. Je ne pense qu'à ça. Nuit et jour.

Olivier reposa le cutter et se leva. Béatrice le suivit des yeux, presque inquiète de sa réaction. Il contourna la table et se posta face à elle, avant de lui adresser un sourire particulièrement charmeur. Béatrice chavirait déjà lorsqu'il posa ses mains autour de son cou.

— Et toi dans tout ça, murmura-t-il tendrement. Quand vas-tu un peu penser à toi ? Tu es encore jeune… et très belle. Cette maison t'a déjà tellement pris. Ne la laisse pas t'enterrer maintenant.

Bien qu'elle mourût d'envie de s'abandonner dans ses bras, Béatrice se détacha de son emprise, aussi vexée de se découvrir moins forte qu'elle ne le pensait que contrariée à l'idée de renoncer à Montauban. De plus, jamais elle ne ferait un tel affront à Gabrielle. Lorsque Béatrice s'était associée avec Lou Triadou, la nouvelle société qu'elles avaient fondée réunissait la totalité des vignobles des deux propriétés. Revendre Montauban reviendrait à déposséder son amie, ou à la mettre en difficulté face à d'éventuels repreneurs qui auraient un contrôle quasi absolu sur l'ensemble des terres.

— Alors vous devrez vous résoudre à tout perdre, conclut Olivier.

Béatrice resta sans voix devant une telle évidence, mais bien plus troublée encore de réaliser à quel point elle aimait toujours son beau-frère...

L'intuition de Simon se révéla être la bonne. Dans la matinée, l'avocat avait reçu par mail la confirmation que Jean-Pierre Fabregat possédait bien un numéro de courtier en assurances. En fichier joint, le greffe du tribunal de commerce lui avait même envoyé l'historique de toutes les informations légales parues jusqu'à ce jour. Restait à vérifier sa théorie. Pour ce faire, les précieux renseignements que M. Robin comptait soutirer à son amie banquière devenaient indispensables. Il décida de la rencontrer pour un tête-à-tête intime le soir même.

En fin de journée, la citadelle des Baux se fondait dans les couleurs du couchant quand la voiture de l'avocat remonta l'allée de l'Oustau de Beaumanière, un cadre idéal, selon lui, pour un tête-à-tête discret. Du reste, la réputation de ce restaurant promettait un dîner raffiné dans une ambiance chic et chaleureuse. Patricia descendit de l'auto, sourire aux lèvres. Très honnêtement, elle ne s'attendait pas que Simon lui réserve une telle surprise. Le service qu'il voulait lui demander devait être à la hauteur de ses efforts. Intérieurement, la jeune femme se félicita d'avoir opté pour une robe à l'élégance sexy plutôt que la tenue décontractée qu'elle avait envisagée au départ. Elle laissa passer la première heure de ce délicieux rendez-vous sans poser aucune question. Son chevalier servant déployait un humour corrosif, souvent incisif, qui n'ajoutait que plus de charme et de séduction à ses indéniables atouts physiques. Entre deux gorgées de champagne, Patricia se décida enfin à l'interroger.

— Alors Simon, si tu me disais pourquoi nous sommes là ?

— J'avais envie de dîner avec toi depuis très longtemps. J'ai même voulu te téléphoner plusieurs fois, mais...

— … mais tu étais débordé, poursuivit-elle, comme une évidence.

Simon se ravisa. Il aimait beaucoup Patricia et ne tenait pas à lui mentir.

— Tu as entièrement raison. Je t'ai téléphoné parce que j'ai besoin d'un service. Un immense service… Mais j'avais aussi très envie de te revoir, ajouta-t-il prestement.

Patricia piqua délicatement sa fourchette dans son filet de rouget au pistou.

— Je t'écoute, minauda-t-elle.

Sans se démonter, l'avocat baissa la voix pour lui confier ce qu'il attendait d'elle.

— Mais c'est parfaitement illégal, s'écria-t-elle.

Jetant un furtif coup d'œil sur les tables voisines, elle baissa le ton.

— Et le secret bancaire, qu'en fais-tu ? Je suis très surprise qu'un homme de loi me demande de telles informations. Te procurer le relevé de compte d'un de nos clients est passible d'une peine de prison. Je risque ma place pour ça.

Simon se voulut rassurant. Plus charmeur que jamais, il caressa machinalement la main de son invitée.

— Tu sais très bien que les secrets sont faits pour être découverts. Tout cela restera entre nous. Tu as ma parole. Par ailleurs, je ne pense pas que tu veuilles protéger un escroc, un homme qui a certainement ruiné tous les vignerons de la vallée. Il faut que j'agisse vite, tu comprends ?

La jeune femme reprit ses couverts. Bien que rebutée à l'idée de manquer aux principes même de la déontologie, elle avait confiance en Simon.

— Laisse-moi un peu de temps pour y réfléchir, s'il te plaît.

— Tu as toute la nuit pour cela.

— Attention, je n'ai pas dit oui.

— Je l'ai bien compris.

Alors qu'il lui servait une nouvelle coupe de champagne, Simon ajouta que la nuit serait sans doute plus profitable à sa réflexion s'ils restaient dans l'une des suites du manoir.

— Tu ne m'influenceras pas de la sorte, répliqua-t-elle, presque vexée.

— Loin de moi cette intention, Paty. Je pensais simplement à ce que nous n'avons pas vécu tous les deux. Puisque nous sommes dans un endroit idyllique, pourquoi ne pas en profiter ?

— Dois-je en déduire que ta liaison avec Philippine est terminée ?

— Oui. Définitivement.

Mutine, Patricia but une gorgée de champagne.

— Tu as jusqu'à la fin du dîner pour me persuader que cet endroit est idéal pour une réflexion nocturne, mon chou.

Cette même soirée, Gabrielle avait proposé à Ludivine de la raccompagner jusqu'à Montauban. La nuit tombait et la jeune fille venait de passer plus de deux heures avec Tristan à réviser le cours de math qu'il avait manqué dans la journée. Sur le chemin bordé par les vignes du domaine, Gabrielle fit part à l'adolescente de ses craintes au sujet de son fils. Elle souhaitait comprendre les agissements qui avaient poussé Tristan à être renvoyé de son lycée. Lors de son entretien avec le proviseur, elle avait appris qu'il avait insulté violemment son professeur de français. Ce comportement ne lui ressemblait guère. L'enseignant s'était alors plaint de l'attitude de son élève.

— Que s'est-il réellement passé pour que le proviseur décide de l'expulser ?

— Je ne sais pas, répondit l'adolescente, soudain gênée.

— Allons, ma chérie. Je ne te demande pas de trahir un secret, mais juste de m'aider pour le bien de Tristan. Pourquoi a-t-il agi comme ça ?

Sa jeune voisine était de plus en plus embarrassée. Gabrielle insista sur le fait que tout ce qu'elles diraient resterait entre elles. Ludivine ralentit le pas. Depuis des jours, elle gardait un secret bien trop lourd pour elle.

— Tu me jures que tu ne diras rien à maman ? lança-t-elle, presque menaçante.

— Croix de bois, croix de fer.

— C'est au sujet de Castaldi.

— Votre prof de français ?

— Ouais, notre prof de français, répéta-t-elle maussade. C'est lui le responsable.

— Comment cela ?

Ludivine se lança. Castaldi avait un faible pour elle. Tristan en avait pris ombrage et une véritable rivalité s'était instaurée entre eux, une haine farouche que l'enseignant avait su faire passer sur le compte d'un caractère difficile.

— Je vois, conclut Gabrielle. Et je te remercie de ta confiance, Ludivine. Dis-moi juste une chose… Ce prof t'a-t-il fait des avances ?

L'adolescente baissa la tête, ne sachant que répondre.

— Allons, ma chérie. Tu dois me le dire. C'est très grave si tel est le cas, tu le sais.

Les larmes de Ludivine furent sa seule réponse. Juste avant d'arriver au château, la mère de Tristan lui fit promettre de tout dire à sa mère.

Quand Manolo entra dans sa roulotte, il fut tout surpris de trouver son grand-père assis sur son lit, un écrin long et plat sur les genoux. Le vieil homme porta sur lui un regard lourd, plus peiné qu'accusateur.

— Qu'y a-t-il ?

— C'est à toi de me le dire.

Ricardo leva le couvercle du coffret et le lui tendit. À l'intérieur, se trouvait une ménagère en argent aux armes de Montauban.

— Peux-tu m'expliquer pourquoi ce service dort sous ton lit ?

Manolo était consterné et se défendit de l'y avoir déposé. Le vieux gitan n'en parut pas surpris. Il conseilla à son petit-fils d'aller dès le lendemain le rapporter à sa propriétaire. Juste avant de quitter la roulotte, il rappela une fois encore à Manolo que ses relations pourraient le compromettre bien davantage.

Le lendemain, un voile de buée matinale s'effilochait entre les vignes de grenache. C'est de cet encépagement que les vins de Montauban tiraient toute leur rondeur, leur caractère aussi. La couleur rouge mordorée de son jus conférait souvent un goût capiteux de vieux bois ou de café. Avec la syrah, plantée plus à l'est, et le mourvèdre, ils formaient le groupe des trois cépages obligatoires à l'assemblage de l'appellation des baux-de-provence.

Manolo traversa le vignoble de bonne heure ce matin-là. Il avait toujours aimé cette parcelle qu'il trouvait agréable à travailler. Le grenache de Montauban résistait aux assauts du mistral autant qu'à la sécheresse. Selim vint à sa rencontre. Dès le premier coup d'œil, il nota que quelque chose contrariait son jeune ami. Le coffret qu'il serrait sous son bras devait sans doute en être la cause.

— Un cadeau. Dans ma caravane…, ironisa Manolo. Je crois que c'est à Béatrice.

Le vigneron acquiesça d'un air grave.

— Je sais, je dois aller voir les flics. Mais tu sais aussi que pour eux, un gitan est toujours coupable.

— Veux-tu que je t'accompagne ?

— Merci, l'ami. C'est un combat que je dois mener seul.

— Je comprends. Veux-tu que je remette ça à Béatrice ?

Manolo accepta volontiers. De toute façon, il comptait bien aller s'expliquer avec elle plus tard. Pour l'heure, il enfourcha sa moto, bien décidé à donner un nouvel élan à sa vie. Fidèle à son habitude, le jeune homme roulait à vive allure. Arrivé au niveau de la fourche de l'Oratoire, un chien errant surgit sur la chaussée, à deux mètres des roues. Manolo parvint à l'éviter de justesse, mais sa moto fit une embardée et dérapa sur les gravillons.

L'appât du gain avait fait sortir Jean-Pierre Fabregat de sa paisible retraite. Bien sûr, le détournement de fonds qu'il avait opéré au détriment des vignerons de la vallée lui rapporta plus d'argent qu'il n'avait jamais cru pouvoir en gagner en une vie. Mais la cupidité naturelle du courtier en assurances l'entraîna plus loin encore, n'hésitant devant rien pour doubler ses bénéfices. C'est pour cette unique raison qu'il avait accepté de revenir sur le lieu de son premier forfait. Avec méfiance cependant, il se rendit donc à son rendez-vous, près de l'aqueduc romain de Barbegal, au sud de Fontvieille. Là, il gara son 4 x 4 flambant neuf non loin d'un des piliers, puis remonta sur sa droite jusqu'à l'ancienne meunerie. Il n'y avait personne. Seul au sommet de cette colline au dénivelé vertigineux, il jugea préférable de ne pas s'attarder sur les lieux. Après avoir tiré une dernière bouffée de sa cigarette, il jeta le mégot d'un geste désinvolte sur le tas de pierres en contrebas. Puis il rebroussa chemin, tout en pressant le pas. Un drôle de pressentiment le taraudait. On lui avait probablement tendu un piège. Quelle folie d'être revenu dans ce trou, à quelques kilomètres seulement des vignerons qu'il avait escroqués. Il longea le canal creusé dans la roche à l'époque romaine, et qui avait servi jadis à alimenter les moulins situés en aval. Au moment où il allait remonter dans son Cayenne, un bruit dans les oliviers le surprit. Le courtier longea l'aqueduc sur sa gauche, bien décidé à démasquer un éventuel maître chanteur. Sa seule venue sur le site constituait un aveu implacable... Avec prudence, il s'avança. Il n'y avait personne. Fabregat revint sur ses pas, rassuré. Tandis qu'il portait toute sa concentration sur le sentier escarpé pour ne pas tomber, deux mains gantées poussèrent un lourd bloc désolidarisé du haut des ruines. Le courtier fut assommé sur le coup, avant que son corps inerte ne bascule tête la première dans les eaux du canal d'irrigation tout proche…

XVIII

Les vignerons avaient commencé les assemblages dans les caves de la région. Malgré un cahier des charges assez semblable d'une année sur l'autre, la réussite de la vinification était essentielle. C'est là qu'intervenait tout le savoir-faire des œnologues. À Montauban, cette tâche était réservée depuis bien longtemps aux femmes. Victoire, tout d'abord, qui avait élaboré des vins de caractère, très classiques, parfaitement en accord avec les attentes des principaux négociants. Quand Béatrice était venue la seconder, elle avait su insuffler une certaine originalité dans les assemblages, comme la célèbre cuvée de la Reine qui obtint plusieurs années de suite des prix d'excellence. Avec l'arrivée de Gabrielle deux ans plus tôt, le domaine de Montauban avait considérablement évolué. Une large palette de vins typés côtoyait à présent les plus célèbres réserves du château. La propriétaire de Lou Triadou déplorait la frilosité des vignerons en général. Pour des raisons économiques, ils standardisaient leurs produits selon les diktats aseptisés du seul marché américain et, depuis une vingtaine d'années, c'est à peine si on pouvait reconnaître un bordeaux d'un bourgogne ! Gabrielle, au contraire, privilégiait les arômes et exploitait au maximum la richesse du terroir pour en retenir toute son authenticité. Certes, le pari pouvait sembler risqué, mais les plus grands critiques ne s'étaient pas trompés, et ses cuvées figuraient aujourd'hui dans tous les guides.

Les doigts sur le pied d'un verre à dégustation, Gabrielle dessinait de petits cercles avec le vin soutiré des cuves. À la lumière du néon, la couleur ambrée du rolle annonçait déjà un blanc prometteur.

— La robe est jaune, avec quelques reflets or.

Béatrice répéta le même geste, puis elle porta le verre devant son visage.

— Le premier nez est pain grillé. Je dirais qu'il s'ouvre ensuite sur des arômes de menthe.

— Tu as raison. Menthe… et vanille.

— C'est vrai. Il finit même avec des fragrances d'abricot confit.

Solennellement, elles portèrent leurs verres à la bouche, les firent tourner, puis goûtèrent le nectar avant de le recracher dans un réceptacle prévu à cet effet.

— Attaque franche, reconnut Béatrice.

— Pas désagréable pour autant, malgré sa puissance en alcool assez marquée. Le fait de l'avoir vendangé en dernier accentue son goût fruité. Il devrait très bien évoluer.

La lourde porte des chais grinça au moment où elles s'apprêtaient à analyser l'ugni blanc. D'un pas déterminé, Philippine jaillit dans la lumière. Arrivée à la hauteur des deux femmes, celles-ci remarquèrent la couleur pourpre qui colorait les oreilles de la jeune femme.

— Vous continuez à faire vos sales petits coups en douce ! s'écria-t-elle, visiblement hors d'elle.

Sans un mot, elles se dévisagèrent, stupéfaites.

— Je vous avais pourtant bien dit que je tenais à participer à chaque étape de la vinification.

Béatrice leva les yeux au ciel avant d'aller chercher un autre verre que Gabrielle s'empressa de remplir, toujours silencieuse mais visiblement amusée. Philippine prit un air très professionnel pour examiner le verre, le fit tournoyer maladroitement avant de boire une première gorgée d'un trait qu'elle recracha instantanément avec dégoût.

— Mais c'est immonde ! hurla-t-elle avec véhémence. Heureusement que j'arrive à temps pour vous empêcher de mettre une telle piquette en bouteilles ! Vous voulez la banqueroute de Montauban ?

Les deux associées sourirent de concert.

— C'est ça… Payez-vous ma tête, ajouta la jeune femme. Je vous interdis de poursuivre. Vous m'entendez ?

Béatrice, qui ne comptait pas voir son travail retardé, frappa du poing sur la table la première.

— Ah oui ? Et de quel droit, jeune fille ? Si tu crois que tes quarante pour cent vont te donner le droit de jouer au petit chef avec nous, tu peux toujours les revendre, vu ?

Consternée par réaction imprévisible de sa belle-mère, la néophyte sembla implorer du regard l'aval de Gabrielle.

— Tu apprendras, poursuivit celle-ci, que l'acidité naturelle que tu as sans doute pu remarquer sur l'ugni blanc est des plus intéressantes. Surtout si celui-ci est assemblé avec d'autres cépages qui en seraient déficitaires. Mais bien sûr, si tu pensais goûter aux vins que vont boire les clients dans quelques mois, tu t'es trompée de date…

Le regard de Gabrielle devint plus ironique.

— Tu es comme ces vins, Philippine. Ils ont encore leurs défauts de jeunesse et doivent patienter. Sagement. Laisse donc les vraies professionnelles faire leur boulot. Ceci n'est pas une dégustation, mais un assemblage !

La jeune femme n'eut pas le temps de répondre. De violentes nausées la saisirent. Elle sortit précipitamment, tandis que Béatrice et son amie reprenaient leur travail.

Vers dix heures, elles décidèrent de marquer une pause entre les blancs et les rosés. Gabrielle prépara quelques toasts à base de tapenade d'olives vertes, amandes et basilic. Béatrice, de son côté, rinça les verres utilisés.

— Dis-moi, fit la première, Ludivine t'aurait-elle parlé ?

— Oui, justement. C'est l'un des deux sujets que je voulais aborder avec toi.

Béatrice s'inquiétait beaucoup au sujet de Castaldi, le professeur de français. D'autant plus que si l'histoire était vraie, Tristan en payait les pots cassés. Elle informa son amie de son intention de prendre un rendez-vous avec le proviseur du lycée en présence de l'enseignant et des deux élèves.

— Une confrontation ?

— Oui. C'est certainement la meilleure des solutions pour connaître la vérité.

— Tu as sans doute raison. Ils ne doivent pas perdre leur année.

Gabrielle alignait les toasts en rond sur une assiette.

— Et l'autre chose ? fit-elle en terminant de beurrer la dernière tranche de pain.

— Quelle autre chose ?

— Je ne sais pas. Tu as dit « l'un des deux sujets »...

Béatrice essuyait lentement les verres, prenant le temps de vérifier qu'il ne restait plus aucune trace sur les parois. Ne voulant pas heurter son amie, elle tentait de trouver les mots justes pour lui annoncer qu'Olivier lui conseillait à vendre le château.

— Que se passe-t-il ? Tu es toute pâle ? Ce doit être grave, vu ta tête.

— Oui, en effet...

Gabrielle se servit un toast mais manqua de s'étrangler quand Béatrice, après une profonde aspiration, se jeta à l'eau.

— Je vois, fit la propriétaire de Lou Triadou à la fin de l'exposé. Et qu'en penses-tu, toi ?

— Je crois qu'il n'a pas tort. Montauban est bien trop lourd à gérer. Quant à l'exploitation, elle est beaucoup trop endettée pour rester rentable.

— Je sais. Mais il faut nous donner un peu de temps.

— En avons-nous seulement ?

— Mais oui. Avec la prise de participation de Philippine, nous avons quelques fonds maintenant.

— Olivier et moi pensons que cet argent sera tout juste bon à couvrir une partie de nos dettes ! Et puis, tu te vois avec elle sur le dos toute la journée ?

Bien que la situation ne s'y prêtât guère, Gabrielle sourit en revoyant la mine verdâtre de Philippine lors de sa dégustation de vin jeune.

— Non, pas vraiment.

— Olivier dit que ce serait encore pire avec des actionnaires étrangers. Nous n'avons plus le choix, tu sais ?

Son interlocutrice sourit.

— « Olivier pense », « Olivier dit… », la taquina-t-elle. Vous réfléchissez beaucoup ensemble… pour de simples amis !

— Que vas-tu chercher là ? s'indigna Béatrice d'un haussement d'épaules.

Gabrielle n'insista pas. Néanmoins, elle devait reconnaître que Béatrice avait raison. Montauban était en grande difficulté. Dans les jours prochains, Simon viendrait avec un état complet des finances et il faudrait certainement prendre une décision. Elle devait se préparer à toute éventualité.

De son côté, Olivier avait rejoint Maude pour une promenade à cheval à travers les Alpilles. Ces longues chevauchées dans la nature représentaient le seul moment où ils pouvaient véritablement se retrouver pour parler de leurs projets communs. Ils cheminaient tranquillement au pas sur un sentier accidenté. Cavaliers émérites tous les deux, Olivier et Maude accédèrent bientôt à un promontoire d'où ils purent contempler à loisir la vallée tout entière. Lescure trouva le moment propice pour lui demander si elle aimerait s'installer au château. Maude resta évasive. Olivier insista. Il voulait une réponse afin de mieux se projeter dans l'avenir, d'officialiser une relation qu'il espérait depuis si longtemps. Les yeux perdus sur la ligne d'horizon, l'air chagrin, Maude laissa volontairement planer le doute quelques secondes, juste assez pour susciter la plus vive inquiétude chez Olivier. Puis, d'une voix tendre mais sans appel, elle déclara son intention de quitter la vallée où elle ne parvenait décidément pas à se sentir à l'aise.

— Je veux rentrer aux États-Unis.

Cette phrase résonna tel un coup de fouet aux oreilles de Lescure, en proie à une angoisse grandissante. Pourtant, à cet instant, il se contint pour ne rien laisser paraître. Son regard s'attarda sur Maude qui, dans une attitude presque infantile, semblait l'ignorer. Une légère brise souleva quelques mèches de ses cheveux, dévoilant sa nuque délicate en partie dissimulée par le col de son blouson en daim. La cavalière se tenait bien cambrée sur une selle patinée par de nombreuses balades sur les chemins pierreux des Alpilles et dans les rizières camarguaises. Quand, enfin, elle jugea le moment opportun de récolter le bénéfice de son savant calcul, elle pencha doucement la tête vers Olivier :

— Tu te souviens de Malibu… Je sais que notre vie est là-bas.

Comment Olivier aurait-il pu oublier l'étendue des plages californiennes, la douceur des hivers ? C'est certainement au bord du Pacifique qu'il avait connu les émotions les plus fortes. Vivre aux côtés de Maude suffisait à son bonheur, peu lui importait le lieu.

— S'il te plaît, reprit-elle avec fougue, les yeux étincelants d'une lueur nouvelle, vends tout et partons ensemble, loin d'ici. Nous avons été si heureux là-bas, alors que cet endroit ne te rappelle que de douloureux souvenirs.

Maude venait manifestement de marquer un point. Et ce dernier argument pèserait de tout son poids dans la décision d'Olivier.

Maude regagna Lou Triadou, soûlée de grand air mais ravie de cette virée équestre avec Olivier. Elle se dirigea vers le secrétaire du salon où Gabrielle avait l'habitude de déposer le courrier. Une lettre lui était destinée. Surprise de recevoir du courrier ici, elle saisit la grande enveloppe, intriguée. Qui pouvait bien lui écrire ? L'expression de son visage se détendit lorsqu'elle en sortit quelques clichés…

XIX

Tout le village s'était retrouvé aux abords du pont qui enjambait le Gaudre, sur les terres de Montauban. Chacun allait de son commentaire et tentait de mieux voir ce qui se déroulait près des fourgonnettes de gendarmerie.

Après la première série d'assemblages, Gabrielle était sortie vers onze heures trente, pressée de rejoindre les autres vignerons au Laetitia. Simon devait leur faire de nombreuses révélations. Elle était en train de rouler sur la passerelle quand son regard se posa machinalement sur les eaux du canal d'irrigation, en contrebas. Elle n'y avait tout d'abord prêté aucune attention. Quelques mètres plus loin, sa Land Rover avait pilé dans un nuage de poussière avant de revenir quelques tours de roues en arrière. La conductrice était alors descendue. Interloquée, elle venait d'apercevoir, entre les hautes herbes, le corps inerte d'un homme flottant à la surface de l'eau.

— Sait-on qui c'est ? jacassait Amélie Rivière.

— Jean-Pierre Fabregat, lui répondit Bertrand Certoux.

— L'assureur ?

— Eh oui…, soupira le vigneron d'un geste impuissant. Avec ce malheur, c'est pas demain la veille que nous serons indemnisés.

De l'autre côté du cours d'eau se tenait Élie. En sa qualité de maire, il avait eu accès au périmètre interdit et semblait complètement dépassé par les événements. Un cadavre sur sa commune… Voilà qui n'arrangeait pas vraiment les affaires d'un village pourtant si calme d'habitude. Il dénoua le col de sa chemise, en proie à de subites bouffées de chaleur. Non loin de lui, Gabrielle venait de terminer sa déposition, soutenue par Simon qui l'avait rejointe dès qu'il avait appris ce qui s'était passé. L'avocat livra aux gendarmes tous les éléments dont il disposait de son côté, afin qu'ils puissent diligenter leur enquête, en se gardant bien toutefois de révéler ses sources.

— Pouvez-vous m'expliquer ? lui demanda la jeune femme quand elle se fut éloignée du fourgon bleu marine.

Simon lui donna des informations plus précises, tout en lui demandant d'oublier certains détails.

— Que pouvons-nous faire maintenant ? conclut-elle.

— Chercher à qui profite le meurtre, bien sûr. Car nous savons bien que Fabregat n'est pas mort accidentellement. C'est pourquoi j'ai mis les autorités sur le coup. Ils auront vite fait certaines rapprochements… Maintenant, je vous laisse, j'ai d'autres renseignements à vérifier. Et puis il faut que je termine l'analyse de la situation comptable de Montauban pour vendredi.

Blanche comme un linge, Gabrielle se dirigea vers Selim qui était en discussion un peu plus loin avec Fanette.

— Ça ne va pas ? s'inquiéta-t-il.

Elle s'apprêtait à répondre quand son regard porta sur Fanette. Aucun son ne parvint à sortir de la bouche de Gabrielle, tant elle était consternée par l'attitude pour le moins étrange de son amie qui, les yeux figés sur les eaux du Gaudre, psalmodiait des propos incompréhensibles.

Ex humo malum te nuntiabit… Aqua vitae fons, cum traiecto judicatur.

— Que dis-tu ? lancèrent de concert les propriétaires de Lou Triadou.

— De la terre, le mal t'informera… Eau, source de vie, sur son passage jugera.

La pauvre femme les considéra d'un air implorant.

— Il est grand temps que je vous parle…

Retranchée au premier étage de La Commanderie, Philippine venait de prendre sa décision. Ce bébé était certainement un don du ciel, l'espoir qui lui permettrait peut-être de se dégager d'un mariage stérile tout en lui garantissant les mêmes droits sur son héritage. En effet, si elle parvenait à faire reconnaître l'enfant par son mari, ils pourraient être libres tous les deux. Louis aurait un héritier, le fruit précieux de l'union entre les deux familles rivales depuis toujours. Restait à Maxime à accepter le marché. Sans plus attendre, la future maman partit le rejoindre dans le grand salon.

— J'ai une proposition à te faire. Une proposition honnête, jugea-t-elle bon de préciser. Maxime eut un sourire sarcastique.

— Grand-mère me disait toujours de me méfier de celui qui loue les vertus de l'honnêteté.

— S'il te plaît, Max ! soupira Philippine. Laisse Victoire où elle est.

— Bien sûr. C'est beaucoup plus pratique pour toi et Louis ! Tu crois que j'ignore quels sont vos desseins à tous les deux ?

Sa femme leva les yeux au ciel. Il remettait encore une fois Montauban sur le tapis et allait lui resservir le même discours. Elle avait eu tort de penser qu'il pourrait l'aider à trouver une solution. Maxime était… borné.

— Tu veux divorcer ? s'écria-t-elle soudain. Très bien, moi aussi. J'ai le moyen pour y parvenir au plus vite. Mais pour cela, j'ai besoin de ta collaboration.

Son mari marqua un temps d'hésitation, examinant sa femme avec méfiance.

— J'accepte de t'écouter. Je dois aller à Montauban, accompagne-moi, tu m'expliqueras tout ça en route.

Dans le village déserté, les curieux étant trop affairés autour de Montauban, Fanette put traverser la grande place en toute discrétion. Elle emprunta la route d'Arles jusqu'aux limites méridionales de la commune. Là, au détour d'un virage un peu raide, s'élevait une colonne de fumée, derrière une haie de feuillus. Elle déposa sa bicyclette contre le tronc craquelé d'un chêne kermès et poursuivit son chemin à pied. Le camp gitan lui apparut, voilé dans la brume. Fanette pénétra dans l'enceinte du camp. L'implantation de chacune des roulottes de bois respectait un ordre hiérarchique très précis. Elle se dirigea vers la première, d'un jaune lumineux comme une étoile, *estrella* en langue gitane. Dans un courant d'air, une des fenêtres claqua, au risque de briser l'un des carreaux finement ciselés. Quelqu'un la ferma de l'intérieur. C'était Rita. Depuis son mariage cinquante ans plus tôt, elle dissimulait sa magnifique chevelure sous un foulard noué sur la tête, ne parlait jamais, mais son regard vif se chargeait de véhiculer tout ce que sa bouche taisait. Quand elle surprit Fanette, la vieille femme aux nobles traits esquissa un sourire, avant de lancer un signe de tête dans sa direction. La porte s'ouvrit. Le patriarche apparut, dans un silence grave. Se sentant comme une intruse, Fanette hésita à avancer. Pourquoi la fatalité avait-elle voulu que ces braves gens soient mêlés à son histoire ? Ils avaient déjà tant de problèmes au quotidien.

Depuis son retour dans la vallée, Fanette avait voulu à de nombreuses reprises venir jusqu'à eux, mais le courage lui avait manqué. Elle avait même cru pouvoir y parvenir quelques semaines plus tôt, lorsqu'elle avait croisé Ricardo par hasard sur la route du village. Mais ce jour-là, elle était encore trop bouleversée par cette étrange apparition dans la clairière, et elle n'avait pas trouvé la force d'affronter les ombres du passé, de renouer avec son histoire, leur histoire à tous les trois. Pour elle, *Bluma* était morte. Elle l'avait oubliée au gré de ses lointains périples autour du monde, persuadée qu'il en était mieux ainsi. Ricardo ouvrit de larges bras généreux. Un soleil éclatant illuminait son regard, tandis qu'une vive émotion émaillait sa voix.

— Bienvenue chez toi, Bluma.

Elle le suivit à l'intérieur de la roulotte, un vénérable ouvrage façonné dans les années trente par Pont-du-Château. Ici, la magie du bois, des vernis, des sculptures se jouait des reflets de la lumière filtrée par quatre ouvertures. Les teintes chatoyantes de la pièce principale distillaient le savoureux mélange de l'exubérance gitane empreinte de piété. Fanette prit place dans un fauteuil en velours grenat élimé, face à Ricardo. Rita, pour sa part, prépara un café noir qu'elle servit accompagné d'une pointe de rhum.

— Je l'ai vu l'autre jour, juste avant de te croiser, Ricardo. C'était à Bounias.

Le patriarche déglutit lentement, sans ciller. Rita baissa la tête, se signa trois fois avant de baiser son pouce en murmurant un *Santa Madre de Dios*.

— Elle m'a mise en garde contre les signes qui pourraient se manifester. Et ils se sont manifestés. La fontaine a déversé des filets d'eau rougie par la bauxite. Elle m'avait dit : *De la terre le mal frappera…* Et il a frappé. Ce matin, la gendarmerie a repêché un cadavre sur les terres de Montauban.

Fanette les regarda tour à tour.

— Nous savons que ça ne s'arrêtera pas là, n'est-ce pas ?

Le vieux gitan inspira profondément, puis leva un œil sur sa femme. D'un signe de tête, elle lui donna son accord silencieux.

— Rita a senti des esprits, elle aussi. Le malheur va encore frapper.

— Je le pense aussi. Mais que pouvons-nous faire ?

— Prier et invoquer la miséricorde divine.

— Il y a forcément un moyen d'enrayer cette malédiction !

— Il faut retrouver la source de cette légende, sans quoi nos cœurs saigneront encore.

— Et lui, comment va-t-il ? s'enquit-elle. Il ne sait rien ?

— Non. Dieu merci.

— Tant mieux. Nous devons le protéger. Aujourd'hui encore plus qu'hier.

Après leur entretien, Ricardo raccompagna Fanette à sa bicyclette. Au moment où elle saisit la selle, ses doigts entrèrent en contact avec une substance poisseuse qui souillait l'assise.

— Regarde, s'écria-t-elle, ma main est comme rouge de sang.

Leurs yeux se portèrent sur le chêne kermès. Des filets sombres s'écoulaient lentement le long du tronc. Ricardo prit un peu de la substance et la porta sous son nez pour l'identifier.

— C'est la *grana*, la graine de l'arbre. Ton vélo a dû en écraser quelques-unes à la base des rameaux. C'est avec ça que les anciens teignaient leurs vêtements.

Le vieux gitan poursuivit, soudain troublé :

— Ce qui est bizarre, c'est qu'elle se récolte en mai d'ordinaire…

Fanette se figea, sous l'emprise d'une nouvelle vision, cette fois-ci effroyable. Ses lèvres glacées psalmodiaient la même litanie : « De la terre le mal t'informera… De la terre le mal t'informera… De la terre le mal t'informera… »

La journée fut éprouvante pour tout le monde. Principalement pour Gabrielle, qui, ce soir-là, ne pouvait trouver le sommeil, hantée par la vision du cadavre flottant sur le canal, non loin de la maison. Selim l'enlaça pour la réconforter.

— Veux-tu que je te prépare une infusion de thym et de tilleul ? C'est excellent pour lutter contre les angoisses.

— Merci, c'est gentil, dit-elle d'une voix éteinte, mais je crains que tout le thym de nos collines n'y suffise pas.

Appuyée contre le torse rassurant de son mari, Gabrielle se sentait en totale sécurité. Mais elle ne parvenait pas à chasser les sombres pensées qui l'assaillaient. Elle avait un sens inné du danger, le devinait aussitôt, sans doute par expérience. Depuis quelque temps, la jeune femme le sentait proche, plus menaçant que jamais. Elle repensait à sa conversation avec Béatrice qui lui avait fait part de ses doutes à propos de la viabilité de Montauban, mais surtout à l'incroyable histoire de fantômes de Fanette. Comme s'il devinait ses préoccupations, Selim lui demanda si elle croyait aux phénomènes paranormaux.

— Je sais que la raison ne peut accorder de crédit à ce genre de phénomène, avoua-t-elle. Moi-même, j'ai parfois du mal à le reconnaître. Mais je suis provençale. J'ai été nourrie dès mon plus jeune âge par les farfadets, le Drac du Rhône, l'hydre à sept têtes, la Tarasque et la masco de Taven. Ils font partie de ma culture, de mes origines. Le fantastique n'a rien d'étonnant chez nous, car cette terre est celle des légendes. La vallée fourmille de lieux de culte, depuis les temps les plus anciens. Ici, la magie se vit au quotidien, sans autre explication. Rien ne me passionne autant que le fabuleux. Le grand Mistral disait que « notre vie réelle, si ardente soit-elle, n'est à l'égard du mythe qu'un pâle reflet de soleil ». Les gens d'ici n'ont pas besoin de preuves, ils savent, rien qu'en écoutant leur cœur.

— Et toi ? Tu sais ?

Gabrielle parut ennuyée.

— Je sais que les ennuis ont commencé et que l'avenir risque d'être mouvementé.

Pour seule réponse, Selim déposa un tendre baiser sur le front soucieux de son épouse.

XX

Le mauvais pressentiment de Gabrielle se confirma les jours suivants. Même le temps s'était mis de la partie. Les belles journées d'automne s'en étaient allées, ne laissant qu'un ciel morose. En tout début de matinée, elle avait enfin obtenu un rendez-vous avec Castaldi et le proviseur pour tirer les choses au clair. Elle se rendit donc au lycée avec son fils, Béatrice et Ludivine. Face à elles, le professeur de français avait fait preuve d'une éloquence magistrale, convaincu lui-même par ses propres mensonges. Mais lorsque l'adolescente s'était chargée de démentir, il avait perdu pied instantanément, indigné par de telles accusations. La sanction contre Tristan fut ajournée. Il restait maintenant à savoir dans quelles conditions le lycéen passerait le reste de l'année... Ce qui dérangeait le plus Gabrielle était bien sûr l'attitude de son fils à son égard. Son changement de comportement, cette agressivité dans ses propos quand il s'adressait à elle. Parfois, elle le soupçonnait de vouloir lui faire payer le décès de son père, sans doute parce qu'à cette époque, elle n'avait pas suffisamment prêté attention à lui. Selim, en revanche, avait toutes les grâces à ses yeux. Gabrielle n'éprouvait bien sûr aucune jalousie, elle comprenait que l'adolescent ait besoin de s'identifier à un modèle paternel. Et Selim remplissait ce rôle à merveille.

Sans relâcher son attention de la route qui la ramenait à Montauban, Gabrielle repensait à cette conversation qu'elle avait eue avec Béatrice dans les chais à propos de l'avenir du château… Dans moins de deux heures, elle serait fixée. La jeune femme était consciente que la situation était loin d'être brillante. Mais en éternelle optimiste, elle était sûre qu'avec de la bonne volonté, du travail et de l'opiniâtreté, une situation désespérée pouvait toujours être renversée. Mais que se passerait-il si Philippine décidait de tout vendre ? Du côté de Béatrice et d'Olivier, elle ne s'inquiétait pas. Jamais ils ne la mettraient en difficulté. Était-il temps de croire aux miracles ? Après tout, si les fantômes existaient, pourquoi pas les miracles ?

Gabrielle était perdue dans ses pensées quand l'image du cadavre à la surface de l'eau lui revint à l'esprit. L'enquête se poursuivait et, pour l'heure, la seule rumeur venant du village était que Fabregat avait reçu un coup sur la tête avant de mourir par noyade. Selon toute vraisemblance, il s'agissait d'un homicide. Un meurtre chez les vignerons ! Tous furent entendus, même Selim… Les enquêteurs avaient eu vent des déclarations de Bertrand Certoux, du domaine des Baux, lors de la première réunion des sinistrés, propos qui lui portèrent préjudice car il fut retenu plus longtemps que les autres dans le bureau des enquêteurs. Mais il avait un alibi solide qui le mettait totalement hors de cause. Et puis, il y avait les visions de Fanette. Gabrielle prêtait foi à ce que son amie racontait. Sans autre raison qu'une simple intuition. Le jour où l'eau s'était mise à « pisser l'sang comme cochon », pour reprendre l'expression d'Élie, Gabrielle se trouvait juste à côté de Fanette, sur la place du village. Elle avait pu sentir cette onde glaciale qui avait secoué son amie, juste avant qu'elle ne prononce ces quelques mots : « De la terre le mal frappera. » Lors de la découverte du corps, elle avait même rajouté : « Eau, source de vie, sur son passage jugera. » Et Fabregat était mort par noyade… Gabrielle décida soudainement de faire un crochet par la maison de Fanette. Elle voulait éclaircir certains points. Hélas, elle trouva porte close. Aussi griffonna-t-elle sur un petit morceau de papier qu'elle voulait la voir de toute urgence, et glissa le billet sous la porte.

Ce vendredi-là, à dix heures trente très précises, tous les actionnaires de Montauban se retrouvèrent dans le bureau de Victoire. Sous le portrait en pied de celle qui avait porté le domaine à son apogée, ses successeurs allaient prendre connaissance de l'état actuel de leur patrimoine. Quand Simon prit la parole, il paraissait visiblement mal à l'aise, tant il redoutait ce qu'il devait leur annoncer. Au regard du bilan, Montauban était en train de sombrer…

— Mais il y a la vendange de cette année, lâcha Philippine.

— Elle est inférieure à celle de l'année dernière de plus de trente-sept pour cent !

— Il y a bien un moyen, non ?

— Il faudrait pouvoir vendre en direct et non plus passer par les canaux de distribution habituels, avoua Gabrielle.

— Dans ce cas, qu'attendons-nous ? reprit Philippine, naïve.

L'assemblée sourit. Depuis des années, Montauban essayait en vain de s'affranchir de cet intermédiaire trop gourmand mais indispensable sur un marché des plus verrouillés. Simon prit quelques minutes pour expliquer à la jeune actionnaire la complexité du négoce en vin. Plus de quatre-vingts pour cent de la production était écoulée par de grands négociants dont la commission était énorme. Il ne restait qu'une trop petite quantité pour la vente directe dans les chais du château.

— Le seul client que nous ayons en direct est maintenant le groupe Alliance, fit Gabrielle, tout en faisant un geste de la main en direction de Maude.

— C'est vrai, reconnut l'avocat. Ce paramètre est à prendre en compte car on pourrait essayer d'inverser la tendance. Néanmoins, je me suis livré à un petit calcul. Si vous ne voulez pas avoir de dettes l'an prochain, il faudrait, pour payer les charges, les fournisseurs, les emprunts en cours, les amortissements et tout le reste, que Mérentier absorbe plus de quarante-huit pour cent de la production en direct. Les visages devinrent blêmes. L'objectif était impossible à atteindre, et chacun autour de cette table le savait.

— Que nous conseillez-vous, Simon ? lança Gabrielle d'une voix déjà résignée.

L'homme de loi redoutait cette question plus que tout car la réponse, il le savait, serait cruelle pour les actionnaires de Montauban. Mais il se devait d'être honnête.

— Je crains, hélas, que vous n'ayez d'autre choix que... de vendre.

— C'est carrément hors de question, s'écria Philippine, bondissant de sa chaise.

Maxime l'obligea à se rasseoir, tandis que, de son côté, la propriétaire de Lou Triadou digérait péniblement la nouvelle. De combien de temps disposaient-ils avant que la situation ne soit complètement irréversible ?

— Un exercice comptable, tout au plus, trancha l'avocat.

— Très bien, conclut-elle d'une voix déterminée. Dans ce cas, nous savons ce qu'il nous reste à faire.

— Ah oui, quoi ? fit Maude, déjà inquiète de ce qui pouvait germer dans l'esprit de Gabrielle.

— Tout mettre en œuvre pour que Montauban développe les ventes en direct.

À l'autre bout de la table, son amie n'en revenait pas. Au bord du gouffre, l'irréductible ne renonçait toujours pas. Cette réaction la laissa sans voix. De toute façon, elle n'avait rien à dire.

— Tout à fait d'accord avec toi, renchérit Philippine. Je vais vous aider. Je suis certaine que nous pourrons y arriver.

Beaucoup plus timorés, Béatrice, Selim et Olivier restaient muets, sans pour autant partager l'optimiste de l'une ni le défaitisme de l'autre. Me Robin proposa à tous les actionnaires de valider leur choix au cours d'une assemblée extraordinaire qu'ils fixèrent à la semaine suivante. La réunion terminée, les discussions se poursuivirent en petits comités. Philippine parlait à tort et à travers, fébrile et enthousiaste. Elle réussit même à soutirer quelques sourires amusés à Olivier. Maude, restée seule dans son coin, serrait sa flûte de champagne entre ses doigts crispés. Cette stupide écervelée risquait de contrarier tous ses projets. À bout de nerfs, elle décida de partir.

— Vous nous quittez déjà ? lança Philippine. Attendez une seconde. Maxime et moi avons quelque chose à vous annoncer.

Le jeune homme devint rouge comme une pivoine, et Maude de plus en plus inquiète.

Tout excitée, l'héritière des Souléïades enroula tendrement son bras autour de celui de son mari, elle inclina la tête sur son épaule avant d'annoncer avec un sourire ému qu'ils attendaient un heureux événement. Cette fois, c'en était trop pour Maude ! Elle tourna les talons, le cœur au bord des lèvres. Béatrice, particulièrement, ne comprit pas cette réaction qui éveilla quelques soupçons en elle. Une telle attitude devait sans doute dissimuler un motif beaucoup plus inavouable. La jalousie ne guidait pas cette idée, seule la notion de danger mettait ses sens en alerte.

— Cette femme n'est pas là pour reconquérir Olivier, se confia-t-elle à Gabrielle. Elle vise autre chose, j'en suis certaine…

Quand ils furent seuls dans la voiture, Maxime s'en prit violemment à sa femme. Le jeune homme, pris au dépourvu, s'était vu endosser la paternité d'un autre sans même avoir donné son aval, ce qui le rendait d'autant plus furieux.

Alors qu'ils quittaient Montauban, ils aperçurent Manolo travaillant dans les vignes, consciencieux. Ni Maxime ni Philippine n'émirent la moindre remarque, pressés de partir au plus vite. Brutalement, Maxime arrêta la Porsche dans un crissement de pneus.

— Max ! Ça va pas ? s'écria Philippine d'abord surprise, puis rapidement angoissée par ce qu'elle soupçonnait. Qu'est-ce que tu fais ?

Le gitan releva la tête de sa rangée, étonné de voir Maxime Lescure venir d'un pas décidé dans sa direction. Il redoutait cette confrontation depuis des semaines, mais il s'y était mentalement préparé.

— Je présume que tu n'es pas au courant, attaqua d'emblée le mari bafoué.

— Max, non ! hurla la jeune femme qui l'avait suivi dans le vignoble. Arrête ! Je t'en supplie.

— Philippine est enceinte ! poursuivit-il sans ménagement. Elle vient de l'annoncer à tout le monde. Et devine quoi ? C'est à moi que revient la charge d'élever ton bâtard.

Manolo, interloqué, questionna du regard la jeune femme qui baissa les yeux.

— Alors écoute-moi bien, maintenant, avertit Maxime, je prendrai tout sur moi et jouerai les pères modèles. Mais deux mois après la naissance de cet enfant, je demande le divorce et vous vous cassez tous les trois. Vu ? Toi, à partir de maintenant, tu te tiens à carreau. Tu ne vois pas ma femme, tu ne la contactes pas. Rien, sans quoi je te fais la peau. C'est compris ?

Manolo était consterné par ce qu'il venait d'apprendre, et de façon si brutale. Il acquiesça, blessé d'avoir été écarté de la confidence, trahi par celle qu'il avait crue différente malgré les mises en garde de Ricardo ou de Selim, mais surtout vexé contre lui-même d'avoir pu penser un instant que l'amour serait plus fort que l'argent. Il ne parvenait pas à détacher son regard de Philippine, complètement aux abois. Puis, sans autre explication, le couple s'éloigna.

Dans l'après-midi, Gabrielle se présenta chez Fanette. La propriétaire de Lou Triadou trouvait particulièrement troublant que Fabregat soit mort noyé alors que les prédictions de la Dame blanche étaient explicites. « Eau, source de vie, sur son passage jugera. »

— Je me suis fait la même réflexion, reconnut Fanette.

— Quelles étaient les autres phrases ?

— « De la terre le mal t'informera. D'air, le souffle reprendra. Et par le feu, le troisième innocent périra. »

— As-tu eu de nouveaux signes ?

— Oui, au camp gitan.

Fanette se servit une nouvelle tasse de thé vert. Lentement, elle souffla sur le liquide parfumé avant de reprendre son exposé. Selon elle, il ne faisait aucun doute que le chêne ensanglanté correspondait un nouvel oracle. Un autre malheur allait s'abattre sur le village. Mais elle n'avait toujours aucune explication.

Dès qu'elle entendit la voix d'Olivier dans le vestibule de Lou Triadou, Maude sut qu'elle n'avait rien perdu de son ascendant sur lui. Tristan lui indiqua qu'elle se trouvait dans sa chambre à l'étage. Olivier frappa délicatement à la porte, qu'elle avait laissée volontairement entrouverte, puis glissa la tête dans l'entrebâillement.

— Qu'est-ce que tu fais ? lâcha-t-il presque vexé.

— Je range mes affaires.

— Je le vois bien. Mais pourquoi ?

Avec une déconcertante facilité, Maude lui répondit doucement qu'elle avait décidé de rentrer chez elle. Le sang de Lescure se liquéfia à l'idée de la perdre à nouveau. Il se fit conciliant, prêt à tous les sacrifices pour que la vie ne l'arrache plus jamais à lui. Il enlaça maladroitement les frêles épaules de Maude, lui rappelant son amour pour elle et que l'éternité se construisait ici, maintenant, dans les épreuves qu'ils traversaient.

— Écoute-moi, je t'en prie. Laisse-nous un peu de temps. Juste assez pour que Montauban soit à nouveau sur pied.

— Tu es aussi idéaliste que les autres ! rétorqua-t-elle, presque cinglante. Le château ne sera jamais rentable. Gabrielle est complètement folle de s'attacher à ce tas de pierres. J'ai essayé de lui parler en rentrant, mais il n'y a rien à faire. Elle s'obstine. Je ne veux pas voir ça. Pas plus que je ne souhaite poursuivre une liaison avec toi dans ces conditions. Notre vie est ailleurs, et tu le sais bien. Rien ne nous retient ici. Rien. Alors, si tu le veux, viens avec moi, ou tout est définitivement fini.

— Tu sais bien qu'entre Montauban et toi, mon choix est déjà fait.

Maude sourit tristement. Olivier la serra dans ses bras en lui déclarant combien il l'aimait. Une lueur de cupidité brilla dans le regard de la jeune femme lorsqu'elle s'apprêta à lui poser la question qui la préoccupait le plus. Une question qui, en moins de trente secondes, l'avait décidée à sortir précipitamment son sac pour y jeter quelques affaires dès qu'elle avait entendu la voix d'Olivier au rez-de-chaussée. Pour l'heure, sa mise en scène fonctionnait à merveille.

— Que vas-tu voter la semaine prochaine ? demanda-t-elle à son amant.

— Ce que tu voudras. Si ce tas de pierres est un obstacle entre nous, eh bien je suis prêt à m'en défaire.

Le pouvoir agissait sur Maude comme le plus puissant des aphrodisiaques. Reconnaissante, elle lui offrit le plus tendre des baisers.

Vers vingt-trois heures ce soir-là, Manolo reçut un SMS de Philippine qui lui donnait un rendez-vous près du moulin de Daudet. Elle voulait absolument lui parler. Le jeune homme quitta sa roulotte et, sans donner aucune explication à Ricardo qui s'inquiétait de cette sortie nocturne, il emprunta la route de l'Oratoire pour gagner l'allée des Pins plus rapidement. La pluie avait cessé, mais la tramontane coupait le souffle de son froid intense. Manolo pensait à ce qu'il pourrait lui dire, à la colère qu'il ressentait d'avoir été aussi lamentablement traité. Il ne croyait pas qu'une *gadgé* puisse avoir des remords. Son grand-père l'avait suffisamment mis en garde contre les *gadgi* tout au long de son enfance. Aujourd'hui, le jeune gitan s'apprêtait à en payer le prix fort. Il allait être père d'un enfant qu'il ne verrait pas grandir… Arrivé sur la plate-forme, aucune silhouette ne se détachait sous le clair de lune. La bâtisse transformée en musée était fermée, bien sûr. Sans doute était-il en avance… En appui sur la traverse d'une des ailes du moulin qui était retenue à terre par une corde rivée au sol, Manolo alluma une cigarette. Saisi par le froid, il resserra ses coudes sur l'entretoise horizontale. Il donnait encore quelques minutes à Philippine pour s'expliquer, avant de rentrer se mettre au chaud. Soudain, il sentit une pression retenir chacun de ses avant-bras sur le large chevron.

— Philippine…, sourit-il sans chercher à se débattre. À quoi joues-tu ? Tu me mets des menottes ?

— Chuuuut !

Puis, le gitan sentit qu'on lui ligotait les pieds de la même manière. Il chercha à tourner la tête, sans y parvenir. Rien ne se produisit pendant quelques secondes. Puis, subitement, le paysage qui s'offrait à lui un instant auparavant disparut de sa vue. Un sac en plastique recouvrait sa tête à présent.

Pris de panique, Manolo se mit à crier, ce qui ne fit qu'aggraver les choses. Ses narines s'étaient collées contre le sachet hermétique, le privant d'air. Mais il était déjà trop tard. Une masse sombre brandit derrière lui une hache. Puis, d'un coup sec, une main gantée abattit l'énorme lame sur l'épaisse corde qui retenait au sol les ailes du moulin.

Emportée par le souffle de la tramontane, la pale s'éleva dans le ciel, entraînant Manolo Estrella à dix mètres de la plate-forme, la tête en bas.

XXI

Le maire avait eu un mal fou à trouver le sommeil. La sonnerie du téléphone le réveilla en sursaut. Qui pouvait donc l'appeler si tôt le matin ? Une boule d'angoisse le saisit à la gorge.

— Il faut que vous veniez de toute urgence à Saint-Pierre.

C'était le guide de l'office du tourisme. Au timbre de sa voix, Élie comprit qu'il n'avait pas le choix. Ses fonctions ne lui laisseraient donc aucun répit. Il enfila à la hâte un velours côtelé et quitta le Laetitia, les cheveux en bataille et les traits tirés. Il emprunta d'un pas alerte le sentier Daudet. À mi-parcours le raidillon formait un coude, près des ruines de Tissot, le premier des quatre moulins dominé par Saint-Pierre. Ces vestiges du passé étaient la fierté du village. Le souffle court, il fit une pause en prenant appui sur une meule en pierre.

— Qué cagade… Quand la vieillerie vous tient !

Élie s'arma de courage en voyant le chemin qui lui restait encore à faire. Il ne se trouvait qu'à un jet de pierre de son but, mais la distance lui semblait impossible à parcourir. Depuis le temps qu'il envisageait de consulter le Dr Barthélemy. Cette fois, il prendrait rendez-vous… Il rejoignit enfin le moulin de Saint-Pierre, symbole immuable de la provence ancienne où, jadis, maître Cornille extrayait sa précieuse farine. Quelques badauds formaient un noyau dense, ils étaient serrés les uns contre les autres et bouleversés par l'effrayant spectacle qui s'offrait juste au-dessus de leurs têtes. Un cadavre pendait de la plus haute pale de moulin. Des corbeaux, attirés par l'odeur de la mort, dessinaient de larges cercles autour de ce corps désarticulé.

Un cadavre ! Un deuxième cadavre en moins d'une semaine. Une véritable malédiction pour le village ! Atterré, le maire parvint à rejoindre le capitaine de gendarmerie et le guide de l'office du tourisme, qui était arrivé le premier sur les lieux. Celui-ci lui expliqua qu'il avait découvert le corps vers sept heures alors qu'il venait effectuer l'inventaire de la boutique du musée. Il fallut une dizaine d'hommes pour libérer les ailes du moulin de leur entrave. Avec précaution, ils arrimèrent l'aile et détachèrent le corps qu'ils déposèrent sur une civière. Après avoir pris quelques clichés, un responsable de la police scientifique ôta le sac en plastique qui recouvrait la tête du malheureux.

— Manolo, souffla Élie attristé.

Le visage du pauvre gitan était bleu, les traits marqués par un rictus terrifiant qui trahissait sa lente agonie, mais surtout la peur qui avait dû le saisir quand il s'était retrouvé face à son agresseur.

— Vous le connaissez ? demanda l'un des enquêteurs.

— Oui, fit Élie, très ému. Il s'agit de Manolo Estrella. Il habite le camp gitan, sur la route d'Arles.

— Je vois… Sans doute un règlement de comptes, en déduisit froidement le gendarme.

Béatrice et Olivier venaient d'arriver sur les lieux du drame. Depuis le début de la semaine, la jeune femme cherchait comment lui faire part de ses doutes au sujet de Maude. Agrippée à son bras, et bien que le moment fût mal choisi, elle lui dit ce qu'elle avait sur le cœur.

— Fais attention, conclut-elle, mon intuition me dit qu'elle a certainement d'autres projets que celui de poursuivre une histoire avec toi.

Lescure considéra Béatrice d'un regard ironique.

— Mais ma parole, tu es jalouse ! Je me disais bien que ta sollicitude à mon égard n'était pas naturelle. Ce n'est pas très honnête de ta part d'incriminer ainsi celle que j'aime, lui répondit Olivier, profondément déçu par son attitude. Je n'aurais jamais cru ça de toi, Béatrice. Non, jamais...

Très vite, la polémique s'amplifia dans le village. On parlait déjà de meurtres en série, d'odieux règlements de comptes entre bandes gitanes qui, bientôt, s'en prendraient aux habitants de Fontvieille, à ces *gadgi* qui ne voulaient pas d'eux. Il fallait se mobiliser et en aucune façon s'en remettre à une décision de justice. Les gitans... Bien sûr qu'ils étaient la cause de tous leurs maux. Mais pourquoi la commune accepterait-elle encore ce bidonville insalubre aux portes d'un village sans histoire ? Rien ne serait arrivé si le conseil municipal avait décidé de les expulser...

— Ils n'ont qu'à aller en ville, insista le primeur. Là-bas, au moins, il y a des espaces pour les accueillir. Nous, on a déjà assez de problèmes comme ça.

Élie fulminait en silence derrière son comptoir. L'immense peine qu'il ressentait pour le pauvre Manolo ne l'empêchait pas d'éprouver de l'indignation en entendant les paroles échangées dans son bar. Jadis, il aurait tonné, grondé, craché des éclairs face à une telle infamie.

Quand la nouvelle arriva à La Commanderie, Philippine crut voir son univers s'écrouler. Outre la perte de l'homme qu'elle aimait, elle apprenait dans le même temps les circonstances abominables de sa mort. Hébétée, elle se réfugia dans sa chambre où elle resta prostrée pendant des heures, refusant de parler à quiconque. Comment pourrait-elle oublier le visage atterré de son amant qui, quelques heures plus tôt, avait appris brutalement de la bouche de Maxime qu'il était le père de l'enfant qu'elle portait. Et, pire que tout, le drame était arrivé sans qu'elle ait pu lui donner une quelconque explication. Manolo était mort persuadé d'avoir été trahi par la femme de sa vie... Jamais elle ne se remettrait de ce stupide quiproquo.

Quand Maxime poussa la porte de sa chambre, il eut à peine le temps d'éviter le cendrier que sa femme venait de lui lancer à la figure.

— Va-t'en, sale chacal ! hurla-t-elle. C'est de ta faute. C'est toi qui l'as tué. Oui, toi ! Tu vas le payer. Je le jure !

Le jeune homme resta impassible malgré la colère de Philippine, qui, étonnée de relever malgré tout une certaine compassion dans le regard de son mari, se calma aussitôt.

— Dis-moi que ce n'est pas toi ! implora-t-elle. Dis-le-moi...

Sans la quitter du regard, Maxime lui sourit tristement.

— Je comprends ce que tu ressens, crois-moi. J'ai connu ce genre d'épreuve. C'est pour cette raison que je viens te proposer mon soutien.

Philippine baissa les yeux, un peu honteuse. C'est vrai que lui aussi avait perdu la femme qu'il aimait.

— Pour m'en sortir, reprit-il doucement, j'ai eu la chance de pouvoir compter sur une amie à l'époque. Cette amie c'était toi, Philippine.

Assise devant sa coiffeuse, elle sentit les larmes l'envahir.

— Je veux être là pour toi comme tu l'as été pour moi. Dis-toi qu'il t'aimait vraiment, et que cet enfant de lui que tu portes est un trésor inestimable.

Effondrée, la jeune femme vint se blottir dans les bras de Maxime et sanglota sans retenue.

Carpentras était en pleine effervescence. Peu avant neuf heures, un groupe s'était formé devant le bar de l'Univers, loin des regards indiscrets. Ce rassemblement en apparence anodin marquait un rituel immuable, celui du plus grand marché aux truffes de France où la moindre transaction était un vrai secret des dieux. Parmi la soixantaine d'initiés présents, deux clans se démarquaient très nettement. D'un côté, les courtiers et les conservateurs, de l'autre, les rabassiers, des paysans, pour la plupart munis de discrets paniers en osier remplis de ces diamants noirs. Quand retentit la sonnerie officielle de l'ouverture des enchères, les cercles de vendeurs se refermèrent, et chacun entama les tractations dans la plus grande discrétion. Fanette était la seule femme dans cette institution machiste, mais elle avait su, au fil du temps, se faire respecter. Ce jour-là, elle réalisa une très belle vente.

Sa bonne humeur fut contrariée dès son retour à Fontvieille par un mauvais pressentiment. Son panier sous le bras, elle se dirigea vers la boutique du primeur à qui elle avait réservé ses plus belles truffes, une habitude en souvenir du passé. Au moment où elle franchit la porte, elle sut que son inquiétude était hautement justifiée. Amélie Rivière s'agitait devant le comptoir, tout émoustillée par les derniers événements. Pensez donc ! Un deuxième meurtre dans la vallée ! La commère avait passé son temps à traquer le moindre indice, à épier la moindre réaction suspecte. En moins d'une journée, elle était parvenue à liguer tout le village contre les gitans.

— Alors ? Qu'en dis-tu, Phonse ? Il faut quand même reconnaître que sans eux, notre vallée serait sûrement plus tranquille.

— C'est certain. Ces gitans ne sont pas de notre monde. Et si tu veux le fond de ma pensée, je ne suis pas triste qu'il soit mort, celui-là. Je le revois encore avec ses yeux à faire tourner l'aïoli.

Amélie marqua un temps quand elle aperçut Fanette. Les deux femmes se mesurèrent, avant qu'une étincelle pleine de méchanceté ne brille dans le regard de la commère.

— Et toi, Fanette, qu'en penses-tu ?

Celle-ci hésita à répondre, tant elle était habituée à voir ses propos déformés.

— À propos de quoi ?

Le primeur délaissa ses courgettes et se retourna, consterné.

— Quoi ! Tu n'es pas au courant ?

— Au courant de quoi, Phonse ? sourit-elle presque amusée.

— Du nouveau meurtre, pardi !

Fanette se figea. Sa vision de l'autre soir au camp gitan ne l'avait donc pas trompée. Mais ce qu'Amélie Rivière ajouta fut encore pire.

— Les gendarmes viennent de trouver le cadavre de Manolo. Il se balançait par les pieds aux ailes du moulin Saint-Pierre comme un jambon à sécher.

Horrifiée, Fanette sentit le sol se dérober sous ses pieds. Elle lâcha son précieux panier et partit en courant pour ne pas laisser à ces deux imbéciles le loisir de se réjouir de son infinie douleur.

Elle marcha longtemps, le regard baigné de larmes. Arrivée à la fourche de l'Oratoire, elle remarqua une curieuse lueur qui balayait le ciel, vers l'est, comme si l'aube allait poindre malgré la nuit. Surprise par cette étrange aurore boréale, Fanette mit le phénomène sur le compte de son émotion et poursuivit son chemin. Après avoir dépassé le dernier virage, elle continua de marcher jusqu'au camp gitan. Une lumière plus violente l'aveugla. Un petit nuage de cendres tournoyait au-dessus des bosquets de genévriers. Au centre du camp, la roulotte de Manolo n'était plus qu'un gigantesque brasier.

Fanette avait oublié cette tradition généralement réservée au patriarche. Ricardo l'avait sans doute voulu ainsi pour honorer la mémoire de celui qu'il avait élevé comme un fils. En brûlant sa caravane, c'est sa propre lignée qui partait en fumée, son clan, ses origines. Qui perpétuerait maintenant la tradition ? Le vieil homme se tenait aux côtés de Rita, serrant sa main de toutes ses forces. Dignes malgré leur grande détresse, ils regardaient se consumer les dernières parois de bois de la roulotte.

Fanette s'approcha d'eux. Sans détourner son regard des flammes, Ricardo lui prit le bras.

— Viens pleurer avec nous, Bluma. Viens dire au revoir à ton fils.

Dans la brume matinale de l'hiver, Montauban avait des allures de mirage. Aujourd'hui, une nouvelle page de son histoire allait être écrite. Quelques lignes, suivies de signatures, mettraient fin à la puissante dynastie des marquis de Montauban.

En pénétrant dans le grand bureau de Victoire, Gabrielle sentit que sa vie allait basculer. En avance de quelques minutes, elle attendait l'arrivée des autres, perdue dans ses pensées et ses souvenirs. Philippine se gara enfin dans la cour d'honneur. Elle pria Maxime d'entrer le premier car elle ressentait le besoin de prendre un peu l'air avant de franchir le seuil de cet endroit où, une semaine plus tôt, elle avait vu Manolo pour la dernière fois. Assommée de tranquillisants, la jeune femme parvenait mal à dissimuler son chagrin. Elle avait dû aussi répondre aux questions des gendarmes qui n'avaient pas la moindre piste pour l'instant. Obsédée par ce crime odieux, elle était même allée jusqu'à soupçonner son propre grand-père…

D'un pas mal assuré, Philippine avança vers le perron. Elle caressa son ventre encore plat afin de s'assurer que l'enfant de Manolo était toujours bien là. Elle désirait ce bébé plus que tout au monde maintenant, et c'est pour lui qu'elle devait tenir le coup. Maxime lui avait fait comprendre qu'à travers ce cadeau, l'homme qu'elle avait aimé serait toujours à ses côtés.

Au moment où elle posa un pied sur la première marche d'escalier, Maude l'interpella. Que lui voulait-elle ? Sans doute jeter un peu plus d'acide sur ses plaies. Elle n'avait jamais pu supporter cette intrigante, et cette haine était bien réciproque.

— Puis-je vous parler un instant, insista-t-elle.

— Un peu plus tard, je suis lasse.

— Maintenant...

Maude joignit le geste à la parole et retint fermement Philippine par le bras. Celle-ci jeta sur sa rivale un œil irrité.

— Je ne retiendrai pas longtemps une femme dans votre état, lança Maude d'un air déterminé.

— Que voulez-vous ?

Faussement naïve, elle répondit d'un large sourire :

— Pas grand-chose. Je veux simplement que vous votiez la vente du domaine.

Philippine éclata de rire nerveusement.

— Je vous savais aventurière, sans aucune éducation et prête à tout. J'ignorais cependant que vous aviez en plus perdu la raison. Mais vous êtes complètement folle, ma pauvre Maude !

Son interlocutrice se figea.

— Vous savez ce qui nous distingue le plus toutes les deux ?

— La classe ?

— Trop subjectif. Non, la volonté. Vous êtes née avec une cuillère en argent dans la bouche et chaque fois que vous désirez quelque chose, il vous suffit de le demander. Moi, j'ai dû me battre toute ma vie. Alors à votre avis, laquelle de nous deux a le plus de chance d'arriver à ses fins ?

Philippine haussa les épaules et passa son chemin.

— Pas si vite, reprit Maude. Je vous ai demandé quelque chose.

— Je vous ai répondu.

— Vraiment ?

— Vraiment.

— Dans ce cas, il faudra révéler à tout le monde la véritable identité du père de l'enfant que vous portez.

L'héritière des Souléïades eut beaucoup de mal à contenir son trouble. Maude en savait décidément beaucoup.

— Tout le monde sait qu'il est de Maxime ! bluffa-t-elle.

— C'est drôle, ce n'est pas ce que dit votre psy, Fabien Munez. Il s'est montré très éloquent sur le sujet...

— Sale garce, siffla Philippine. Comment avez-vous su ?

— Rien de plus facile. Votre psy a un fâcheux penchant pour les très jeunes éphèbes.

Quand, le moment venu, Simon posa la question fatidique aux différents actionnaires, Gabrielle se déclara opposée à la vente du domaine. Elle leva une main en l'air, immédiatement suivie par Selim. Béatrice hésita. Elle savait qu'elle allait à nouveau décevoir Olivier, peut-être même le perdre à jamais si elle s'opposait à la vente. Mais sa fidélité à Gabrielle restait la plus forte. D'un geste timoré, elle pointa son doigt. Gabrielle lui sourit, soulagée. Elle n'ignorait pas que cette décision aurait pour Béatrice des répercussions autres que professionnelles. Mais la partie n'était pas gagnée pour autant. Il fallait maintenant qu'Olivier se rallie à leur camp pour obtenir la majorité. Lescure les dévisagea tour à tour, conscient que tout reposait sur lui. Puis son regard croisa celui de Maude... Des images de l'énorme gâchis qu'avait été sa vie se juxtaposaient au sourire de celle qu'il aimait. Il baissa la tête, avant de répondre en bredouillant qu'il ne s'opposerait pas à la vente du domaine. Tout le monde resta de marbre, suspendu à la décision de Philippine. Quelques jours plus tôt, celle-ci avait laissé entendre qu'elle suivrait la majorité. Personne ne doutait de sa réponse.

Aussi, quand elle vota pour la vente du domaine, tous furent interloqués.

— Pourquoi ? s'écria Gabrielle effarée.

Elle n'obtint pas de réponse. Philippine venait de quitter le bureau, en proie à une forte nausée. Quant à Olivier, il bredouilla quelques excuses auxquelles il ne croyait pas lui-même.

— En toute honnêteté, vous devriez reconnaître que cette baraque a toujours causé des problèmes aux gens qui l'habitent. Je pense que cette vente pourra nous permettre de repartir sur un bon pied.

— Tous ? Et nous ! s'insurgea Gabrielle. Qu'allons-nous faire ?

— Nous pouvons nous arranger pour ne vendre qu'une partie du domaine, partie qui n'inclurait pas Lou Triadou.

— Mais la société gère tout le vignoble.

— Tout est négociable.

Simon confirma.

— Encore faut-il trouver un acheteur qui accepte cet arrangement, lui répondit vertement Gabrielle.

Maude sortit de la réserve dans laquelle elle s'était volontairement murée.

— Moi, j'en connais peut-être un…

Quelques heures plus tard, Maude Dormeuil déjeunait en tête-à-tête avec Jean-Yves Mérentier. Elle lui fit connaître le résultat du vote de la journée et lui livrait par la même occasion les clés du domaine.

— Bien, bien. Je vois que vous avez tenu vos engagements, chère amie. À présent, nous allons pouvoir faire du bon travail, dit-il en levant sa flûte de champagne pour porter un toast. À vous, chère Maude. À notre collaboration. À la fin de Richard Dormeuil et de son groupe et, surtout, à votre place de directrice dans le futur palace de Montauban.

XXII

La boutique de Phonse devint en quelques jours le bastion de l'opposition à la municipalité en place. Son animosité envers les gitans avait fédéré malgré lui les plus virulents détracteurs du maire. Plus les jours passaient, plus certains d'entre eux voyaient en lui un digne représentant de leurs idées pour les prochaines élections municipales. Phonse, bien que flatté, se sentait malgré tout un peu dépassé par un tel déploiement d'éloges. Surtout, il éprouvait quelques remords à mettre en cause le mandat d'Élie, son ami le plus fidèle. Certes, il ne partageait pas son point de vue au sujet des gitans, et il réclamait davantage de fermeté, mais jamais il n'avait prétendu à quelque fonction officielle dans la commune !

Amélie Rivière ne quittait plus sa boutique. En véritable directeur de campagne, elle vantait à qui voulait l'entendre les mérites de *son* cher primeur, ancien résistant, honnête commerçant, travailleur, courageux, mais, surtout, quelqu'un *bien de chez eux* ! Non sans une certaine fierté, elle ajoutait que nul autre ici ne le connaissait mieux qu'elle. À l'entendre, on les marierait d'ici peu.

Toujours aux aguets, la commère suivait les conversations des uns et des autres en épiant à travers la devanture ce qui se passait dans la rue. D'une oreille distraite, elle écoutait le curé adresser un véritable plaidoyer à Phonse sur la tolérance et l'amour de son prochain... Son attention fut soudain détournée par Gabrielle qui traversait la place.

— Bonjour, Gabrielle, siffla-t-elle en venant à sa rencontre.

— Bonjour, Amélie..., lui répondit Gabrielle, presque gênée.

— Que penses-tu des idées de Phonse ?

La jeune femme ne savait quoi lui répondre. Elle appréciait beaucoup le primeur. Il avait du cœur, certes, mais il ne savait pas toujours s'en servir.

— Et eux, qu'en penses-tu ?

— Qui, Amélie ?

— Bé... eux, dit-elle en pointant avec dédain une main en direction d'Arles. Les romanichels, peuchère !

— Ah, les romanichels..., reprit Gabrielle, un sourire cynique aux lèvres.

Amélie l'agaçait prodigieusement. Cette langue de vipère était capable de la pire des méchancetés. Gabrielle la considéra avec pitié et préféra jouer la carte de la subtilité.

— Je crois que ce sont des gens très bien et qu'ils ont une vie très rude. Des gens qui ne méritent pas de vivre dans des conditions aussi précaires. Des gens qui viennent de perdre l'un de leurs enfants. Des gens qu'il faut aider, comprendre et respecter tels qu'ils sont. Mais, suis-je bête, ironisa-t-elle, ce n'est pas à toi, Amélie, que je vais apprendre ce que l'on enseigne à l'église. J'oubliais que tu étais une fidèle de M. le curé. La bonne parole, tu la connais mieux que personne, n'est-ce pas ?

La vieille masco confirma du chef, mais son regard vira au noir charbonneux, plus sombre encore que son gilet de laine.

Gabrielle coupa court à la conversation, pressée de rejoindre Fanette dont elle n'avait aucune nouvelle depuis plusieurs jours. Dès que celle-ci vint lui ouvrir, la jeune femme lut sur son visage que quelque chose n'allait pas. La maison sentait le deuil. Fanette avait fermé toutes les persiennes. Le salon semblait retenir son souffle dans une pénombre oppressante.

— Que se passe-t-il ? s'enquit tendrement Gabrielle, une main affectueuse sur le bras de son amie.

Après une profonde inspiration, Fanette lui raconta son histoire.

— Il y a vingt-quatre ans, je suis revenue passer l'été dans cette même maison. Je venais de me séparer de mon compagnon et je ne parvenais pas à me remettre de cette rupture. À l'époque, je vivais à Paris. La grisaille de la capitale, son anonymat ne faisaient qu'accentuer ma déprime. Je me souviens d'avoir ressenti le besoin de me retrouver auprès des miens, dans le Sud, au soleil. C'était aussi l'occasion de renouer avec ma sœur Mamette que je ne voyais plus. Je me suis donc installée ici et, très vite, j'ai décidé d'y refaire ma vie. Le destin a voulu que je rencontre Lucien, puis Phonse, des hommes très différents de ceux que j'avais pu fréquenter jusque-là. Notre grande différence d'âge ne m'a jamais gênée, bien au contraire. Je crois que cela me rassurait quelque part. Je sais qu'ils auraient pu, l'un comme l'autre, être mon père... Mais je les ai aimés, sincèrement, différemment.

Les joues de Fanette se creusèrent davantage, ses mâchoires se crispèrent.

— Mais à l'inverse d'une grande ville, tout se sait dans un village. Les commérages sont allés bon train. Et puis je suis tombée enceinte. Je savais que si je gardais cet enfant, j'allais détruire la vie de nombreuses personnes. Moi même, je ne me sentais pas capable de rester. Alors je suis partie, sans but précis. Je me revois marcher sur la route d'Arles, à pied, avec ma petite valise à la main. Je me souviens aussi de la chaleur, cette horrible chaleur qui me comprimait le crâne. J'ai perdu connaissance. Quand je suis revenue à moi, je me trouvais au frais dans une roulotte, celle de Ricardo.

Fanette servit une tasse de thé à Gabrielle, aussi attentive que surprise.

— Lui et Rita, reprit-elle, m'ont accueillie dans leur famille sans rien me demander, sans jamais me juger. Ils n'avaient pas pu avoir d'enfants et me considérèrent bien vite comme leur fille. Ils m'ont donné toute leur amitié, tout leur amour. Là-bas, je me sentais à ma place. Ce sont eux qui m'ont donné le goût du voyage et le prénom de Bluma, la petite fleur en kâlo, la langue gitane. Mon ventre s'est arrondi. Ricardo était fou de joie à l'idée d'avoir un petit-fils. Quand Manolo vint au monde, la fête dura plus de cinq jours. C'est aussi à ce moment-là que j'ai eu ma première vision, celle d'un adolescent qui allait perdre ses parents dans un accident de voiture. Rita s'en est aperçue. Elle m'a fait promettre de prendre soin de moi et d'aller au secours des gens en détresse, ce que j'ai fait. Eux s'occuperaient de mon bébé. Je suis partie sans un mot, mais le cœur lourd, tu t'en doutes. Quel avenir aurais-je pu assurer à mon enfant ? Alors j'ai voyagé, beaucoup voyagé, guidée par mes seules visions, aux quatre coins du monde. Je pense avoir apporté un peu de réconfort à des êtres dont l'existence était difficile. Tous le méritaient. Enfin je crois…

Le regard de Fanette se perdit dans la pénombre.

— Cette errance a duré jusqu'à ce que je reçoive ton message, conclut-elle. Message que j'attendais depuis deux jours. Une vision me l'avait annoncé… Tu connais la suite.

Gabrielle resta un instant silencieuse. Cette histoire la bouleversait au plus haut point. Pendant toute la deuxième partie de son existence, Fanette avait secouru des gens dans le besoin, et elle était, pour eux, passée à côté de son propre bonheur. Les deux femmes discutèrent longtemps. À la fin de la matinée, Fanette raccompagna Gabrielle sur le seuil de sa porte, soulagée d'avoir pu partager sa douloureuse histoire avec quelqu'un. Au moment où elles se quittèrent, une agitation peu commune animait la place. Tout le village semblait se presser au Laetitia. Intriguées, Gabrielle et Fanette décidèrent de suivre les retardataires.

Phonse prêchait en tribune à l'intérieur du café, s'insurgeant notamment contre le laxisme de la municipalité. L'incendie dans le camp avait déclenché une levée de boucliers parmi les administrés. Le pauvre maire, dépassé par les événements, tentait d'expliquer qu'il s'agissait d'une coutume et que l'incendie avait été parfaitement maîtrisé. Mais ses détracteurs ne voulurent rien entendre.

— Vous verrez, monsieur le maire, vitupérait Phonse, emporté par la vindicte générale, un beau jour, ils brûleront nos voitures comme à Marseille, et nos commerces, et nos maisons ! Nous devons agir. Et vite ! Il faut les chasser d'ici. Ce sont de véritables pyromanes. Si ça se trouve, ce sont eux qui ont foutu le feu à notre massif cet été. Quand je vois ça, rugit le primeur écarlate, je me dis que c'est bien regrettable qu'ils n'aient pas brûlé avec. Et si Manolo y est passé, eh bien je dis tant mieux. Tout le monde sait que les louveteaux deviennent un jour des loups !

Cette remarque provoqua un malaise dans les rangs, certains la trouvant quelque peu déplacée. Restée sur le seuil de la porte, Fanette, qui avait entendu les dernières paroles de Phonse, avança révoltée au milieu de la salle, Gabrielle sur ses pas. Phonse se tut en l'apercevant, tout aussi inquiet de son entrée que peu fier de ses propos. Les visages se tournèrent vers Fanette. Posément, elle se contenta de déclarer :

— Comment peux-tu proférer de telles horreurs ? C'est pourtant de ton fils que tu parles…

Les événements se calmèrent d'eux-mêmes la semaine suivante. Les autorités rendirent le corps de Manolo à la famille pour qu'ils puissent procéder à l'inhumation. L'enquête avait conduit la police sur la piste de Farid. Aujourd'hui, c'était celle qui semblait la plus sérieuse. Le jour de l'enterrement, le village presque entier s'était regroupé dans la nef de Saint-Pierre-ès-Liens. D'une certaine façon, beaucoup regrettaient leurs pensées et étaient venus faire amende honorable. Publiquement désavouée par Phonse, Amélie rumina sa défaite dans son coin. Quant au primeur, atterré par ce qu'il avait appris de la bouche de Fanette, il resta prostré dans le noir derrière sa caisse enregistreuse.

Béatrice et Gabrielle rentrèrent à Montauban ensemble aussitôt l'office terminé. En chemin, la conversation tourna autour d'Olivier.

— Comment sont vos rapports, maintenant ? demanda la propriétaire de Lou Triadou.

— Froids. Non, glacials serait plus juste.

— Je vois… Et toi, comment vis-tu cette situation ?

Béatrice s'arrêta net et laissa retomber ses bras en signe d'impuissance.

— Je suis très mal, avoua-t-elle avec de l'amertume dans la voix. Moi qui me croyais indépendante après tout ce que j'ai vécu ! Je me suis laissé bercer par un doux rêve. Je n'ai qu'une envie avec lui, conjuguer le « nous » à tous les temps. Mais j'ai plutôt l'impression que je ne suis douée que pour l'imparfait.

Gabrielle ne sut quoi répondre. Elle se contenta d'embrasser affectueusement Béatrice qui détourna le regard.

Le mois de décembre s'annonçait rigoureux. L'air frais ravivait l'odeur de la terre mouillée. Les vignes, taillées pour l'hiver, scintillaient de mille feux sous le givre. Gabrielle et Selim étaient venus se promener en amoureux dans leur vignoble, pour la dernière fois sans doute… Ce jour-là, ils avaient le cœur lourd. Cette fois, le destin de Montauban allait être définitivement scellé. Le groupe Alliance s'était porté acquéreur de la propriété et comptait la transformer en hôtel de luxe. Quant aux vignes, Jean-Yves Mérentier avait assuré qu'il comptait poursuivre leur exploitation, qui était loin d'être incompatible avec la nouvelle activité du château.

Les actionnaires devraient revendre leurs parts, Gabrielle et Selim ne seraient plus propriétaires que de dix pour cent de la nouvelle société, mais ils conserveraient le mas de Lou Triadou. En revanche, c'est à eux que reviendrait la lourde tâche de conduire l'exploitation. Pour sa part, Béatrice allait devoir déménager et tourner la page sur Olivier. Elle comptait s'installer dans une bastide, à la sortie du village, où elle pourrait recommencer une nouvelle vie après le départ de Maude et Olivier vers la Californie. Quant à Philippine, elle ne souhaitait rien de plus que mener sa grossesse à terme puis s'occuper de son enfant. Maxime, lui, ne parlait même plus de divorce…

Les propriétaires de Lou Triadou entrèrent dans la cour de Montauban. En passant près de la grange où son père avait péri, Gabrielle ne put s'empêcher d'avoir une pensée émue pour lui. Comme lui, elle allait se retrouver employée, conducteur de vignes sur la propre terre de ses ancêtres. L'histoire se répétait à nouveau…

— Dis-toi que nous sommes toujours ensemble, et sur nos terres, la réconforta Selim qui, une fois de plus, lisait dans ses pensées.

Lui aussi subissait ce coup du destin comme un affront. Néanmoins, sa seule obsession tournait autour de l'enquête sur la mort de Manolo. Il voulait un coupable. Savoir qui avait pu être capable de commettre un crime aussi abject. Gabrielle avait souvent surpris sa rage silencieuse devant le laxisme des enquêteurs. De toute façon, qui se souciait de la mort d'un gitan ?

La transaction eut lieu au château sous le portrait de Victoire de Montauban. Au moment de parapher chaque page, Gabrielle ne put s'empêcher de jeter un regard sur le tableau, soulagée que Victoire ne voie pas ce que ses successeurs étaient en train de faire. Cette pensée lui rappela qu'elle n'était pas allée la voir depuis longtemps. Après tout ce que la redoutable marquise avait pu lui faire subir, elle aurait pu garder une haine farouche à son encontre, mais Gabrielle ne s'était jamais montrée rancunière. Victoire avait eu des raisons d'agir ainsi. Fondées ou pas, elles ne constituaient pas une excuse pour autant, mais Dieu sait comment elle aurait réagi si elle avait été à sa place.

Tandis que Maude raccompagnait Mérentier, les anciens actionnaires burent un dernier verre avant de se séparer. Béatrice, Ludivine et Olivier devaient préparer leur déménagement pour le lendemain. Le P-DG d'Alliance leur avait signifié son intention de transformer le château dans les plus brefs délais. Les travaux de réfection de la toiture devaient commencer dans un mois à peine.

Maude revint sur ses pas, l'air préoccupé. Olivier l'attendait sous le regard sévère de tous ses ancêtres du hall d'entrée, avec le sourire bienheureux d'un homme sur le point de réaliser son rêve le plus cher.

— Cette fois, nous sommes libres, lança-t-il l'air enjoué.

Mais cette remarque n'eut pas l'effet escompté. Maude s'avança, maussade.

— Olivier… J'ai à te parler.

À l'intonation de sa voix, Lescure sut qu'il n'allait pas apprécier ce qu'elle allait lui dire.

— Mérentier vient de me faire une proposition intéressante.

— …

— Il m'offre la direction du nouvel hôtel qu'il compte ouvrir ici au printemps prochain. Tu comprends bien que cette chance est inespérée pour moi. Je ne peux pas la refuser.

Un calme étrange suivit cette déclaration. En un instant, Olivier venait de tout comprendre.

— Ce que je sais, finit-il par dire, écœuré, c'est que Béatrice avait vu juste. Et j'ai été assez idiot pour ne pas la croire !

XXIII

Le dernier camion de déménagement emporta ce qui restait des meubles du château juste après les fêtes de fin d'année. Six cents ans d'histoire, celle d'une famille, d'une région, relégués aux oubliettes en moins d'une semaine. La mort dans l'âme, les héritiers des célèbres marquis de Montauban jetèrent un dernier regard sur ce qui appartenait désormais au passé alors qu'ils franchissaient la haute grille du domaine, emportant avec eux leurs derniers souvenirs.

Ludivine et sa mère s'installèrent immédiatement dans la vieille bastide qu'avait louée Béatrice, juste à la sortie du village. L'endroit étant hélas trop petit pour contenir la totalité du mobilier, c'est donc dans la remise de Lou Triadou que fut entreposée la plupart des trésors de famille. Olivier s'installa avec les deux jeunes femmes à la bastide.

— Pour une durée provisoire, avait-il insisté.

Curieusement, la déclaration de Maude avait été un déclic. Il réalisait enfin à quel point son histoire avec celle qu'il avait aimée plus que tout avait été un leurre. Maude s'était servie de lui et l'avait trahi. Aujourd'hui elle s'apprêtait à vivre seule au château, désespérément seule. Tous ses amis lui avaient tourné le dos. Ils étaient désormais ruinés, dépossédés de leurs biens, mais plus que jamais solidaires. Ce revers de la vie offrait finalement un magnifique sujet de roman à Olivier, une sorte de thérapie qui allait l'aider à accepter l'inconcevable : une vie après Maude. Sa déception était immense, bien sûr, mais contre toute attente, cette seconde rupture le touchait beaucoup moins que la première. À présent, il se sentait totalement libre de passer à autre chose. Il s'était malgré tout confié à Selim peu après la réunion avec les actionnaires, blessé, mais surtout honteux de sa naïveté.

— Parfois, je regrette mon vote, lui avait-il avoué. Elle m'a manipulé comme un pion. Je refusais de le voir.

— Tu n'as rien à te reprocher. Gabrielle et moi comprenons les raisons de ton choix. De toute façon, nous ne pouvions pas nous en sortir seuls, le domaine était beaucoup trop endetté. Et puis éprouver des sentiments pour quelqu'un est la preuve que l'on est vivant.

— Sans doute, mais je me suis fait trop d'illusions. Après tout, c'est bien fait pour moi. Maintenant je n'ai plus personne.

— Personne ? Et Béatrice, alors ?

Olivier avait alors haussé les épaules.

— Béatrice est trop bien pour moi. Je l'ai fait souffrir. Beaucoup souffrir. J'ai laissé passer ma chance.

— Là, je crois que tu te trompes, mon vieux. Une femme comme Béatrice m'a regardé un jour comme elle te regarde… Je me suis prosterné à ses pieds pour lui demander sa main.

Olivier médita la réponse de son ami et prit toute la mesure de son erreur.

— Oui… Maintenant, je sais que c'est exactement le genre de femme qu'un homme rêve d'épouser.

— Alors il serait peut-être bon pour toi de vivre enfin tes rêves, non ?

Selim avait fixé Olivier avec telle conviction que celui-ci se mit à espérer.

Maude déménagea sa chambre de Lou Triadou sous le regard accusateur de Gabrielle. Les deux femmes venaient d'enterrer à tout jamais leur amitié. La rupture avec Olivier avait été le point d'orgue, Gabrielle reprochant à sa nouvelle voisine son égoïsme et son ambition dévorante, mais surtout sa façon de jouer avec les sentiments des autres. Elle avait été d'une inélégance inouïe avec Olivier, et elle n'avait pas hésité à détruire tout ce que ses amis avaient construit au prix d'un travail énorme.

— Comment peux-tu encore te regarder dans une glace, Maude ?

— Épargne-moi ta morale, Gaby. Nous n'avons pas les mêmes valeurs, c'est tout.

Deux semaines plus tard, Élie invita Gabrielle et Selim à dîner, seuls tous les deux car il n'avait plus l'énergie de recevoir la moitié du village. Il avait d'ailleurs décidé de ne plus ouvrir le Laetitia le soir et, depuis janvier, il ne servait plus que les déjeuners. Du reste, Phonse ne venait plus. Quant à Lucien, il ne sortait plus de sa librairie et passait le plus clair de son temps au milieu de ses livres.

— Alors, mes pitchouns, lança-t-il d'une voix usée. Comment ça se passe là-bas ?

— Ça fait un drôle d'effet, reconnut Gabrielle, de ne plus voir Béatrice le matin quand j'arrive. Et bien davantage de se dire que l'on travaille pour Maude à présent.

— Je ne sais pas comment je réagirais à ta place.

— Dis-toi, fit Selim tendrement à sa femme, que nous avons beaucoup de chance de rester sur notre terre. Et puis nous avons toujours notre maison, la santé et un travail que nous aimons.

Gabrielle sourit à cette évidence.

— Surtout, nous sommes ensemble. Je crois que c'est ce qui compte le plus.

— À la bonne heure ! se félicita le maire.

Ils parlèrent ensuite de Tristan, qui était resté au mas pour étudier. Depuis sa réintégration au lycée, l'adolescent s'était remis à travailler consciencieusement. Ses résultats scolaires s'étaient nettement améliorés, ce qui réjouissait Gabrielle. Même en français, ses notes montraient une progression depuis le remplacement de Castaldi qui avait été muté dans un autre établissement.

— Et toi, Élie, tu me parais fatigué. Es-tu allé voir le Dr Barthélemy ?

— Pensez donc ! pesta Frida, sa femme, pas plus enflée qu'un criquet. Il refuse tout net. Il peut à peine respirer mais il s'entête. Un de ces jours…

Le restaurateur leva les yeux au ciel. Ce sermon, il l'entendait à longueur de journée.

— C'est vrai que je suis fatigué. Avé ces meurtres, le bar et la mairie, je n'en pouvais plus. C'est pour ça que je ne sers plus le soir. Et je ne me représenterai pas aux prochaines élections. Quand on voit comment vos amis vous traitent…

Élie semblait vraiment épuisé et le dîner fut écourté. Le maire monta se coucher aussitôt après le départ de Gabrielle et de Selim.

Maude s'apprêtait à passer sa première soirée dans son immense château. La tâche qui l'attendait relevait de la gageure. Les travaux ne manqueraient pas avant que les premiers clients ne déposent leurs valises dans le vaste hall du futur hôtel de luxe. Huisseries, plomberie, électricité, sans parler du toit, de l'isolation et de l'agencement de certaines pièces ! La vieille chaudière montrait quant à elle de sérieux signes de faiblesse, et Maude dut se retrancher à l'étage, dans un petit appartement de trois pièces autrefois occupé par le régisseur du domaine. La décoration était surannée avec son mobilier Louis XV, mais les hautes fenêtres du bureau offraient une vue imprenable sur le parc et toute la vallée en contrebas.

Maude était installée devant un petit secrétaire qui avait échappé aux mains des déménageurs pour planifier les prochains travaux, quand un bruit en provenance du couloir attira son attention. Inquiète, elle sortit de l'appartement sur la pointe des pieds. Le grincement du vieux parquet résonna dans le hall. Subitement, elle se rappela qu'aucun système de sécurité ne fonctionnait et que n'importe quel rôdeur pouvait s'introduire dans le château. Qui aurait pu imaginer une femme assez téméraire pour loger seule dans un tel endroit ! Et tous ces crimes non résolus qui avaient eu lieu si près d'ici… Le sang cognait contre ses tempes. De plus en plus angoissée, elle ouvrit le battant de la porte d'un coup sec… Incrédule, elle se trouva nez à nez devant Kevin Sax, l'ancien bras droit du couple Dormeuil. L'Américain aux yeux clairs lui offrit un sourire éclatant, visiblement ravi de ses retrouvailles avec son ancienne patronne.

— Vous m'avez flanqué une de ces trouilles ! s'écria-t-elle la main sur le cœur. Je croyais avoir été claire avec vous, Sax. Je ne veux pas que l'on fasse le moindre rapprochement entre nous ! Dès demain, vous reprendrez le premier avion pour New York.

L'homme sembla choqué par cet accueil plus que glacial. Avait-elle seulement conscience de ce qu'il avait tramé en coulisse depuis des mois, tout cela pour lui être agréable, pour qu'elle le regarde enfin ? Non, bien sûr, et Maude ne le saurait jamais, en tout cas pas pour le moment, à en juger par l'ordre péremptoire qu'elle venait de lui lancer. Un jour, peut-être, il lui avouerait son secret, quand il serait certain que leurs sentiments convergeraient dans son sens à lui. Le visage de Sax resta impassible. En bon professionnel, il allait choisir le mensonge le plus crédible. Dans un français impeccable, il lui révéla que Richard Dormeuil avait trouvé la mort dans le Colorado, après une mauvaise chute de cheval. Selon les clauses de leur contrat de mariage, et puisque leur divorce n'avait pas été prononcé, sa femme héritait de tous ses biens. Livide, Maude baissa la garde et le laissa entrer. Elle ne s'attendait pas à une fin aussi… facile. L'idée de se retrouver à la tête d'un empire gonfla sa poitrine d'orgueil.

— Cependant, reprit-il, il y a un petit problème.

Peu après leur séparation, Richard s'était laissé entraîné dans une sale affaire de corruption. Sax redoutait même que, d'ici peu, les fédéraux ne viennent mettre leur nez dans les comptes et ne découvrent le gigantesque détournement.

— Aux yeux de la justice américaine, c'est vous qui risquez de payer l'addition.

— Moi ?

— Oui, vous. C'est le groupe qui est en cause, mais aussi ses dirigeants.

Maude n'en croyait pas ses oreilles. Sa tête allait exploser. Anéantie par cette nouvelle, elle proposa à Sax de reprendre cette conversation le lendemain. En parfaite hôtesse, elle le conduisit vers la chambre du fond.

— Voulez-vous rester un peu ? se hasarda-t-il.

— Non, Kevin. Je ne crois pas que ce soit très judicieux.

Le New-Yorkais la regarda s'éloigner. Cette nuit, il allait dormir sous le même toit que celle qu'il avait toujours admirée. Cette idée ne lui déplaisait pas, loin de là, car peut-être finirait-elle bientôt par l'aimer en retour…

Pendant ce temps, de l'autre côté des vignes, Gabrielle ne parvenait pas à trouver le sommeil, trop en colère contre Maude. Elle réveilla Selim.

— J'ai l'horrible pressentiment qu'elle a fait en sorte de se servir des sentiments d'Olivier pour parvenir à ses fins.

— C'est possible. Mais rien ne le prouve.

— Je sais bien. Mais je connais Maude. Sa rupture d'avec Richard l'a profondément choquée. Je me souviens maintenant d'une confidence qu'elle m'avait faite un jour. L'idée de se retrouver sans rien du jour au lendemain lui était intolérable.

— C'est humain, non ?

— Oui, peut-être. Mais j'aurais dû deviner qu'elle chercherait par tous les moyens à se refaire.

— Où veux-tu en venir ?

Gabrielle regarda fixement le plafond.

— Je suis certaine qu'elle complote quelque chose de pas très clair. Nous devrions vérifier l'état des titres de la fondation pour les Alpilles. Et si…

— Et si… ?

La jeune femme resta muette. Selim se redressa sur ses oreillers, effrayé par ce qu'il croyait deviner.

— Et si… ? reprit-il.

Gabrielle jeta sur lui un regard sombre.

— Et si elle avait quelque chose à voir avec ces meurtres ?

— Arrête. Là, tu divagues.

— Mais réfléchis un peu. Tu ne trouves pas étrange tout ce qui arrive dans la vallée ces derniers temps ?

— Allons, allons, fit-il en l'invitant à se recoucher. Pour quel motif ?

Gabrielle, aussi horrifiée que convaincue par son idée, poursuivit :

— Le pouvoir, bien sûr. Un poison qui peut ronger l'âme la plus pure.

Tout engourdi de sommeil, le vignoble étirait de chétifs sarments au-dessus d'un brouillard ras qui fit main basse sur la terre dès les premières lueurs du levant. De la fenêtre de son bureau, Maude avait passé une bonne partie de la nuit à contempler le parc, en proie à une horrible inquiétude. Il fallait agir sans attendre. Au petit matin, elle décida de passer un petit coup de téléphone. Kevin la rejoignit quelques instants plus tard. La jeune femme lui déclara qu'elle avait décidé de se débarrasser du groupe Dormeuil au plus vite, et pour cela, elle misait sur la cupidité de son rival, Alliance. Sax fut heureux de constater que la femme de son ancien employeur reprenait le contrôle de la situation. C'est ainsi qu'il l'aimait le plus, combative et pleine d'audace. Elle exerçait sur lui une véritable fascination, sans doute à cause de ce don incontestable de se tirer de chaque faux pas avec la souplesse d'un félin.

Il lui fit simplement remarquer que Mérentier, malgré ses velléités d'étendre son empire, ne verserait pas un dollar pour un groupe condamné.

— Sauf si nous montrons des signes évidents de bonne santé, répliqua-t-elle.

— Vous pensez à une offensive sur leurs actions en Bourse ?

— Trop direct ! De plus, avec les contrôles en vigueur aujourd'hui, ce serait risqué.

— Mais comment allez-vous faire ? Nous n'avons plus d'argent dans les caisses.

— C'est très simple.

Bien consciente de sa faible marge de manœuvre, Maude comptait utiliser la ruse pour venir à bout de cet héritage empoisonné. Rien d'irrépréhensible, rien de spectaculaire non plus. Elle allait seulement se servir des failles du système en fondant toute sa défense sur une simple rumeur qu'elle saurait savamment orchestrer.

Bien sûr ! La solution apparut très clairement aux yeux de Sax, une solution totalement immorale mais parfaitement légale. Maude allait lancer une rumeur de rachat d'Alliance par Dormeuil, ce qui risquait d'affoler Mérentier, mais surtout les grandes places boursières qui pousseraient le dirigeant à réagir.

— Et je vous parie qu'ils vont riposter en se portant acquéreurs dans les plus brefs délais.

— En s'appuyant sur les excellents résultats publiés en début d'année, ils vont ainsi racheter à prix d'or... une coquille vide. Très ingénieux !

— Oui, surtout si on divulgue à la presse les véritables comptes de Dormeuil après la transaction. Le cours d'Alliance ne vaudra plus rien.

— Le meilleur moyen de tenter une entrée dans leur capital...

Sur ce point, Maude resta très évasive. Bien qu'elle ait confiance en Sax, elle ne souhaitait pas trop parler. Du reste, elle-même ne connaissait pas vraiment les appétits expansionnistes de son admirateur. Le seul but de Maude, dans l'immédiat, était de récupérer ce qui lui revenait de droit. Pour la suite, elle improviserait en fonction de la situation. La réussite de son plan reposait uniquement sur la confidentialité. Aussi fut-elle soulagée d'apprendre que Sax s'était arrangé pour que la disparition de Richard passe inaperçue. Officiellement, celui-ci cabotait sur son trois-mâts dans les Caraïbes.

— Et pour les frais de fonctionnement, il va nous falloir de l'argent. Comment voulez-vous procéder sans éveiller les soupçons ?

Maude sourit, plus féline que jamais.

— Le village m'a confié le soin de gérer les fonds de la fondation des Alpilles et de les faire fructifier. Je vais utiliser ce compte et répondre à ce que l'on attend de moi. Dès l'opération terminée, ils encaisseront un joli bénéfice, et tout le monde sera content.

— Mais c'est… diabolique !

— Ma mère disait souvent que dans une lutte entre la violence et l'intelligence, la première perd toujours par manque de force là où la seconde triomphe par l'esprit. Alors maintenant, au travail !

L'Américain opina du chef en bon petit soldat et prit congé. Restée seule, Maude commença à réfléchir à la mise au point de son plan. Il fallait absolument qu'elle réussisse, sans quoi elle perdrait tout, d'abord la confiance de Mérentier.

Alors qu'il quittait Montauban pour mettre au point leur opération, Sax croisa Simon Robin. L'avocat fut frappé par le visage du conducteur de la voiture qu'il évita de justesse. Il avait déjà vu cet homme quelque part…

XXIV

— Quoi ! hurla Jean-Yves Mérentier les yeux rivés devant son écran d'ordinateur.

Le P-DG manqua de s'étouffer en constatant que, pour le quatrième jour consécutif, le titre d'Alliance avait bondi de deux points depuis l'ouverture ce matin de l'Euronext. Il se redressa brutalement de son fauteuil de cuir, cabrant son imposante silhouette au-dessus du bureau. Derrière lui, l'immense baie vitrée du dernier étage de l'arche de la Défense offrait une vue imprenable sur la capitale.

— Comment est-ce possible ? poursuivit-il. Nos résultats de l'an dernier sont corrects, sans plus. Nous ne devrions pas faire l'objet d'une telle spéculation.

Face à lui, ses trois directeurs financiers ne bronchaient pas. Ils avaient eu beau pianoter durant toute la matinée sur les claviers de leurs ordinateurs portables, ils n'avaient trouvé aucune explication.

— Où en est votre enquête ? jappa Mérentier à l'un d'eux. S'agit-il d'une OPA ?

— Pour le moment, nous sommes sur plusieurs pistes : MacAllister Resort, Okarito Consortium, groupe Dormeuil et Brogliani-Zanetti.

Mérentier baissa la tête, l'air résigné. Il redoutait ce moment depuis longtemps. Celui où les deux géants de l'hôtellerie internationale se déclareraient la guerre. Naïvement, il lui était même arrivé de croire qu'ils parviendraient à l'éviter, par respect, ou même par solidarité patriotique. Foutaises. Les beaux sentiments n'avaient pas cours sur le marché des changes. De tous ses concurrents, le groupe Dormeuil restait sans nul doute le plus à craindre. Son expansion fulgurante demeurait un atout majeur pour les actionnaires qui saluaient la réactivité de son président.

— Ne cherchez pas, fit-il d'une voix sourde. C'est Dormeuil.

Il redressa la tête, le regard mauvais.

— Moi aussi j'ai eu vent de plusieurs rumeurs. Je n'y avais pas prêté attention jusque-là, mais il semblerait qu'il soit décidé à passer à l'offensive. S'il veut la guerre, il l'aura. Je veux tous les bilans dans deux heures sur mon bureau, les comptes d'exploitation, l'état des actifs et la liste des emprunts, ainsi que toutes les informations que vous pourrez recueillir sur le groupe Dormeuil.

Les collaborateurs décampèrent comme une volée de moineaux. Mérentier s'enfonça dans son fauteuil qu'il fit pivoter face à la baie vitrée. Il avait engagé Maude, la femme de Richard Dormeuil. Ce pied de nez serait le point de départ de l'ouverture des hostilités. Perdu dans ses pensées, il contempla la vue devant lui, la Seine en contrebas, la porte Maillot, l'Arc de Triomphe et, plus loin, l'avenue des Champs-Élysées.

À six cent cinquante kilomètres de là, le mistral balayait la vallée des Baux. Un ciel d'une pureté absolue avait remplacé la pluie des derniers jours. Gabrielle se trouvait dans les chais de Montauban et contrôlait les dernières mises en bouteilles. Maude avait engagé à grands frais une toute nouvelle équipe pour tenir les délais. L'exploitation familiale était déjà devenue une entreprise froide et impersonnelle. Une pointeuse avait même été installée à l'entrée ! Pire, des caméras de surveillance ratissaient chaque coin de la cave…

Depuis de nombreuses semaines, la propriétaire de Lou Triadou évitait soigneusement de croiser sa rivale qui, par ailleurs, était très occupée à surveiller l'avancée des travaux de rénovation du domaine. Leurs rapports restaient tendus, pour ne pas dire orageux. Gabrielle gardait une terrible rancœur à l'encontre de celle qu'elle avait accueillie chez elle plusieurs mois et qui n'avait pas hésité à trahir par ambition ses deux plus proches amis. Leur amitié était à présent de l'histoire ancienne, mais Gabrielle ignorait combien de temps encore elle parviendrait à jouer à ce jeu hypocrite. Il lui arrivait même de regretter les coups tordus de Victoire. Elle, au moins, avait toujours défendu Montauban.

Ce matin-là, Gabrielle ne décolérait pas contre Maude. Elle brûlait d'impatience de se rendre au château pour vider son sac une bonne fois pour toutes. Assise à son bureau, la tête en appui sur une main, elle jouait nerveusement avec un stylo, essayant d'ignorer Kevin Sax qui l'observait de loin depuis un moment. Mais pour qui se prenait-il celui-là ? Ce toutou, que Maude avait présenté comme son plus proche collaborateur, lui tapait sur les nerfs. Un chefaillon de petite envergure, sans aucune connaissance œnologique, et qui se permettait de la surveiller. Un comble ! À plusieurs reprises, il s'était même permis de critiquer la façon dont elle avait aménagé l'espace client ! Jamais elle n'accepterait de sacrifier l'authenticité des chais de Montauban pour en faire un lieu aseptisé à l'américaine. Son intuition lui commandait pourtant la plus grande prudence. L'attitude de cet homme était bizarre. Parfois, il semblait pris en faute quand il la croisait dans les chais, repliant prestement le dossier sur lequel il travaillait ou écourtant brusquement une conversation téléphonique. Pas plus tard que ce matin, elle l'avait surpris entre les fûts de cabernet, son cellulaire à l'oreille. Comme il lui tournait le dos, il ne l'avait pas vue arriver.

— Transférez massivement, ordonnait-il à voix basse. C'est un ordre. Je ne veux aucune trace.

Surpris en flagrant délit, il l'avait littéralement fusillée du regard. Gabrielle allait, par prudence, en parler à son beau-frère, Charles Lambert-Duval. Avec ses relations, lui, mieux que personne, pourrait le renseigner sur ce type décidément très louche.

Gabrielle rentra à Lou Triadou pour le déjeuner, soulagée de retrouver un environnement chaleureux. Mais elle n'était pas au bout de ses surprises... Dès que Selim poussa la porte de la cuisine, elle remarqua son air préoccupé. Il venait d'apprendre que les nouveaux propriétaires de Montauban avaient réceptionné des tracteurs flambant neufs, dotés de capteurs électroniques. En fonction de la nature du sol, du taux d'humidité désiré et du cépage, le socle de la charrue pouvait creuser des sillons à la profondeur idéale.

— Attends un peu la suite, poursuivit Selim.

Selon des plans qu'il avait pu consulter, un grillage d'une hauteur de deux mètres cinquante ceinturerait la propriété pour empêcher le gibier de pénétrer sur les terres. Des caméras de télésurveillance seraient installées à chaque endroit stratégique, toutes reliées à une salle de contrôle qui serait aménagée dans le sous-sol du château.

— C'est une plaisanterie ?

— Non, non. Je t'assure que non. Ils veulent même augmenter le rendement des vignes. Nous avons ordre d'arrêter la biodynamie et la culture raisonnée pour passer aux engrais chimiques, moins onéreux et plus productifs. Et attends, ce n'est pas fini, nous devrons doubler le nombre de ceps sur chaque parcelle en replantant plus serré...

La taille des vignes du printemps fut terminée en même temps que la réfection du toit de Montauban. Un travail d'artistes, dans les règles de l'art. Il n'y avait plus aucune trace de l'explosion. Même les griffons de la corniche supérieure avaient retrouvé leur place originelle. Les allées furent également redessinées, plus larges. La piscine fut dotée d'un jacuzzi, et le court de tennis laissé à l'abandon depuis des années recevrait bientôt un nouveau revêtement. Pas un centimètre carré n'avait été oublié. Un golf de neuf trous verrait le jour sur les terrains en jachère, tandis que les limites septentrionales accueilleraient un héliport. Un chantier colossal qui devrait se prolonger encore trois années avant que le domaine agricole ne soit transformé en un luxueux complexe hôtelier.

De son bureau à l'étage, Maude surveillait le va-et-vient incessant des camionnettes d'artisans. Mais c'est à l'intérieur du château que se concentrait l'esentiel de l'activité. On redécorait les pièces à vivre et les communs. Tenu par des pénalités de retard exorbitantes, chaque corps de métier s'activait à livrer le projet suivant un cahier des charges très précis. Maude avait le sens de l'organisation. Les délais lui paraissaient courts, mais réalisables. Elle restait confiante sur ce point. Montauban allait prendre de la valeur et Alliance finançait tout, rubis sur l'ongle. Parfois, elle se réjouissait de son génie. Elle imaginait aisément la tête de Mérentier, derrière son écran, en train de surveiller le cours de ses actions. Il craignait pour sa peau, ses actionnaires allaient le tailler en pièces. Il n'avait toujours pas bougé depuis le début de l'offensive mais la spéculation sur les titres de sa société devait lui donner des sueurs froides. Sax était vraiment un as en la matière. Combien de fois Maude l'avait-elle vu prendre le contrôle d'une entreprise de la sorte ?

Sax… La puissante directrice de Montauban redoutait le jour où elle ne pourrait plus rien lui promettre en échange. Car il ne faisait plus aucun doute aujourd'hui que le zèle de Kevin n'était pas uniquement motivé par des raisons professionnelles. Pour l'heure, elle parvenait à maintenir l'illusion, mais pour combien de temps encore ?

Les événements se précipitèrent subitement en avril. Gabrielle reçut un appel de Charles, le frère son premier mari. Comme elle l'espérait, le directeur des laboratoires Lambert-Duval lui fit des révélations intéressantes. Après de nombreuses années passées auprès des Dormeuil, Kevin Sax avait acquis une solide réputation de requin dans les milieux financiers. C'était en grande partie grâce à lui si le groupe était si puissant aujourd'hui. Selon la rumeur, l'homme d'affaires serait amoureux de la femme de son ancien employeur. Par ailleurs, de gros doutes pesaient sur le fait que Richard était toujours en vie, voguant au large des Caraïbes. Cette mise en scène pouvait bien être une manœuvre visant à masquer sa disparition, au moment même où son groupe disputait un bras de fer avec Alliance, son ennemi héréditaire.

Quelques jours plus tard, Me Simon Robin dîna à Lou Triadou. Gabrielle et Selim avaient également convié Béatrice et Olivier. Depuis le mois de novembre, l'avocat poursuivait ses investigations pour le compte des vignerons sinistrés. Le meurtre de Jean-Pierre Fabregat n'avait en rien relégué le dossier dans le casier des affaires classées. Mieux, sous couvert de l'enquête, Simon avait appris par une ancienne relation que la gendarmerie avait fait un lien entre ce meurtre et celui de Manolo, le second découlant du premier, selon toute vraisemblance, et non de la piste Farid qui fut vite abandonnée. En revanche, le courtier en assurances avait bel et bien détourné de l'argent au cours de ces dernières années. Des sommes faramineuses avaient été virées sur un compte numéroté dans les îles Caïmans, lequel appartenait à une société écran. Fort d'une longue pratique de ce genre de technique d'évasion fiscale du temps de Victoire, Me Robin avait passé de longues heures à tenter de décortiquer le montage juridico-financier de celle-ci. En vain. Mais au moment où il allait renoncer, une chance inespérée s'était présentée à lui.

— Alors ? demandèrent-ils presque en chœur.

— Alors… Je viens à l'instant d'obtenir par Interpol l'identité du véritable bénéficiaire du compte.

Impatients, tous dévorèrent Simon des yeux. L'avocat, manifestement heureux de voir son opiniâtreté récompensée, ne les fit pas languir plus longtemps.

— Il s'agit… de Kevin Sax.

Gabrielle fut la première à reconnaître que cet homme ne lui avait jamais inspiré confiance. Elle avait même pensé que Maude n'était jamais loin de lui.

— Attention, sans preuves, nous ne pouvons pas bouger pour le moment, avertit l'homme de loi.

— Nous en aurons, vous verrez…

Jean-Yves Mérentier ne sortait plus de son arche de verre, ne s'octroyant que de rares heures de sommeil sur le canapé installé près de son bureau. Ce soir-là, il recevait le conseil de surveillance boursière d'Alliance. La rumeur de rachat se confirmait de toutes parts. Leur titre atteignait des sommets jamais égalés et, en fin d'après-midi, le conseil d'administration avait donné son aval pour la prise de contrôle du groupe Dormeuil. À ce stade, Mérentier mettait sa réputation en jeu. Il ne tenait pas à ce qu'on lui reproche d'avoir négligé l'importance du danger que cette situation représentait pour l'entreprise. Quelques années plus tôt, il avait commis l'erreur de laisser partir Richard Dormeuil. Aujourd'hui, il ne lui permettrait pas d'avaler son groupe. Mérentier en faisait une affaire personnelle, une question d'honneur qui ne se réglerait que par la mort professionnelle de l'un des deux.

Au même moment à Montauban, Maude venait d'analyser les derniers chiffres. Après un rapide calcul, elle en déduisit que l'instant était venu de se débarrasser du groupe Dormeuil. Face à elle, Sax attendait au garde-à-vous. Elle cliqua une dernière fois sur la souris de son clavier, eut la confirmation de ce qu'elle supposait, puis lança, triomphante :

— Vendez !

XXV

Dès les premiers souffles du printemps, les Alpilles révélaient leurs plus beaux atours à la lumière caressante des crêtes teintées de mauve. Les teintes pastel des amandiers en fleur se fondaient en un dégradé émeraude dans les replis du vallon planté de pins. Les rayons du soleil irradiaient la façade de Montauban, rehaussant l'éclat de sa patine dorée.

Maude ne sortit pas de son lit ce matin-là. Mains jointes derrière la nuque, elle méditait dans sa chambre baignée de lumière. Attendre, patiemment. Attendre que le destin accomplisse son œuvre, rien que pour elle. Elle avait peut-être réussi le plus beau coup de sa carrière, et elle savourait cette douce ivresse de voir ses rêves bientôt se réaliser. Mais le bruit des derniers artisans encore sur le chantier eut raison de son exquise rêverie. Elle se leva à contrecœur, saisit son peignoir en soie qu'elle laissa glisser sur son épaule satinée. Cette caresse délicieuse lui procura un petit frisson de plaisir et, d'une démarche féline, elle quitta la pièce.

— Sax, lança-t-elle à plusieurs reprises sur le palier. Sa-ax ?

Maude pénétra dans la chambre du fond, restée silencieuse à ses appels. Personne. Juste avant de revenir sur ses pas, elle remarqua une pochette remplie de dossiers qui dépassait d'un tiroir de la commode. Sans aucune hésitation, elle s'en s'empara. À l'intérieur se trouvaient différents documents, tous plus compromettants les uns que les autres.

— Ce n'est pas possible, souffla-t-elle, blême.

Tout le dossier révélait que Sax, son fidèle second, se cachait en réalité derrière l'escroquerie à l'assurance dont les vignerons de la vallée avaient fait les frais. Outre tous les articles de presse faisant mention de l'incendie du massif, figuraient des relevés bancaires d'un compte domicilié à l'étranger qui ne laissaient aucun doute sur son implication. Un projet manifestement organisé de longue date, méticuleusement orchestré, visant à protéger – ou devancer – Maude. Rien n'avait été laissé au hasard. Étonnamment, les pièces contenues dans le dossier, comme le double des photos du psy qu'elle avait mystérieusement reçues par voie postale, lui permettaient de dérouler le fil de tous les événements depuis son arrivée à Lou Triadou. Sax veillait dans l'ombre depuis des mois. Cette découverte lui glaça le sang. De quoi pouvait-il être encore capable ?

— Mais il est fou de conserver de telles preuves ici, s'indigna-t-elle en replaçant le tout dans la pochette.

— J'ai fait tout ça pour vous. Pour nous.

Sax, qu'elle n'avait pas entendu arriver, la fit tressaillir.

Maude parvint à se maîtriser malgré tout. Elle se retourna le plus naturellement du monde et, implacable, l'intima de tout avouer. Sans se départir de son calme, Sax lui expliqua que Richard s'était entiché d'une stupide Californienne qui lui avait fait perdre la tête. Il ne pouvait croire que son patron ait pu se faire prendre dans les filets d'une fille aussi vulgaire. Discrètement, Sax avait pu retrouver la trace de Maude, et c'est à ce moment qu'il avait décidé de venir à Montauban. Dès qu'il avait aperçu le château, il avait sans peine compris ce que devait fomenter sa patronne. Jamais il n'avait pensé que cette jolie blonde allait se contenter de croupir à Lou Triadou. Et ce bel écrin qu'était Montauban pouvait servir de formidable rampe de lancement à sa renaissance. Dès lors, il avait tout mis en œuvre pour déstabiliser les propriétaires du domaine. L'inondation des terres à la veille des vendanges, la dénonciation auprès de l'Urssaf, c'était lui. Mais sa plus belle réussite avait été Jean-Pierre Fabregat. La chance lui avait souri car le courtier travaillait pour le compte de la CAPA, une compagnie d'assurances… filiale du groupe Dormeuil ! Sax l'avait aidé à prendre le large pour se faire oublier des vignerons qu'il avait spoliés. Il avait été pleinement récompensé lors du gala de charité quand, dissimilé derrière un buisson, il avait surpris la conversation entre Maude et Mérentier. Il avait vu juste. Cette femme avait un cran incroyable et méritait autre chose qu'un second rôle. Elle devait régner sur le groupe Dormeuil. Mais il y avait Richard… Alors Sax était reparti pour les États-Unis afin de régler ce petit détail.

À mots couverts, Maude mesurait l'ampleur du désastre. Sax était bon à enfermer, sa folie l'avait conduit à « écarter les obstacles » sans le moindre remords.

— Richard était si arrogant à votre égard, il n'avait aucun respect pour vous, poursuivit-il, un pauvre sourire aux lèvres, le regard haineux. Je le vois encore sur son cheval, le jour de sa mort. Il vous haïssait, vous insultait. Je n'ai pas pu le supporter. Alors je l'ai frappé, frappé et encore frappé. Pour tout le mal qu'il vous avait fait, pour son ingratitude. Le soir où je vous ai retrouvée, je voulais vous annoncer que vous étiez enfin libre. Je voulais tout vous dire. Mais vous n'étiez pas encore prête.

L'expression de son visage se durcit.

— C'est à ce moment-là que Fabregat s'est à nouveau manifesté. Il voulait plus d'argent et menaçait de révéler mon implication dans cette affaire de fuite de capitaux. Le groupe aurait été suspecté, au risque de détruire nos projets. Je ne pouvais pas le supporter, alors je suis revenu pour lui… Pour vous.

Ainsi, ce psychopathe avait habilement fait de Maude sa complice, malgré elle. Atterrée, celle-ci allait de mauvaise surprise en nouvelle horreur. Mais le pire était à venir.

— Et Manolo ? C'est vous aussi ?

— De la malchance, rien de plus. Le gamin se trouvait au mauvais endroit, au mauvais moment. Il m'a surpris en train de supprimer Fabregat…

Maude déglutit péniblement. Il lui restait désormais une alternative : tout révéler, et donc renoncer au plus beau coup de sa carrière, ou accepter de devenir la complice d'un meurtrier. Dans ce cas, elle était condamnée à se taire, et elle savait quel serait le prix à payer… Pétrifiée par ce qu'elle venait d'entendre, elle se rapprocha de la table de nuit, espérant y trouver une arme quelconque pour se défendre. Il était clair que Sax ne la laisserait pas partir sans qu'elle lui promette le silence. Une main appuyée sur le chambranle de la porte, il avait d'ailleurs déjà condamné la seule issue de la pièce.

— Maude, dit-il, reconnaissez que nous avons réussi. Mérentier vient de racheter Dormeuil, vous êtes riche, et plus rien ne nous sépare. Rien.

Il avança d'un pas, prêt à la serrer dans ses bras.

— Mais vous êtes complètement fou. Je ne suis pas amoureuse de vous. Comment pourrais-je aimer un assassin ?

Au moment où il voulut l'enlacer, Maude, dans un dernier élan, saisit la lampe de chevet et lui en assena un violent coup sur le crâne avant de s'enfuir. Étourdi, Sax mit quelques secondes avant de reprendre ses esprits et de s'élancer à sa poursuite. Maude courut vers le grand escalier en prenant garde de ne pas se prendre les pieds dans les bâches de plastique qui protégeaient le sol. Kevin se rapprochait dangereusement. Il fit un bond en avant pour attraper Maude, mais elle réussit à l'éviter. Sax fut déséquilibré et plongea dans le vide, parvenant in extremis à se raccrocher à l'échafaudage qui courait le long du palier. Sous la poussée, celui-ci pivota, bascula, avant de s'écraser six mètres plus bas, dans un bruit de tôle infernal.

Quand Maude approcha de la rampe, le corps de son plus fidèle collaborateur gisait sous les poutrelles d'acier, et une flaque de sang se formait déjà autour de sa tête.

La jeune femme ne put retenir un cri de stupeur. Profondément choquée, elle glissa ses doigts dans ses cheveux d'un geste désespéré tout en cherchant à recouvrer son souffle.

— Je ne peux pas y croire, non, je ne peux pas y croire, répétait-elle

Pour la première fois de sa vie, elle prit conscience de ce que pourrait lui coûter sa soif de pouvoir. Comment allait-elle se sortir de ce bourbier ? Son ambition allait-elle la perdre ?

La police restait sa dernière chance. Elle se releva, retourna dans la chambre de Sax pour prendre les précieux dossiers, puis descendit. Arrivée en bas, elle enjamba le corps de Sax.

— Cette charogne a assassiné trois personnes. Il n'a que ce qu'il mérite, souffla-t-elle tout en reprenant ses esprits.

Lentement, elle se dirigea vers le téléphone. Mais avant de prévenir la police, elle composa un autre numéro.

— N'ayez crainte, lui répondit une voix à l'autre bout du fil. Venez avec tous les documents, ce sont des pièces à conviction. Nous allons certainement trouver une solution.

Trois jours plus tard, tous les vignerons s'étaient retrouvés au Laetitia où leur avocat devait leur exposer la stratégie de défense à adopter face au détournement de fonds dont ils avaient été victimes. Les regards étaient tendus. Les dépenses déjà engagées étaient énormes et le procès, dont l'issue était incertaine, risquait de leur coûter encore beaucoup d'argent. Devant l'inquiétude des vignerons, Simon eut l'idée de consulter sur son ordinateur portable le compte bancaire de la fondation dont les fonds récoltés étaient censés couvrir les frais de procédure.

— C'est curieux, fit Simon en fronçant les sourcils.

Gabrielle se pencha par-dessus son épaule.

— Mais il n'y a plus rien !

— Oui, c'est vrai. Le dernier retrait porte la date du 7 avril. Il y a moins d'une semaine.

D'une voix calme et déterminée, Gabrielle demanda :

— Qui gérait ce compte ?

Un silence embarrassé confirma les craintes de la jeune femme.

— On dirait que nous l'avons… notre preuve ! fit-elle avant de quitter la salle.

Les derniers vignerons partis, Élie, qui n'avait pas bronché de toute la soirée, se leva discrètement. Toutes ces révélations l'avaient ébranlé et il ressentait le besoin de s'allonger quelques instants dans le calme. Il contourna péniblement le comptoir et se dirigea vers l'escalier d'un pas lourd. Le souffle lui manquait. Une douleur de plus en plus aiguë lui comprimait la cage thoracique. Au bord de l'asphyxie, le maire releva son visage pour trouver un peu d'air. D'un geste maladroit, il voulut dégrafer son col de chemise. Il n'y parvint pas. Au moment où il entra dans sa chambre, son regard paniqué s'attarda sur l'aquarelle représentant le moulin de Daudet accrochée juste au-dessus de son lit. Malgré son malaise, il ne put s'empêcher de penser au pauvre Manolo. Une douleur plus violente lui étreignit la gorge. Dans un bruit sourd, Élie s'écroula de tout son poids. sur le plancher

Gabrielle marchait à vive allure, Selim sur ses pas. Elle fixait la silhouette imposante du château, droit devant elle, tout en répétant mentalement ce que la colère lui soufflait. Béatrice, Olivier et Simon suivaient à quelques mètres les propriétaires de Lou Triadou. Arrivés dans le vaste hall du château luxueusement rénové, ils surprirent Maude, une valise à la main. À la façon dont ils la regardaient, celle-ci comprit qu'elle devrait remettre ses projets de départ à plus tard. Une solide explication l'attendait. Et ce n'est pas sans une certaine ironie qu'elle allait encore une fois retourner la situation à son avantage. En trois jours, tout serait rentré dans l'ordre.

— Je constate que tu filais à l'anglaise, siffla Gabrielle qui contenait assez mal sa rage.

— Quelle idée ! Tu m'as l'air bien remonté. Moi qui pensais que tu venais me remercier…

— Te remercier ? Mais de quoi, grand Dieu ! Tu nous as tous trompés. Depuis le début, tu t'es jouée de nous.

— Moi ? s'écria Maude, faussement indignée.

— Là, tu as dépassé les limites. C'est dans une cellule que tu vas passer tes quinze prochaines années.

— Je ne vois vraiment pas de quoi tu veux parler.

— Très bien, dans ce cas, laisse-moi éclairer ta lanterne.

Avec pondération mais fermeté, Gabrielle la mit au pied du mur. Nul, ici, n'ignorait aujourd'hui que la compagnie d'assurances appartenait au groupe Dormeuil, que Fabregat avait détourné les primes vers un paradis fiscal. Ils pouvaient le prouver. Tout cela grâce à l'intervention de Kevin Sax, un proche de Maude. Quant à l'argent de la fondation, il semblait s'être volatilisé lui aussi…

— Tu n'ignores pas, poursuivit-elle, que les deux meurtres sont liés à cette escroquerie. Aucun doute là-dessus. Tu vas être poursuivie pour complicité.

Après avoir abattu cette dernière carte, Gabrielle resta muette quelques secondes, attendant que Maude réagisse. Celle-ci la regardait intensément.

— Suis-moi, dit-elle simplement.

Elle se dirigea vers le bureau, alluma son ordinateur et se connecta sur un site internet. Les anciens actionnaires de Montauban prirent place autour d'elle.

— En ce qui concerne la CAPA, reconnut Maude tout en pianotant sur le clavier, tu as entièrement raison. J'ai appris comme vous que le groupe Dormeuil en était le propriétaire. Je l'ignorais totalement. Dois-je te rappeler que Richard fomentait de mauvais coups dans mon dos ?

Elle cliqua sur la page d'accueil du site de CNN. L'affaire du jour s'étalait sur l'écran. Une manchette titrait sobrement :

« Mort de Richard Dormeuil. » Les autorités de Saint-Barthélemy venaient de repêcher son corps. Deux jours plus tôt, signalait l'article, Dormeuil était parti seul en mer après s'être fait livrer une très grande quantité d'alcool. Selon des témoins qui l'auraient vu, l'homme n'aurait pas supporté la prise de contrôle de son groupe par Jean-Yves Mérentier et ne s'était pas gêné pour manifester à qui voulait l'entendre sa hargne contre le P-DG d'Alliance. L'article s'attardait également sur différents détournements de fonds qui focalisaient l'attention des fédéraux. La CAPA figurait sur la liste des sociétés citées. Maude leur apprit aussi ce qui s'était passé trois jours plus tôt, ici même. Sax avait essayé de s'en prendre à elle quand il avait compris qu'elle avait tout découvert.

— Deux artisans du chantier pourront en témoigner, mentit-elle. Ce sont eux qui m'ont secourue.

Elle termina en expliquant que les enquêteurs avaient retrouvé dans les affaires de Sax un important dossier qui l'incriminait dans les deux meurtres qui avaient été perpétrés sur le territoire de la commune. Marquant une pause, elle observa la mine dubitative de Gabrielle.

— Tu es pourtant bien placée pour savoir qu'une femme peut parfois ignorer les agissements de son mari. Même si elle vit à ses côtés, partage son bureau et son lit, elle est rarement au courant de tout.

Gabrielle baissa le regard, soudain gênée au souvenir des propres épreuves qu'elle avait connues au moment du décès de Laurent, son premier mari. Un temps, elle l'avait cru coupable de ce genre de méfaits.

— Que veux-tu, Richard était moins vertueux. Comme je te le disais, tu as toujours fait les bons choix.

— D'accord, admit-elle, un peu à contrecœur.

Mais, suspicieuse, Gabrielle lui demanda pourquoi le compte bancaire de la fondation était vide. Maude lui répondit par un sourire malicieux. Puis elle se mit en ligne avec la banque qui gérait le compte, plus radieuse que jamais.

— C'est pour ça que je te demandais si tu venais me remercier.

Gabrielle tendit le cou. L'expression ahurie de son visage invita ses ex-associés à venir vérifier par eux-mêmes ce qu'elle venait de lire sur l'écran. Le compte enregistrait une progression trois fois supérieure à la mise de fonds de départ.

— Je n'allais tout de même pas laisser Mérentier me déposséder d'un groupe pour lequel j'ai passé vingt ans de ma vie sans en profiter un peu, concéda-t-elle alors qu'elle se retirait. Dès que j'ai soupçonné ce qui se tramait, je me suis arrangée pour en faire profiter les copains, voilà tout.

Interloqués et un peu confus d'avoir porté des jugements un peu hâtifs, ils suivirent Maude du regard en silence, jusqu'à ce que sa gracieuse silhouette disparaisse sur le perron. Gabrielle fut la première à réagir et courut vers elle. Maude démarrait son cabriolet au moment où elle parvint à la rejoindre.

— Attends, tu ne vas pas partir comme ça ? Je... Je tiens à m'excuser.

— T'inquiète. Je ne t'en veux pas.

Juste après avoir enclenché sa vitesse, elle lança à la volée, sans lui laisser le temps de répondre :

— Au fait, j'ai réussi à revendre Montauban. Et quoi que tu penses sur mes façons d'agir, tu es mon amie, Gabrielle. C'est pour cette raison que je tenais à ce que tu ne sois pas lésée dans cette nouvelle transaction. J'ai négocié le contrat. Tu obtiens vingt pour cent de parts supplémentaires.

Confuse, Gabrielle parvint à lui bredouiller quelques banalités, lui demandant même d'envoyer de temps en temps de ses nouvelles malgré cette parenthèse regrettable dans leur amitié.

— Tu ne manqueras pas d'en avoir, lui répondit Maude avec un sourire, surtout que nous serons voisines maintenant.

Une expression tout aussi curieuse qu'inquiète anima le regard de Gabrielle.

— Ah bon ?

— Oui. Je viens de racheter la villa Borghese, tout près d'ici. Dès que j'aurai réglé quelques petits détails à New York, je reviendrai m'installer définitivement dans cette belle vallée.

Ravie de ce dernier pied de nez, Maude démarra dans un crissement de pneus et tendit son bras en signe d'au revoir. L'allée de platanes défilait dans son rétroviseur. À présent, la silhouette de Gabrielle ne ressemblait plus qu'à une ombre minuscule et floue derrière un nuage de fumée. Maude jubilait. Elle qui, moins d'un an auparavant, avait posé un pied sur cette terre sans le moindre centime en poche repartait à présent plus puissante que jamais. Arrivée à la limite de la propriété, Maude jeta un dernier coup d'œil sur le vignoble. Bien que citadine, elle mesura toute la richesse de cette terre, et, sans la renommée de Montauban, son retour dans le monde des affaires n'aurait pas eu autant d'éclat. Aujourd'hui, elle renouait enfin avec le pouvoir.

À quelques tours de roues de la grille, une limousine noire ralentit à sa hauteur. Les deux voitures s'immobilisèrent.

— Voilà, se réjouit la conductrice du cabriolet jaune, nous avons réussi. Je vous remercie de votre aide et vous souhaite bonne chance, car maintenant, c'est à vous de jouer.

Puis les véhicules continuèrent leur chemin dans des directions opposées.

Pendant ce temps, au château, Gabrielle répéta à ses amis les dernières révélations de Maude. Olivier ne put s'empêcher de sourire, pensant déjà à l'héroïne de son prochain roman qui pourrait bien prendre les traits de la femme qu'il avait tant aimé. Mais si l'écriture était une thérapie, il devait aussi ce miracle à Béatrice qui, sans relâche, l'avait incité à reprendre le travail. C'est même elle qui lui avait suggéré l'intrigue. Et elle était aujourd'hui à ses côtés... Selim regarda tendrement Gabrielle. L'ex-propriétaire de Montauban venait de leur faire un cadeau d'adieu merveilleux. Avec trente pour cent, ils pourraient peut-être retrouver leur indépendance. Simon éteignit son ordinateur après avoir vérifié une dernière fois que les révélations de Maude étaient crédibles. L'avocat, pourtant, avait encore quelques doutes quant à sa totale innocence, mais aucune preuve ne pouvait être légalement retenue contre elle. Résigné, il dut lui reconnaître un certain talent, celui, finalement, d'avoir su retomber sur ses pattes.

— Il nous reste une dernière énigme à résoudre..., lança Selim.

— Oui, et de taille, poursuivit Gabrielle. Nous ignorons qui a racheté le domaine...

Une voix s'éleva qui surprit tout le monde.

— C'est moi !

Tous se retournèrent, stupéfaits.

— Montauban est à nouveau retourné dans la famille. Et comme je le dis toujours, rien ne vaut la famille. Non, vraiment, rien ne vaut la famille.

Plus triomphante que jamais, Victoire les regardait fixement, manifestement ravie de son coup d'éclat.

Fête de la Saint-Éloi, 1923

Aux premières lueurs rougissantes, Célestin et Angèle se remirent en route. Leur attelage tressautait sur les ornières qui s'étaient encore un peu plus creusées avec la sécheresse des derniers jours. Ils dévalèrent la colline de Montmajour à toute vitesse avant de fondre sur Arles, première étape de leur liberté.

Agrippée au bras du cocher, Angèle souriait, plus confiante que jamais, totalement grisée par l'air tiède de cette fin de journée. Rien d'autre n'avait plus d'importance à ses yeux que cette formidable vie d'aventures dont Célestin lui avait si souvent vanté les indéniables attraits. Pour la première fois, la fille du pâtre goûtait à l'ivresse du bonheur. La jardinière interrompit sa course folle devant la gare, sous le regard indigné de deux vieilles femmes.

— Vite, lança Célestin tout en saisissant l'unique bagage de cuir. Il nous reste moins d'un quart d'heure pour monter dans le prochain train pour Marseille.

Le couple en fuite s'engouffra dans le vaste hall de la gare. Angèle n'avait jamais vu autant de monde, autant de toilettes élégantes. Pour se rassurer un peu, elle pressa davantage la main apaisante de son amoureux.

Des voyageurs s'étaient rués sur les quais. Angèle et Célestin avaient du mal à se frayer un passage dans toute cette agitation en masse. La locomotive était prête à partir. Un sifflet strident retentit, soulevant un vent de panique dans la foule. Angèle tressaillit. Célestin l'entraîna brusquement. Sa compagne regar-

dait droit devant elle, agrippée au bras de son ami. Concentrée, elle ne vit pas l'employé de chemin de fer devant elle, et ce fut la collision. À cause du choc, elle lâcha la main de Célestin et fut emportée par le flot des voyageurs. Elle chercha désespérément son amoureux du regard, le repérant par miracle un peu plus loin. Entraînée par le mouvement de la foule, elle eut à peine le temps d'attraper le billet de train qu'il lui glissa dans les mains. Il lui donna rendez-vous à Marseille, au cas où ils se perdraient de vue, devant l'embarcadère où ils devaient prendre le bateau. Paniquée, la jeune fille tremblait de tous ses membres.

Angèle caressa son titre de transport pour reprendre confiance. Désespérément, elle chercha une dernière fois du regard son compagnon de voyage, mais il avait disparu.

— Marseille Saint-Charles, s'écria le chef de gare. Dernier appel.

À présent, seules quelques personnes venues saluer leurs proches s'attardaient sur le quai. Mais aucune d'entre elles ne ressemblait à Célestin. Après une ultime hésitation, la jeune bergère posa sa bottine sur le marchepied de son wagon, tandis que le train commençait à s'ébranler. Elle monta dans le premier compartiment et colla son nez à la fenêtre.

Le convoi vibra de nouveau et s'étira lentement. Derrière les rideaux à pompons, Angèle observait les gens dans la gare, tous des inconnus, ce qui la conforta dans l'idée qu'elle avait fait le bon choix de partir. Alors qu'elle se décidait mentalement à remonter le wagon pour retrouver son ami, ses yeux s'attardèrent sur un homme debout près d'un réverbère, à l'extrémité du quai. Impuissant, il regardait le train partir sous ses yeux.

Célestin !

Angèle essaya d'ouvrir la fenêtre de son compartiment, en vain. Désespérée, elle frappa au carreau, mais le jeune homme avait déjà fait demi-tour. Quand elle parvint enfin à faire glisser la vitre, il était trop tard. Elle eut beau crier, agiter son petit mouchoir, le grincement strident des machines couvrait son appel. Célestin avait disparu derrière un nuage de fumée.

LIVRE TROISIÈME

XXVI

Elle se tenait là, rayonnante, sur le seuil du grand salon, savourant pleinement l'effet produit par son dernier coup de théâtre. Ils la dévisageaient tous, comme un fantôme surgi de l'au-delà. Bien sûr, ils se réjouiraient de la retrouver en pleine santé. Bien sûr, ils s'empresseraient de lui poser mille questions. Mais pour l'heure, le silence qui régnait dans la pièce trahissait bien autre chose. La même question trottait dans tous les esprits. Que signifiait ce retour ? Qu'allaient-ils devenir ?

La marquise leur sourit, visiblement ravie.

— Vous ne pensiez tout de même pas que j'allais abandonner Montauban ?

Maxime fut le premier à venir la saluer, suivi de Béatrice et de Selim. Un peu en retrait, Gabrielle se sentait partagée. Victoire et elle avaient connu tant de différends par le passé. La propriétaire de Lou Triadou se demandait dans quelles dispositions elle était, d'autant que bientôt, elles seraient associées !

— Bonjour, Gabrielle, lança Victoire visiblement sincère. Je suis heureuse de te revoir.

Puis, elle ajouta avec une certaine gratitude combien elle avait été touchée par ses fréquentes visites.

Toujours un peu hésitante, la jeune femme lui accorda le bénéfice du doute. À quoi bon remuer le passé ? Après tout, la vieille dame n'avait-elle pas payé au prix fort ses manigances ? N'avait-elle pas fait amende honorable pendant ces années de réclusion à l'hospice ? Aujourd'hui, il était temps de jeter l'éponge, et lui donner une nouvelle chance serait sans aucun doute la meilleure façon de repartir sur de bonnes bases.

— Soyez la bienvenue à Montauban, Victoire.

La marquise déposa un baiser sur la joue de Gabrielle avant de poser un regard perçant sur l'homme qui était à ses côtés. Olivier, son fils cadet. Après une absence de près de trente ans, il était revenu quelques mois plus tôt. Les malheureux hasards de la vie l'avaient séparée de ce fils si différent de son frère. Olivier le rebelle. En tout point opposé à ses idées. Victoire avait toujours apprécié chez lui sa force de caractère, sans doute parce qu'elle se retrouvait elle-même dans cette détermination si typique des vaillants marquis de Montauban. Contrairement à Armand, son aîné, Olivier s'était toujours tenu à ses choix, quitte à braver les interdits et à renoncer à ses avantages.

— J'espère, cette fois, que nous allons pouvoir nous retrouver, murmura-t-elle à son oreille.

— Je l'espère...

Ils prirent tous place dans les fauteuils, tandis que François, le fidèle majordome de Victoire, reprenait déjà ses marques dans une demeure totalement métamorphosée. Au bout de quelques minutes, la marquise daigna enfin s'expliquer.

Pendant les six mois qui avaient suivi l'explosion, Mme de Montauban avait cru que la vie lui avait joué un de ces plus mauvais tours. Elle serait condamnée à végéter, infirme et aveugle. Puis, progressivement, l'hématome qui l'avait retranchée dans le noir absolu s'était résorbé. Victoire avait alors commencé à distinguer quelques lueurs, de vagues contours, avant de recouvrer complètement la vue. Tout était encore possible. Elle avait prié le chef de clinique de ne pas en informer ses visiteurs, estimant qu'il était inutile de leur livrer de faux espoirs. Ce signe du destin lui avait insufflé une telle énergie qu'elle retrouva sa motricité, grâce à sa détermination et à son courage. Deux années, il lui avait fallu deux années d'efforts, dans le plus grand secret, pour qu'enfin elle puisse se déplacer sans son maudit fauteuil roulant. Et quand Louis Aymard en personne était venu la narguer sur son lit d'hôpital au sujet de la vente de Montauban, elle n'avait pas hésité à persuader Maude de se débarrasser de la propriété.

Pressés d'en savoir plus sur ce point, les occupants du grand salon l'assaillirent de questions. Mais Victoire resta très évasive, parvenant à éluder habilement le sujet en énonçant des généralités. Qu'importaient les détails, la fin justifiait les moyens !

— Quelles sont vos intentions, maintenant ? se hasarda Gabrielle, un peu inquiète.

La marquise reconnut là la franchise de la propriétaire de Lou Triadou et lui sourit.

— Tout d'abord, je souhaite effacer toute trace du passage de Maude dans ce château, souligna-t-elle en jetant un regard circulaire sur le nouveau mobilier. Tout ce clinquant.. Dieu que les nouveaux riches ont mauvais goût ! Ensuite, nous allons poursuivre ce que nous avions commencé de faire : des vins de haute tenue. Je sais que tu partages mon point de vue sur ce point, ma chère enfant.

Gabrielle n'aimait guère les sobriquets dont l'affublait Victoire et qui n'avaient pour seul but que la rabaisser. Néanmoins, la propriétaire de Lou Triadou devait se rendre à l'évidence, elle poursuivait les mêmes desseins qu'elle. La marquise, tout comme Selim et elle, avait toujours privilégié les petits rendements et un travail rigoureux sur les vignes. Et c'est seulement à ce prix qu'on obtenait un vin d'excellence. Maude, elle, ne pensait qu'au profit immédiat, au détriment de la qualité.

Le majordome interrompit la discussion pour informer la marquise que le dîner était prêt. Au regard amical qu'elle lança à ses interlocuteurs, tous comprirent qu'ils étaient conviés à sa table. Ils se levèrent et se dirigèrent ensemble vers la salle à manger.

— J'espère que nous parviendrons à nous entendre toutes les deux, souffla Gabrielle à Victoire.

D'un geste impérieux, la maîtresse des lieux l'invita à la précéder, un sourire aimable aux lèvres.

— Il y a un temps pour tout, lui répondit-elle. Un pour haïr, un pour aimer. Sauver Montauban est notre but à toutes les deux, non ? Je pense que nous avons beaucoup plus intérêt à unir nos talents qu'à nous déchirer.

Gabrielle était rassurée, même si, quelque part, la raison lui dictait de rester sur ses gardes.

Au cours du repas, Me Robin annonça sa décision de rompre sa collaboration avec Montauban en tant que conseiller juridique. Refus qui parut vraiment affecter la marquise. Pour oublier cette fausse note, elle leva son verre.

— Permettez-moi de porter un toast. Vous tous ici présents, je vous remercie d'avoir accepté mon invitation à dîner. Vous imaginez aisément ce qu'un retour au château représente pour moi. À nous tous ! Et à Montauban ! Puissions-nous enfin trouver la paix et l'harmonie. J'espère aussi que mon fils Olivier, ma belle-fille Béatrice ainsi que toi, Maxime, et ta jeune épouse, viendrez bientôt vous installer à nouveau dans vos appartements. Je vous promets que nous ferons tout notre possible pour améliorer cette horrible décoration, ajouta-t-elle sur le ton de la plaisanterie, avant de poursuivre : Montauban est pour moi bien plus qu'une simple entreprise. C'est une tradition, une histoire de famille, et rien ne remplace la famille. Rien. C'est l'âme d'une maison. Ce soir, je peux vous garantir que je veillerai personnellement à ce que cette demeure ne perde jamais plus la sienne.

Pendant tout le dîner, Victoire révéla un nouveau visage et surprit tout le monde par sa franchise. La redoutable marquise était devenue une femme énergique, certes, mais avant tout humaine. Les épreuves qu'elle avait traversées lui avaient manifestement été profitables... Tard dans la soirée, la septuagénaire raccompagna ses invités sur le perron. Un très léger boitillement trahissait une petite séquelle de son infirmité. Gabrielle et Selim regagnèrent Lou Triadou résolument optimistes. Mais si Victoire avait changé, rien ne garantissait pour l'instant que ce changement d'attitude fût définitif. C'est d'ailleurs pour cette raison que Gabrielle avait insisté auprès de Simon pour qu'il accepte de rester l'avocat de Montauban, ce qu'il fit, à son grand soulagement. Par ailleurs, les vingt pour cent octroyés par Maude lors de sa transaction permettaient aux propriétaires de Lou Triadou de reprendre leur indépendance. Au cas où...

Olivier et Béatrice longèrent les vignes en direction de Maussane pour regagner la bastide qu'ils occupaient maintenant depuis plusieurs mois.

— Que penses-tu de la proposition de Victoire de nous installer à Montauban ? demanda-t-il.

— Je crois que nous avons tous droit à une deuxième chance...

Lescure s'était arrêté de marcher. Il fixait Béatrice d'un regard plein d'intensité. Afin de souligner davantage ce dernier sous-entendu, il insista :

— Nous installer vraiment...

La jeune femme glissa une mèche de cheveux derrière son oreille. Ce geste délicat trahissait son embarras et elle prit quelques secondes pour réfléchir, consciente que cette question était lourde de sens. Elle savait que sa réponse pouvait changer le cours de sa vie. Hésitante, elle revint sur ses pas.

— Avec joie, murmura-t-elle.

Les yeux perdus dans les vignes, elle esquissa un pâle sourire. Lentement, dans un geste d'une infinie douceur, Olivier attira vers lui son visage rosissant. Leurs regards se croisèrent et, sans dire un mot, il posa délicatement ses lèvres sur les siennes…

Seule dans un château qui ne ressemblait plus vraiment à celui qu'elle avait connu autrefois, Victoire visita chaque pièce dans l'espoir de trouver un endroit épargné par les nouveaux aménagements qu'avait voulus Maude. En vain. De la cave au grenier, Montauban avait perdu son âme d'antan. La Marquise se consola malgré tout en pensant qu'elle n'avait pas déboursé un centime pour récupérer son bien. Une petite tractation qu'elle gardait bien entendu secrète.

Elle avait rencontré Maude très vite après l'arrivée de celle-ci chez Gabrielle. La redoutable Maude Dormeuil, qui connaissait la réputation de Victoire, n'avait pas tardé en effet à lui rendre visite à l'hôpital, surprenant la marquise en pleine séance de rééducation. Les deux femmes s'étaient revues quelques semaines plus tard, mais entre-temps, Victoire avait pris des renseignements sur cette fameuse Mme Dormeuil par l'intermédiaire de son fidèle majordome. Et le hasard avait voulu que Kevin Sax croisât François sur sa route…

Très vite, la marquise avait clairement fait part à Maude de sa volonté de reprendre le contrôle de Montauban. La gestion déplorable du domaine, les dettes pharaoniques et l'entrée dans le capital de son pire ennemi l'incitaient à la plus grande diligence.

— Maude, je ne vous connais pas, avait-elle alors commencé. Néanmoins, j'imagine aisément le genre de personne volontaire que vous êtes. J'ai toujours respecté l'audace chez les femmes.

Froidement, elle avait poursuivi :

— Je vous sais ruinée et héritière d'un lourd fardeau. Vous désirez sortir de l'impasse et au besoin prendre l'avantage une bonne fois pour toutes sur Alliance.

Le regard de la vieille dame avait alors redoublé d'intensité.

— J'ai une solution à vous proposer qui peut nous satisfaire toutes les deux.

C'est ainsi que Victoire avait dévoilé son stratagème. Revendre le groupe Dormeuil à Jean-Yves Mérentier ! Maude avait été bluffée par l'intelligence de la vieille dame. Son plan était parfaitement au point, risqué certes, mais subtilement orchestré. Leurs réseaux d'influence s'étaient chargés de colporter la rumeur dans les sphères politico-financières internationales et bientôt, la supériorité de l'esprit sur le seul pouvoir de l'argent permit aux deux femmes de se partager le butin de leur croisade…

Tout en parcourant les pièces rénovées, Mme de Montauban tentait de retrouver ses marques. Dès demain, elle chargerait François d'organiser le rapatriement des meubles d'origine de la bastide vers le château ainsi que tous les effets entreposés dans la remise de Lou Triadou. Quoique, sur ce dernier point, elle s'en occuperait en personne. Victoire tenait à sonder les intentions de Gabrielle. Depuis toujours, la Marquise redoutait la spontanéité de sa voisine. Certes, aujourd'hui, le climat semblait plus favorable à la discussion, mais pour combien de temps encore ? L'avenir de Montauban reposait presque entièrement entre les mains des quelques hectares de Lou Triadou. Sans leur apport qualitatif, c'est l'ensemble de l'édifice qui pouvait s'écrouler. Bien sûr, Victoire entendait obtenir le même résultat en ne concédant à ses voisins que vingt pour cent de l'ensemble et non la moitié, mais il lui fallait trouver un moyen pour aliéner définitivement le sort des deux propriétés…

XXVII

Les beaux jours étaient de retour. Quelques abeilles laborieuses tournoyaient aux abords de la glycine en fleur de Lou Triadou. Gabrielle sortit du mas d'un pas décidé, ravie à l'idée de mettre en œuvre un projet qui lui tenait à cœur depuis des mois, mais que les événements de l'hiver avaient relégué à une date ultérieure. Ce matin, Selim et elle avaient décidé de percer le mur de l'ancien cellier pour agrandir leur séjour.

Après l'installation de Maude à Montauban, un tas d'affaires avaient été transportées dans la remise et Gabrielle n'avait pas encore trouvé le temps d'en faire le tri. Elle parut consternée devant l'incroyable quantité d'objets qu'elle avait pu entreposer là au cours des dernières années. Meubles, bibelots, livres, jouets, vêtements, ustensiles de cuisine... Elle s'avança dans la grange, entre deux montagnes de cartons. Prenant appui sur la première, elle tentait de saisir une boîte métallique quand Fanette apparut sur le pas de la porte

— Mais c'est une vraie caverne d'Ali Baba ! s'exclama-t-elle.

Surprise, Gabrielle faillit perdre l'équilibre.

— Termine ce que tu étais en train de faire, poursuivit son amie. Je peux attendre.

— C'est gentil. Il faut dire qu'avec toutes les affaires de Montauban, on ne peut plus se retourner.

Gabrielle étira le bras et attrapa la poignée d'une mallette. En glissant, la petite valise entraîna avec elle toute une pile de caisses qui se renversèrent dans un fatras impressionnant. Gabrielle eut juste le temps de reculer, évitant de justesse une lourde malle qui s'ouvrit dans sa chute. Un tas de paperasses s'éparpilla sur le sol.

— C'est pas vrai, pesta la jeune femme. Il est temps que Victoire vienne récupérer ses affaires.

— Laisse, je vais te donner un coup de main, proposa Fanette.

Les deux femmes s'activèrent à rassembler les papiers.

— Comment vas-tu ? demanda Gabrielle.

— Disons que je réapprends à vivre.

— Si tu as besoin de quoi que ce soit, je suis là, lui répondit son amie, pleine de compassion.

— Je te remercie. Je sais que je peux compter sur ton aide, mais je vais m'en sortir. En fait, je suis venue te dire que j'ai encore fait un affreux cauchemar cette nuit. Je suis sûre que nous ne sommes pas au bout de nos peines, bien au contraire.

— Pourtant, tout le monde sait maintenant que Sax était le meurtrier.

— C'est vrai, mais une petite voix au fond de moi me dit qu'il y a autre chose. La puissance des esprits est bien supérieure à la simple raison des mortels. Je suis…

La voix de Fanette s'étrangla. Elle venait de remarquer sur le sol un vieux parchemin échappé d'un carton.

— Alba Domina, lança-t-elle d'une voix blanche.

— Comment ? De quoi s'agit-il ?

— La femme que je cherchais. Alba Domina… la Dame blanche ! répondit Fanette en pointant du doigt le parchemin.

Le texte était écrit en latin et les deux femmes renoncèrent à le traduire.

— Je ne vois qu'une seule personne capable de nous aider, Lucien.

Elles partirent immédiatement pour la librairie. Arrivées devant la boutique, elles trouvèrent le rideau baissé. Elles empruntèrent l'escalier qui conduisait à l'appartement du premier et, là encore, personne ne répondit à leur appel.

— Comment ? Vous n'êtes pas au courant ? s'étonna le Dr Barthélemy qui passait par là. Le maire a eu un malaise hier soir. Je l'ai fait transporter à l'hôpital d'Arles. Phonse et Lucien sont auprès de lui avec Frida.

Bouleversée, Gabrielle retourna au mas pour prendre sa voiture, puis elle se rendit immédiatement au service des urgences de l'hôpital. Fanette, qui ne tenait pas à se retrouver en face du primeur, préféra ne pas l'accompagner. Sur place, Gabrielle fut heureuse de constater que son parrain se portait déjà mieux. L'alerte avait été sérieuse et imposait à Élie de lever le pied, mais d'ici une semaine, il pourrait rentrer chez lui.

Quand Gabrielle entra dans la chambre, elle fut frappée par les traits tirés et le teint pâle de son vieil ami. Elle déposa un tendre baiser sur son front. Au contact de ses lèvres, Élie ouvrit doucement les yeux. Son regard rayonna dès qu'il l'aperçut.

— Ma pitchounette, souffla-t-il avec difficulté. On dirait que ma vieille carcasse ne veut plus me supporter.

Gabrielle lui sourit affectueusement. Son confident de tous les instants revenait de loin, et peut-être à cause d'elle. La jeune femme ne pouvait s'empêcher de regretter son emportement de la veille au Laetitia.

— J'ai honte de moi, parvint-elle à avouer, les yeux embués de larmes. Je n'aurais pas dû réagir comme ça hier soir.

— Mais qu'est-ce que tu me chantes là ! grommela Élie. Je suis le seul responsable. Tu n'as rien à te reprocher. Tu n'es pas responsable si je suis vieux, si j'aime la bonne chère et si mon cœur en est tout escagassé. Tu n'as fait que défendre notre village à une heure où moi je ne le pouvais plus. C'est pour cette raison que j'ai décidé de renoncer à mon mandat. Allez… Viens vite me donner un gros baiser.

Gabrielle l'embrassa de bonne grâce avant de le laisser se reposer. Juste avant de quitter la chambre, elle lui fit savoir que Maude avait réussi, comme elle l'avait promis, à faire fructifier les fonds de l'association et que tout était rentré dans l'ordre. Mais elle ne jugea pas souhaitable de lui parler du retour de Victoire à Montauban.

Dans la salle d'attente, elle retrouva le libraire et le primeur qui ne tentèrent même pas de dissimuler leur angoisse.

— C'est la première fois que l'un d'entre nous manque de sauter le rigodon, avoua Phonse.

Bouleversé par la mort de Manolo, il n'avait plus goût à rien, encore moins de taquiner les gens ou de se plaindre de tout. Il rejoignit Gabrielle devant le distributeur de boissons, et là, d'une voix étonnamment monocorde, il lança :

— J'ai eu une fille et un fils. Par ma bêtise, je les ai perdus tous les deux. Je ne suis qu'un vieux fada.

Gabrielle glissa une main compatissante autour de son bras.

— Je connais quelqu'un d'autre qui souffre dans son coin. Seule et rejetée par tous…

Le primeur leva sur elle un regard plein de détresse.

— Je pense, poursuivit-elle sur le ton de la confidence, qu'il serait grand temps de vous retrouver.

— Tu crois ?

La jeune femme confirma d'un signe de tête.

— Oui, ainsi, Manolo ne sera pas mort pour rien.

Vers midi, Gabrielle et Lucien retournèrent au village. Phonse eut l'autorisation de rester encore un moment auprès d'Élie. En tant que premier adjoint au maire, il devait prendre certaines dispositions jusqu'aux prochaines élections.

— Té, souffla Élie au bout de quelques minutes. Rien qu'à te voir, j'ai l'impression d'avoir déjà passé l'arme à gauche. Lâche un peu cette face de carême. C'est une visite, pas encore une veillée funèbre !

Phonse se contenta de répondre par un pauvre sourire.

— Je m'en veux tellement, si tu savais.

— Oublie le passé. Nous sommes amis depuis la communale et ça ne nous a jamais empêchés de nous chipoter des matines aux vêpres. Alors…

Provençal, Élie n'était pas rancunier de nature et ses colères légendaires ne duraient guère plus longtemps que les assauts du mistral.

— Phonse, reprit-il l'air grave. Il faut que tu me remplaces à la mairie jusqu'aux prochaines élections.

Le primeur blêmit à cette idée.

— Tu ne peux pas me demander ça après ce qui vient de se passer. Je veux démissionner.

— Non, tu ne le feras pas.

— Et pourquoi ?

— Parce que c'est sans doute la seule façon de retrouver la paix avec toi-même. Voilà ce que tu vas faire…

De retour au village, Gabrielle et Lucien s'enfermèrent dans la librairie avec Fanette. Ils s'installèrent autour d'une longue table dans l'arrière-boutique. Le commerçant chaussa ses lunettes en écaille. Avec le plus grand soin, il se mit à examiner le vieux parchemin que les deux femmes avaient déposé sous ses yeux.

— Mais il s'agit d'un manuscrit du XVIe siècle ! Je dirais 1555. Où l'avez-vous trouvé ?

— Dans les caisses de Montauban, avoua Gabrielle avant d'ajouter, comme pour se justifier, qu'elles étaient tombées par accident d'un carton.

Lucien concentra toute son attention sur le document, de plus en plus fasciné par ce qu'il déchiffrait.

— Tu as découvert quelque chose ? lui demandèrent les deux femmes.

Mais le libraire poursuivit sa lecture sans répondre. Il tournait les pages du vieux parchemin avec la plus grande précaution, se contentant de hocher la tête de temps en temps.

— Enfin, Lucien, s'écria Gabrielle qui trépignait d'impatience. Vas-tu nous dire ce que tu as trouvé à la fin ?

Le commerçant releva le nez. Lentement, il retira ses lunettes qu'il rangea soigneusement dans leur étui. Puis, avec gravité, il consentit enfin à répondre.

— Selon toute vraisemblance, il s'agit là d'un manuscrit rédigé en partie par Michel de Nostre-Dame…

— Nostradamus ? s'écrièrent en chœur Gabrielle et Fanette.

— J'en mettrais presque ma main au feu. En tout cas, ces pages ont été écrites après les *Prophéties*, affirma-t-il en montrant l'ouvrage.

— Tu penses à quoi, au juste ?

— À mon avis, il s'agit d'un recueil de vieilles légendes locales. Celle-ci relate l'histoire d'une très belle femme…

— Alba Domina ? coupa Fanette.

— Exact, lui répondit le libraire, avant de poursuivre : Sous le règne d'Auguste, Arelate (Arles) vivait une période faste et s'ouvrait totalement aux délices de la civilisation romaine. Après de bons et loyaux services, le général Marius Cassius obtint de l'empereur l'autorisation de se retirer avec son épouse sur ses terres, à quelques lieues de la cité. Là, il fit construire une somptueuse villa. Son épouse, toujours de blanc vêtue, fut surnommée Alba Domina par la population arlésienne. Elle alliait toute la grâce, la beauté et le charme qui pouvaient exister en ce bas monde. Vertueuse et généreuse, la noble dame ne tarda guère à être admirée par tous les habitants de la région et, durant de nombreuses années, le couple cultiva un bonheur idyllique, presque trop parfait. La légende raconte que Cybèle, la Mère des dieux, aurait pris ombrage de tant de félicité. Farouchement jalouse, elle aurait statufié Alba Domina pour mettre fin à la fascination qu'exerçait cette mortelle. Rien n'y fit. Au contraire, le texte dit que la statue paraissait si belle, si expressive, qu'elle devint très vite l'objet d'un véritable culte. Folle de rage, la cruelle déesse décida alors de se venger, pourfendit son œuvre et jeta les morceaux aux quatre coins de la vallée. Ainsi, Alba Domina ne connaîtrait jamais le repos et errerait pour la nuit des temps tel un fantôme.

— C'est une histoire horrible, conclut Gabrielle.

— Ce n'est pas fini. Cybèle s'arrangea pour que la pauvre femme soit maudite à jamais. Chaque fois que son regard se poserait sur un homme, elle détruirait sa vie.

Un frisson parcourut la propriétaire de Lou Triadou. Fanette, elle, prit très au sérieux ce qu'elle venait d'entendre. Sans aucune explication, elle alla dans la boutique et en revint avec un recueil du XIXe siècle, celui-là même qu'elle avait consulté quelques semaines plus tôt. Elle tourna les pages pour retrouver l'histoire d'Elphège et Landry.

— Tu as raison, reconnut Lucien. On dirait bien qu'il s'agit d'Alba Domina.

— Tu crois qu'il y aurait un rapport ? questionna Gabrielle.

— C'est bien possible, en effet.

— Et toi, Fanette, quand tu l'as aperçue, à quoi ressemblait-elle ?

— À la gravure, trait pour trait. Et comme vous le savez, elle m'a dit . « De la terre le mal t'informera. Eau, source de vie, sur son passage jugera. D'air le souffle reprendra et par le feu, le troisième innocent périra. »

— Les quatre éléments : la terre, l'eau, l'air et le feu, trancha Lucien. Les Anciens les considéraient comme les composants fondamentaux de toute chose.

Le visage de Gabrielle s'assombrit. Bien que cette histoire lui paraisse totalement surnaturelle, la jeune femme attachait la plus grande importance à cette croyance ancestrale. Les esprits avaient des pouvoirs qu'aucun chercheur ne parviendrait jamais à prouver. D'autant que les récents événements qui avaient secoué la vallée concordaient étrangement avec les prédictions de la Dame blanche. Tandis que Lucien continuait de lire, elle réfléchit à voix haute.

— Jean-Pierre Fabregat a été retrouvé noyé.

— « Eau, source de vie, sur son passage jugera », enchaîna Fanette.

— Manolo a trouvé la mort par étouffement, attaché à une aile du moulin, continua Gabrielle.

— « … D'air le souffle reprendra », reprit son amie, la voix chargée de tristesse.

— Et chaque fois des signes. La fontaine du village, l'écorce du chêne.

— « De la terre le mal t'informera… »

— Et le feu ? s'écria soudain Gabrielle. Il nous manque le quatrième élément.

— « Par le feu, le troisième innocent périra. »

— Mais qui est le troisième innocent ?

Lucien se décida enfin à parler. Il venait peut-être de trouver une piste dans le parchemin que lui avait rapporté Gabrielle et qu'il attribuait à Nostradamus.

— J'ai noté une phrase intéressante : « Passé deux temps jusques septante-deux, plusieurs mourront. Du troisième, le ciel déchirera avant que l'auguste colombe ait sa demeure. »

Les deux femmes le dévisagèrent, dubitatives. Aucune d'elles ne comprenait ce charabia.

— Je peux éclairer votre lanterne sur certains points. Mais il me manque des indices. D'après moi, « Passé deux temps jusque septante-deux » indique une date. Selon l'Apocalypse de saint Jean, un temps correspondrait à mille ans. Deux millénaires et soixante-douze mois, soit six ans.

Lucien s'interrompit puis, soudain, son visage s'éclaira.

— Mais oui, c'est évident, mai 2006 ! cria-t-il d'une voix triomphante. Dans la Rome antique, les cérémonies pratiquées pour le culte de Cybèle avaient lieu au mois de mai de chaque année. Deux mille ans, six ans, nous arrivons bien à mai 2006.

— Après ? reprit Gabrielle. Que doit-il se passer après ?

— Ben, justement… Je n'en sais rien. Il nous manque l'identité du « troisième ». Je pense qu'« auguste colombe » symbolise Alba Domina. Nostradamus utilisait ce genre de métaphore pour désigner un individu, comme par exemple « phœnix » pour Hitler. Quant à sa demeure, il s'agit sans doute du repos éternel.

— Tout cela me donne la chair de poule, dit Gabrielle qui, jetant un coup d'œil à sa montre, décida de rentrer au mas. Fanette lui emboîta le pas.

— Je vous raccompagne, décréta Lucien.

Arrivés sur le seuil de la porte, ils considérèrent avec inquiétude le ciel menaçant. De gros nuages masquaient les derniers rayons de soleil de la journée. Ils furent soudain plongés dans la pénombre. Les premières gouttes de pluie se mirent à tomber et se transformèrent rapidement en une violente averse qui s'abattit sur la place, maculant la devanture de la boutique de traînées d'eau rouge sang. Gabrielle lança un regard inquiet à Lucien et Fanette.

— C'est la bauxite, hein ? dit-elle pour se rassurer. La terre de nos vignes mêlée à l'eau de pluie ?

Avant même que Lucien ne puisse répondre, Fanette déclara sombrement :

— « De la terre le mal t'informera »… Nous ferions bien de découvrir qui est ce troisième, sinon, le village risque de se retrouver avec un nouveau cadavre sur les bras !

XXVIII

Assise devant le miroir de sa coiffeuse, Victoire ajusta une dernière mèche de son chignon, puis elle sortit de sa boîte à bijoux un camée à l'effigie de Marie-Antoinette. « Porte-le toujours en ras le cou, lui avait jadis recommandé sa grand-mère. En souvenir de la famille royale, de nos aïeux, et de tous les martyrs de cette affreuse révolution. » Bien plus qu'un symbole, ce collier avait toujours rappelé à la Marquise que rien n'était acquis dans la vie. Souvent, elle répétait à Maxime, son petit-fils, que s'endormir sur ses lauriers revenait à mourir un peu. Victoire n'avait jamais baissé les bras devant l'adversité et sa réputation de redoutable femme d'affaires ne s'était jamais démentie.

En son absence, Montauban avait subi des changements qu'elle déplorait. À commencer par la décoration résolument moderne qu'avait voulue Maude et que Victoire détestait. Dès que possible, elle ferait venir une équipe d'artisans pour redonner un semblant d'âme à la demeure familiale. Mais avant tout, elle avait certains comptes à régler. Et le tout premier à en faire les frais serait Louis Aymard, ce cher Louis, son meilleur ennemi. Leur querelle vieille de cinquante ans n'aurait donc pas de fin. Et puis il y avait Lou Triadou…

Victoire entra dans son bureau du rez-de-chaussée. François y avait rapporté son secrétaire et quelques effets personnels. Alors qu'elle venait de s'installer à sa table de travail, le majordome vint lui fit part des dernières rumeurs, notamment que Gabrielle, Fanette et Lucien venaient de mettre au jour le secret de la légende d'Alba Domina. La marquise ne parut pas surprise. Pas plus qu'elle ne semblait s'inquiéter de cette histoire. Son aïeul, Louis-César de Montauban, avait consacré sa vie à faire des recherches à propos de cette mystérieuse apparition. Peut-être pourrait-elle d'ailleurs se servir de cette légende pour renforcer les liens entre le château et les terres si convoitées de Lou Triadou...

Simon poussa la porte du bureau un peu plus tard dans la matinée. Victoire ne cacha pas sa joie de voir que son ancien avocat était revenu à de meilleures dispositions.

— Sachez, madame, que je ne ferai rien qui aille contre ma conscience. Question de déontologie.

— Je n'en attends pas moins de vous.

Ensemble, ils épluchèrent l'ordre du jour, et ce premier entretien se déroula le mieux du monde. Simon trouva même la marquise métamorphosée. Mais c'était bien mal la connaître.

— Je voudrais que vous fassiez une petite enquête du côté des Souléïades. Je veux prendre la température de l'empire Aymard. Trouvez-moi une faille !

— Vos deux familles sont liées maintenant. Croyez-vous utile de déclarer à nouveau la guerre ?

— Cher Simon, je ne suis pas dupe. Je sais très bien que Maxime n'est pas le père de l'enfant que porte Philippine. Alors je ne vois aucune raison de ne pas riposter aux attaques de Louis.

L'avocat ne releva pas, mais il savait pertinemment que la Marquise ne laisserait pas passer l'affront que lui avait infligé son plus vieil ennemi. Il se leva et prit congé.

Restée seule dans son bureau, Victoire frissonna. Il faisait froid malgré la saison et elle décida d'allumer un feu. Elle se dirigea vers la cheminée. Manifestement, l'âtre n'avait jamais accueilli la moindre flambée depuis les travaux, tant le foyer était impeccable. Mme de Montauban s'agenouilla, plaça quelques bûches et, à tâtons, chercha le loquet d'ouverture de la trappe dissimulée derrière le manteau. Ses doigts entrèrent en contact avec un levier qu'elle n'avait jamais remarqué auparavant. Elle l'actionna difficilement, força un peu la poignée, qui se mit à grincer puis à bouger légèrement. C'est alors que tout le pan de mur sur lequel reposait la cheminée pivota sur lui-même, libérant un accès dérobé. Surprise, Victoire alla chercher une lampe torche avant de s'engouffrer dans le passage. Elle descendit un petit escalier menant vers un souterrain creusé à flanc de roche. Le sol était humide et les murs couverts de lichens. Quelques mètres plus loin, le couloir s'élargissait et donnait sur une vaste salle circulaire. La marquise dirigea le faisceau de sa lampe vers le sol et repéra, dans le fond de la pièce, une grosse malle. Avec précaution, elle ouvrit le couvercle pour y découvrir des lettres, des piles de lettres jaunies serties d'un ruban. À la lecture de la première, Victoire blêmit. Mais bien vite, elle comprit que cette découverte allait lui permettre de lier à jamais les destins de Montauban et de Lou Triadou…

La bastide où avait emménagé Béatrice, sur la route de Maussane, était cachée par un rideau d'arbres, à l'abri des regards. Quand la jeune femme entra dans la cuisine, elle surprit le demi-sourire complice de sa fille.

— Tu as l'air bien joyeux ce matin.

— Et toi, radieux, enchaîna Ludivine non sans malice.

Béatrice n'eut pas besoin d'expliquer ce qui justifiait sa bonne humeur.

— Je suis contente pour Olivier et toi. Vous formez un très beau couple. Et dis-toi, maman, que tu as droit toi aussi à ta part de bonheur, poursuivit sa fille. Oncle Olivier est quelqu'un de bien finalement.

Béatrice resta médusée, la cafetière en main. Elle le fut bien plus quand Ludivine lui annonça que Tristan venait de se déclarer…

Plus tard dans la matinée, alors qu'elle raccrochait le téléphone après avoir annoncé à Gabrielle la nouvelle au sujet de leurs enfants, Olivier s'approcha d'elle, le regard rieur.

— J'aimerais que nous retournions à Montauban… en tant que mari et femme. Enfin, si tu es d'accord.

Pour toute réponse, Béatrice se jeta dans ses bras, ivre de bonheur. Bien sûr qu'elle acceptait ! Leur étreinte fut aussi sensuelle que passionnée.

À quelques kilomètres de là, Louis Aymard épluchait son courrier dans la bibliothèque de La Commanderie. Il attendait avec impatience le feu vert de la banque pour l'obtention d'un prêt, celui qui servirait à la construction d'une nouvelle usine. Le but était de doubler la capacité de production de son unité principale. Depuis trois ans, il se battait afin d'obtenir de nouveaux débouchés sur le marché américain. Son dernier voyage aux États-Unis s'était soldé par un juteux contrat qui pérenniserait la rentabilité des Souléïades pour les prochaines années. Mais voilà, les machines actuelles ne suffiraient pas à honorer les nouvelles commandes. Il s'apprêtait à ouvrir la dernière enveloppe quand des cris lui parvinrent du premier étage. Inquiet, le vieil homme laissa tout tomber et se rua dans la chambre de sa petite-fille. Philippine se roulait sur son lit, tordue de douleur.

— Ma petite chérie, lui dit le vieil homme en lui épongeant le front, tout ira bien, ne t'en fais pas.

Au moment où il sortait de la chambre pour demander de l'aide, Maxime entra.

— Je viens d'appeler le médecin. Il sera là d'un instant à l'autre. Pour l'instant, on ne peut rien faire qu'attendre.

Les minutes leur parurent interminables avant que le médecin n'arrive enfin à La Commanderie et que l'antalgique puissant qu'il administra à Philippine ne calme la douleur. Épuisée, la jeune femme parvint finalement à s'endormir.

Victoire avait décidé de réorganiser l'agencement des chais de Montauban tels qu'ils étaient avant que Maude n'intervienne et ne bouleverse les habitudes. En sortant une pile de dossiers, elle fit tomber un vieux livre. Un titre en lettres d'or un peu passées se détachait de la couverture en cuir : Cuvée Royale. Intriguée, la marquise se mit à feuilleter les pages du recueil, et ce qu'elle y découvrit dépassa tout ce qu'elle avait pu imaginer. Quand Simon vint la rejoindre, en fin de journée, elle savait qu'elle tenait enfin Louis Aymard à sa merci.

Sans plus attendre, elle décrocha son téléphone. Finalement, la vengeance peut être simple comme un coup de fil…

XXIX

Le lendemain, Lucien se rendit à Lou Triadou. Il avait fait quelques recherches au sujet de la mystérieuse Alba Domina et il avait recueilli quelques éléments qu'il voulait soumettre à Gabrielle. Lorsqu'il entra dans le salon, encombré par les travaux, celle-ci nota l'éclat particulier qui animait son regard.

— Tu m'as l'air bien content !

— Pour sûr ! Je pense avoir fait une découverte de première importance. Regarde un peu. Tu vas en prendre plein les mirettes…

Lucien déplia un rouleau de papier, un tableau représentant une statue antique dessinée au fusain.

— Mais c'est la *Vénus d'Arles*, lança-t-elle, interdite.

— Oui, tu as parfaitement deviné.

Le libraire travaillait depuis de nombreuses années sur les trésors oubliés de la période augustéenne. La découverte de la tête de cette statue de marbre, en 1651, avait fait couler beaucoup d'encre. Le corps avait pu être excavé quelques années plus tard, mais on n'avait jamais retrouvé les bras. D'où la discorde entre experts, les uns affirmant qu'il s'agissait d'une allégorie de Diane, les autres de Vénus, chacun usant d'arguments pour contredire le camp adverse. Gabrielle fronça les sourcils. Elle voyait très bien où son ami voulait en venir.

— D'après la description de Fanette et ce que nous avons pu lire, je pencherais pour une troisième hypothèse. Je ne suis pas un expert, mais je suis pratiquement sûr que la *Vénus d'Arles* n'est autre qu'Alba Domina. J'en mettrais ma main au feu.

— L'auguste colombe de Nostradamus...

Lucien acquiesça, heureux de constater que Gabrielle suivait ses pensées. Si la prophétie se réalisait à la date anniversaire, il convenait d'agir très vite. Pour l'heure, seule Fanette pouvait identifier Alba Domina.

— C'est pour cette raison que je lui ai demandé de passer, dit Lucien. Ça ne t'ennuie pas ?

— Tu plaisantes ! Vous êtes toujours les bienvenus ici. Et j'ai tellement peur de ce qui pourrait se passer si nous n'agissons pas maintenant.

Ils s'installèrent à l'ombre de la pergola, aussi excités par leur découverte que par les effets du petit rosé qu'ils sirotaient tranquillement en attendant Fanette. Peut-être avaient-ils trouvé la clé d'un mystère vieux de trois siècles et demi et qui, aujourd'hui encore, suscitait des débats enflammés parmi les archéologues. Leur amie passa enfin le portillon et les rejoignit d'un pas tranquille. Impatient, Lucien déplia le rouleau devant Fanette qui, immédiatement, se figea. Elle avait devant elle la représentation exacte de sa vision, l'Alba Domina...

Au même moment, Phonse avait réuni le conseil municipal pour une séance extraordinaire. Depuis l'hospitalisation d'Élie, le primeur avait eu le temps de réfléchir, de repenser à tous les choix qu'il avait faits dans sa vie, mais surtout à leurs conséquences. Selim arriva sur le perron de la mairie en même temps que lui.

— Je te remercie de t'être déplacé, lança le vieil homme.

— C'est bien naturel, en tant que suppléant. Comment allez-vous, Phonse ?

— Je fais aller.

Le vigneron ne jugea pas nécessaire d'ajouter quoi que ce soit et se contenta de lui sourire. Phonse, de toute manière, avait bien compris ce qu'exprimait ce regard empli de compassion.

— Tu es un bon garçon, Selim, lui dit-il tendrement comme un père aurait parlé à son fils. Tu as du cœur. Comment peux-tu pardonner au vieux fou que je suis, après tout le mal que j'ai pu te faire dans le passé ?

— Chacun exprime sa douleur comme il le peut. C'est la seule chose qui nous reste des êtres disparus. Chacun a sa façon d'aimer et de pleurer. Notre vrai tombeau n'est pas dans la terre mais dans le cœur des hommes.

Pas un seul élu ne manquait dans la salle. Les bruits de couloir laissaient croire qu'avec l'arrivée de Phonse dans le fauteuil de maire, le problème gitan serait rapidement expédié, et ce n'est certainement pas le fait que Manolo ait été son fils qui changerait le fond du problème. À en croire Amélie Rivière, une paternité aussi infâme le pousserait au contraire dans ses derniers retranchements.

— Tout ça est la faute de Fanette, répétait-elle à l'envi. Je vous avais bien dit que le mal s'attrapait comme la gale !

Un silence de mort régnait dans la salle. Tous les regards étaient braqués sur le pauvre Phonse qui venait de prendre place à la table du conseil, visiblement mal à l'aise d'occuper le siège de son vieil ami.

— Je ne suis pas doué pour les longs discours, commença-t-il. Aussi vais-je aller droit au but. Je souhaite que le « problème gitan » se règle de façon définitive. Nous ne pouvons admettre un bidonville insalubre à nos portes. C'est pourquoi je soumets au conseil municipal la proposition suivante :

notre commune doit construire une aire d'accueil digne de ce nom pour les gens du voyage.

Personne ne réagit. Pas un administré, parmi l'assemblée, ne s'était attendu à une telle annonce. Selim fut le premier à ratifier son vote. Devant l'enthousiasme du vigneron, deux, trois, puis tous les autres membres du conseil suivirent. Le projet fut finalement voté à l'unanimité. Amélie Rivière fulminait. Phonse, lui, jubilait. Il avait réussi ! Pour Manolo. Il avait réussi. Aujourd'hui, pour la première fois depuis longtemps, il avait l'impression d'avoir accompli quelque chose de juste, d'avoir agi comme un père. Il en fut d'autant plus heureux lorsqu'il aperçut Fanette derrière la porte grande ouverte. Elle était restée dans le couloir pendant toute la réunion. Le sourire aux lèvres, elle semblait visiblement très fière de lui.

Le maire adjoint quitta sa place et rejoignit celle qu'il n'avait jamais cessé d'aimer...

Selim rentra à Lou Triadou immédiatement après la réunion. Gabrielle était en train de taper de toutes ses forces sur la cloison à l'aide d'un gros maillet. Selim resta un moment sur le seuil de la porte à la regarder, sans dire un mot.

— Je ne t'ai pas entendu arriver, bredouilla-t-elle, le visage recouvert de poussière de plâtre.

— Tu paraissais tellement absorbée.

Elle descendit de son escabeau, réajusta le fichu qui retenait ses cheveux, puis essuya d'un revers de la main sa joue blanchie.

— C'est Vénus qui te rend si nerveuse ? sourit-il.

Lucien n'avait pu garder le silence et lui avait fait part de leur découverte juste avant la réunion du conseil.

— Qu'y a-t-il ? insista le vigneron en prenant son épouse dans ses bras.

— Je suis toute sale, dit-elle en essayant de se dérober.

— Tu es très belle. Mais je n'aime pas te voir soucieuse, ajouta Selim attentionné.

Gabrielle s'en voulut de son geste et finit par lui avouer ce qui la tracassait.

— C'est Victoire !

Après le départ de Lucien, la jeune femme avait dû se rendre dans les chais. Là, elle avait été très surprise de constater que la Marquise avait fait main basse sur la formule de vinification de la Cuvée royale. En lisant toutes les notes que celle-ci avait laissées par inadvertance sur le bureau, Gabrielle n'avait pas tardé à comprendre qu'elle était bien décidée à lancer la production sans même en avertir ses associés ! Furieuse, elle avait cherché à s'entretenir avec la Marquise, mais elle ne l'avait pas trouvée. Depuis, elle rongeait son frein.

— Travailler avec Victoire est impossible ! Nous devons reprendre notre indépendance au plus vite. J'ai été folle de croire qu'elle avait changé. Victoire est habituée à ce que le monde soit à ses pieds, elle ne tiendra jamais aucun compte de nos désirs, crois-moi ! Je ne suis pas prête à revivre dans le même climat de suspicion qu'il y a quatre ans. C'est terminé, tu comprends ?

— Tu as raison. Nous n'avons aucune obligation et nous pouvons reprendre notre autonomie. Ce ne sera pas simple avec une exploitation aussi petite, c'est certain, mais la liberté vaut bien quelques sacrifices, tu ne penses pas ?

Ludivine et Tristan s'étaient enfermés dans la chambre du jeune homme pour réviser leur programme de français en vue des prochaines épreuves du bac. Assis l'un en face de l'autre, ils échangeaient de temps à autre des regards furtifs, l'esprit ailleurs, loin en tout cas des manuels de littérature. Tristan était amoureux de Ludivine, il avait tenté de le lui dire, maladroitement, comme tous les adolescents. Ludivine, elle aussi, était attirée par Tristan, mais elle n'avait jamais manifesté le moindre geste qui aurait pu le lui faire croire. Perdue dans ses pensées, elle laissa tomber son Rabelais à terre. Tristan se pencha pour le ramasser, en même temps que son amie. Ils se retrouvèrent à genoux tous les deux, chacun une main posée sur le livre. Leurs regards se croisèrent et, pour la première fois, ils se fixèrent, enflammés par le même désir. Leurs visages se rapprochèrent doucement. Puis ils échangèrent leur tout premier baiser.

Au même moment, la DS de Victoire entra dans la cour de Lou Triadou. Horrifiée, la conductrice surprit, par la fenêtre grande ouverte de la chambre, sa petite-fille et le fils de sa voisine en train de s'embrasser fougueusement ! Elle sortit de son cabriolet dans une rage folle et tambourina à la porte. Gabrielle vint lui ouvrir.

— Où est ma petite-fille ? siffla la marquise.

— Dans la chambre de Tristan. Ils révisent leur bac blanc.

— Vraiment ! Alors je suppose qu'ils répètent la scène du baiser de *Roméo et Juliette*. Dois-je te rappeler que Ludivine est mineure, et qu'ici, elle reste sous ta responsabilité. Tu devrais tenir ton fils un peu mieux.

Gabrielle se mordit la joue pour garder son calme. Apprendre que son bébé perdait une part de son innocence l'émouvait. Mais qu'une telle révélation sorte de la bouche de Victoire était encore plus brutal ! Bien sûr, elle n'ignorait pas qu'à seize ans, il n'y avait rien de plus normal pour un adolescent de flirter. Quelques semaines plus tôt, il avait même eu avec Selim une discussion d'homme à d'homme. Tristan aimait Ludivine depuis longtemps, leur histoire respirait encore l'innocence des premiers émois. Par amour pour son fils, Gabrielle devait maintenant respecter cette intimité, la protéger même, afin que personne ne vienne souiller cet instant unique. Devant l'insistance de Victoire, la jeune femme sentit la moutarde lui monter au nez.

— Sachez que j'ai toute confiance en eux. Ils le savent et connaissent les limites à ne pas franchir. Ils sont heureux ensemble. C'est sans doute ce qui vous dérange. Béatrice et moi n'y voyons aucune objection.

— Moi, si !

Alertée par le bruit au rez-de-chaussée, Ludivine descendit l'escalier et s'esquiva sans que sa grand-mère ne puisse la retenir. Gabrielle sourit, amère. Victoire n'avait vraiment pas changé. Elle seule pouvait décider de ce qui convenait ou non pour les autres.

— Dites-moi, ne serait-ce pas plutôt le fait de voir l'héritière des Montauban avec le petit-fils de votre ancien maître de chais qui vous ennuie ?

Victoire haussa les épaules.

— Nous ne serons jamais amies, Victoire, poursuivit Gabrielle. Nous vivons sur deux planètes différentes. C'est pour cette raison que Selim et moi allons mettre un terme à cette association qui n'est qu'une mascarade. J'ai compris que vous ne reculerez devant rien pour arriver à vos fins. Mais vous ne nous obligerez pas à vous suivre dans vos manigances. Alors laissez-nous tranquilles et rentrez à Montauban.

— Il semblerait que tu aies perdu tes bonnes manières, ma chère enfant.

Le « chère enfant » fut de trop, Gabrielle explosa.

— Désolée, mais pour se mettre au niveau d'un serpent, il faut pouvoir ramper ! Je n'ai pas cette faculté. J'ai été complètement folle de penser qu'il pouvait y avoir en vous un soupçon d'humanité.

Victoire ne désarma pas pour autant.

— Moi qui venais t'inviter à une petite fête pour ton anniversaire, ce soir…

— Merci, mais je suis née le 24 mai, pas le 23.

— Je sais. Mais nos amis du village ne pouvaient pas se libérer demain. Alors à ce soir, insista-t-elle.

Sans laisser à Gabrielle le temps de réagir, elle tourna les talons, se dirigea vers sa voiture et démarra en trombe. Gabrielle rentra sans dire un mot, empoigna rageusement la massette, et, sous le regard amusé de Selim, recommença à taper sur la cloison pour laisser passer sa colère. Alors que les blocs de gravats s'émiettaient sous ses coups, Gabrielle s'interrompit soudain, intriguée par un bruit creux. La jeune femme interrogea son mari du regard. Il saisit l'outil, frappa à son tour sur la cloison. Un son métallique lui fit écho.

— Il y a quelque chose, là-derrière.

Avec précaution ils détachèrent les blocs de plâtre à l'endroit même où ils avaient repéré le son creux. À leur grand étonnement, ils en retirèrent une vieille boîte en fer. L'objet n'avait pas été caché là par hasard. Mais pourquoi ? Gabrielle souleva le couvercle assez facilement. La boîte contenait divers papiers et quelques lettres qu'elle s'empressa de lire. Son étonnement fit bientôt place à la stupeur. Ce qu'elle venait de découvrir lui donnait à présent une excellente raison de se rendre à la réception de Victoire.

Dès son retour à Montauban, la marquise convoqua Simon dans son bureau pour lui annoncer qu'elle avait réussi à persuader le directeur de la Banque de Provence de bloquer le prêt destiné à Louis Aymard. Il était hors de question pour elle que son plus fidèle ennemi puisse investir dans la construction d'une nouvelle usine. Atterré, Simon se demanda comment elle s'y était prise pour soudoyer le banquier. Mais il n'était pas au bout de ses surprises.

— Maintenant, je désire m'occuper de Lou Triadou, poursuivit-elle, mystérieuse.

L'homme de loi redoutait déjà qu'elle veuille l'impliquer dans une nouvelle affaire visant à détruire Gabrielle et Selim.

Il écouta Victoire lui présenter son plan, tout en sachant qu'il refuserait de coopérer.

— Voilà ce que vous allez faire, poursuivit-elle triomphante. Je pense que ce sera un très beau cadeau d'anniversaire…

La ronde des voitures dessinait un arc de cercle parfait devant le perron du château. Avec le nouvel éclairage, la façade de Montauban étincelait de mille feux dans cette nuit sombre. Tout le village avait répondu présent à cette soirée organisée en l'honneur de Gabrielle. Même Élie, fraîchement rentré chez lui, était venu. Il se félicitait de la décision qu'avait prise Phonse au sujet du camp gitan. Fanette tenait le bras du primeur, sous le regard attendri de Lucien.

— Tu sais bien que la seule femme qui partage ma vie, railla-t-il à l'attention de Phonse, c'est Alba Domina. Elle vit avec moi depuis si longtemps…

Dans le grand salon, Phonse et Fanette retrouvèrent Ricardo et Rita. Le vieux couple était venu à la demande du primeur qui avait négocié ferme auprès de Victoire pour que celle-ci accepte de les inviter. Fanette fut particulièrement touchée par ce geste. Certes, aucun d'eux ne pourrait jamais réécrire le passé, ni même ressusciter Manolo. Mais ils s'étaient retrouvés, et ils pouvaient enfin penser à construire un avenir ensemble.

— La force d'un peuple est dans son humanité, déclara Ricardo en serrant la main de Phonse.

Gabrielle repéra Victoire dès qu'elle pénétra dans le hall du château. Les deux femmes se toisèrent l'espace d'une seconde. Puis la marquise reprit son rôle d'hôtesse et vint saluer chaleureusement sa rivale. La jeune femme préféra ne rien révéler pour l'instant, quelque chose l'incitait à penser que cette invitation dissimulait un autre motif que le simple plaisir de les recevoir. Si cela devenait nécessaire, le contenu de la boîte en fer pourrait se révéler une arme efficace.

Les discussions allaient bon train dans le décor feutré du grand salon. Il ne faisait aucun doute que le calme était enfin revenu sur la vallée, tout du moins, pouvait-on le supposer. Olivier et Béatrice annoncèrent qu'ils envisageaient de se réinstaller à Montauban. Victoire, toujours parfaite, porta un toast à cette heureuse nouvelle. Béatrice était aux anges. Elle se blottit davantage contre le bras de son fiancé. Le bonheur semblait enfin lui sourire. Et elle savait aujourd'hui qu'elle avait fait le bon choix.

Profitant d'un moment où son amie était seule devant le buffet, Gabrielle vint la rejoindre.

— Je suis très heureuse pour toi. Pour vous deux, du reste, sourit-elle tendrement.

— Et j'espère que tu acceptes d'être mon témoin à notre mariage, lança son amie tout naturellement.

— Quoi ?

— Chut ! C'est encore un secret, murmura-t-elle. Mais Olivier vient de me demander en mariage.

Gabrielle la serra dans ses bras.

— C'est merveilleux. Mais crois-tu que ce soit une bonne idée de venir vivre à Montauban ?

— Tu penses à Victoire ? Rassure-toi, nous la tiendrons à distance. Au fait, Ludivine m'a dit pour cet après-midi, fit-elle en jetant un œil malicieux sur les deux adolescents qui roucoulaient à l'autre bout du salon.

Ludivine et Tristan, justement, se demandaient comment ils allaient pouvoir s'éclipser sans se faire remarquer. Ils décidèrent finalement de sortir sur la terrasse, ce qui n'avait rien d'inconvenant aux yeux des adultes. Dehors, l'atmosphère était lourde et l'orage menaçait. Il se mit soudain à pleuvoir. Surpris, les deux adolescents filèrent s'abriter dans la grange.

Une demi-heure plus tard, la famille Aymard fit enfin son apparition. Maxime soutenait Philippine qui semblait assez mal à l'aise. Elle ne ressentait plus de douleurs, mais elle avait des difficultés à se mouvoir, attendant avec impatience le terme de sa grossesse. Son mari se montrait prévenant et attentif, jouant à merveille son rôle de futur père. L'évocation d'un divorce ne semblait même plus à l'ordre du jour. Victoire s'approcha d'eux. Son sourire radieux s'adressa d'abord à Louis. Avec grâce, elle glissa sa main sur le bras de son vieil ennemi et l'entraîna avec elle à l'intérieur, savourant déjà sa vengeance.

— Ah, souffla-t-elle, un brin mélancolique, cette maison me manquait. Elle était si vide. Je suis ravie de recevoir ce soir autant d'amis.

Amusé par cette attitude trop sincère pour être honnête, Louis répliqua avec ironie :

— Voyons, Victoire, seuls les morts sont tes amis. Nous nous connaissons depuis suffisamment longtemps et je ne suis pas dupe. Tu as le cœur d'une vipère qui aurait attrapé un ulcère à l'estomac.

Pour la deuxième fois de la journée, Mme de Montauban se voyait traitée de reptile. Mais ce n'étaient certainement pas des sarcasmes qui allaient lui empoisonner la soirée. Elle fit face au vieil homme, prête à savourer sa vengeance.

— Je sais très bien que tu ne m'as jamais pardonné mon mariage avec Eugène. Toute ta vie, tu auras tenté de me le faire payer. Même la grande Berutti ne s'en est jamais remise. La pauvre… Tu es un prédateur qui traque sa proie sans relâche, poursuivit-elle, et tu ne connais aucune pitié. Souviens-toi du jour où tu es venu me narguer à l'hôpital. Là, j'ai vraiment compris qui tu étais, Louis. Mais une fois encore, tu as perdu.

— Vraiment ? rétorqua-t-il avec arrogance.

— Comment ? Tu n'es pas au courant ? minauda Victoire, l'air faussement incrédule. J'ai appris que la banque avait refusé de t'accorder le prêt que tu demandais. Dommage pour ton fabuleux contrat. Contrairement à moi qui suis parvenue à sauver Montauban, il y a de fortes chances pour que les Souléïades soient enterrées en même temps que toi. J'en suis… navrée.

La Marquise tourna les talons, manifestement satisfaite d'avoir pu clouer le bec à Louis qui, blême, se chercha un siège à l'écart des autres invités.

Dans la pièce d'à côté, Gabrielle avait rejoint Fanette qui semblait préoccupée et se morfondait toute seule dans un coin.

— Que se passe-t-il ? Tu as l'air inquiet.

— Je le suis, reconnut-elle en scrutant le ciel orageux. J'ai un mauvais pressentiment.

— Pourquoi ? Nous sommes en sécurité ici.

— Je ne peux pas te l'expliquer, mais je sais qu'il va se passer quelque chose ce soir. Je le sens. « Du troisième, le ciel déchirera avant que l'auguste colombe ait sa demeure. » Regarde dehors.

Gabrielle jeta un œil par la fenêtre. À espaces réguliers, des éclairs déchiraient le ciel, illuminant la crête des Alpilles comme en plein jour. En écho, un vrombissement sourd agitait les pampilles en cristal de l'imposant lustre du château.

— Mes amis, intervint Victoire, nous sommes réunis ce soir pour célébrer l'anniversaire d'une personne qui m'est chère et, si vous le permettez, j'aimerais lui remettre un cadeau.

La marquise saisit l'enveloppe que lui tendait Simon et la remit à Gabrielle, qui resta cependant sur ses gardes. Le sourire encourageant de l'avocat incita l'héroïne de la soirée à décacheter le pli. À l'intérieur, la jeune femme trouva un acte notarié en bonne et due forme. Elle héritait de cinquante pour cent de Montauban !

— Ce n'est pas une blague, lança Victoire, badine. Ceci te revient de droit.

— Je le sais, répliqua Gabrielle contre toute attente. Mais c'est gentil de réparer cet oubli.

À son tour, elle sortit un pli de sa pochette, le document qu'elle avait trouvé dans la boîte en fer dissimulée dans une des cloisons de son séjour. Un testament en fait, et qui allait sans aucun doute faire l'effet d'une bombe lorsque Gabrielle en aurait dévoilé le contenu.

Posément, la jeune femme déplia les feuillets et entama la lecture. Le texte évoquait le marquis Célestin de Montauban. Celui-ci avait connu jadis une grande passion avec Angèle, la fille d'un pâtre. Un jour de fête de l'année 1923, il s'était enfui avec celle qu'il aimait, renonçant au mariage de convenance que lui avait réservé son père. Le couple, qui avait prévu de prendre le train pour Marseille, s'était arrêté en cours de route, non loin de Bounias, où ils passèrent quelques heures délicieuses. C'est là que leur enfant fut conçu. Plus tard, ils furent séparés malgré eux en gare d'Arles. Angèle, qui était montée dans le train, s'aperçut que Célestin était resté sur le quai. Elle descendit à la station suivante, ignorant que son amoureux avait pu entre-temps prendre l'express suivant. Célestin l'attendit deux jours sur place, en vain et décida finalement de rentrer au village, espérant l'y retrouver. Mais Angèle avait disparu. Désespéré, le marquis embarqua pour l'Afrique et participa durant toute l'année 1924 à la Croisière noire qui le mena de Colomb-Béchar à Tananarive. En décembre de la même année, il apprit qu'Angèle était revenue au pays où elle avait épousé Léon Delmas avec lequel elle avait eu un enfant. Ivre de douleur, Célestin décida alors de suivre l'équipe Citroën dans une autre épopée, la Croisière jaune. Deux ans plus tard, lorsqu'il revint enfin à Fontvieille, il comprit que son histoire avec Angèle était terminée. La mort dans l'âme, le jeune marquis épousa celle que son père lui avait destinée

Victoire avait été la seule enfant de cette union sans amour. Des années plus tard, Angèle, agonisante, avoua son secret au marquis : Pierre était leur fils. Dès lors, et dans la plus grande discrétion, le vieux marquis avait veillé sur cet enfant. Plus tard, son gendre Eugène Lescure, le mari de Victoire, voua une haine farouche au propriétaire de Lou Triadou, et tenta même de faire passer son beau-père pour sénile. Célestin, pour protéger Pierre, coucha son histoire sur papier et emprisonna son secret dans les murs du vieux mas, dans l'espoir qu'un jour…

— J'ignorais que tu le savais, reconnut Victoire. Pour ma part, je l'ai découvert avant-hier.

Le regard de la vieille dame s'adoucit.

— Bienvenue dans notre famille… ma nièce.

Gabrielle sourit, émue, constatant qu'elle s'était trompée une fois encore sur la marquise, alors que celle-ci venait de lui prouver sa sincérité en lui cédant la moitié du domaine. Son cher Montauban. Voilà pourquoi elle ne tenait pas à ce que ses petits-enfants se fréquentent aussi intimement…

— J'ai toujours pensé que les liens du sang sont indestructibles, reprit Victoire. Et quoi que tu en penses, Gabrielle, tu me ressembles beaucoup. Toi aussi tu cultives l'audace. À toi aussi ce terroir parle et il fait vibrer chacune de tes fibres. Tu es des nôtres. Et ce morceau de papier n'est là que pour le confirmer.

Un violent éclair interrompit la marquise, entraînant également une brève coupure de courant. Quand la lumière jaillit à nouveau, les cris de Fanette alertèrent les convives. Restée près de la fenêtre, elle pointait un doigt tremblant en direction du parc.

— La foudre vient de s'abattre sur la grange. La foudre, je vous dis ! « Par le feu, le troisième innocent périra. » C'est Tristan !

— Oh, bonne Mère ! s'écria Lucien. Mais elle a raison. Si Pierre Delmas est le fils de Célestin, alors Tristan est le troisième degré.

Gabrielle écoutait, consternée

— Il faut agir, vite, cria Victoire. Dans ses papiers, père évoque cette malédiction.

Sans plus attendre, Selim et Gabrielle se ruèrent à l'extérieur et partirent en courant vers la grange. Quand ils arrivèrent devant le bâtiment, la toiture n'était plus qu'un immense brasier.

— Seliiim ! hurla la jeune femme, prise de panique. La porte ! La porte est bloquée de l'intérieur. Viens m'aider, je t'en supplie.

Immédiatement, son mari vint lui prêter main-forte et tenta d'enfoncer la porte en donnant de violents coups d'épaule contre les planches. Olivier, Maxime et Phonse, secondés par Ricardo, prirent le relais sans plus de succès. À quelques mètres de là, Gabrielle suivait la scène, pétrifiée. Béatrice glissa un bras impuissant autour des épaules de son amie pour la calmer. Totalement trempées par la pluie qui tombait à verse, les deux femmes attendaient désespérément de voir la porte de la grange céder enfin.

La silhouette de François apparut, éclairée par les flammes. Il tenait un large parapluie pour abriter Victoire. Tous deux se dirigeaient vers le bâtiment qu'ils contournèrent. Derrière la grange, au milieu du mur, une modeste fenêtre rougeoyait entre deux voiles de fumée noire.

— Brisez-la, ordonna la marquise à François.

Le majordome s'exécuta à l'aide d'une chaise de jardin qu'il fracassa contre les carreaux.

Pendant ce temps, au château, Louis venait de s'écrouler de son fauteuil sous le regard effaré de Philippine.

— Grand-père ! Nooon !

La pauvre femme eut beau appeler à l'aide, personne ne l'entendait, tous les invités avaient rejoint Gabrielle et Selim devant la grange. Philippine se dirigea vers la terrasse avec difficulté, embarrassée par sa grossesse

— Maxiiime, cria-t-elle. Maxime !

Le bruit de la pluie couvrait sa voix. Gênée dans ses mouvements, la jeune femme décida malgré tout de couper par la pelouse plutôt que d'emprunter l'allée de gravillons.

« Vite, plus vite, se disait-elle. Dépêche-toi, il va être trop tard. »

C'est alors que sa ballerine glissa sur l'herbe mouillée. Elle perdit l'équilibre et tomba de tout son poids à terre. À cet endroit, le terrain était en pente et la pauvre femme fit une chute impressionnante avant de terminer sa course, inerte, dans les eaux boueuses du Gaudre, en contrebas.

À quelques mètres de là, la toiture de la grange menaçait de s'effondrer dans la fournaise de l'incendie. Désemparée, Gabrielle détourna son regard de ce spectacle insoutenable. Soudain, elle aperçut la corolle sombre d'un parapluie.

Victoire…

— Tristan, murmura-t-elle en reprenant confiance.

Elle s'élança vers la marquise, aussitôt suivie par Béatrice. La prédiction n'aurait pas son fils. Elle parviendrait à conjurer le mauvais sort, elle en était sûre, car son amour de mère était plus fort que tout. Au moment où elle arrivait derrière la grange, elle aperçut Ludivine appuyée contre un arbre, toussant, tremblant de tous ses membres, tandis que François portait le corps inanimé de Tristan dans ses bras…

Épilogue

Fête de la Saint-Jean, un mois plus tard.

Montauban semblait enfin renouer avec le temps heureux des sourires et des danses. Sous le haut plafond de la salle d'apparat du château se déroulait une fête somptueuse, les noces de Béatrice et d'Olivier. Tout le village avait été convié à participer à l'événement. En début d'après-midi, les époux avaient échangé leur consentement devant Phonse qui, lui aussi, redécouvrait le bonheur aux côtés de Fanette.

Simon Robin présenta officiellement sa compagne Patricia. Tous deux ne se quittaient plus depuis quelques semaines et souhaitaient faire éclater au grand jour les sentiments qu'ils éprouvaient l'un pour l'autre. Non loin d'eux, Élie suivait de son fauteuil les dernières voltes d'une valse viennoise. Il avait retrouvé quelques couleurs depuis son retour de l'hôpital, et bien que ses traits fussent encore tirés, il paraissait visiblement heureux. Il avait frôlé la mort. Aujourd'hui, il savourait son bonheur d'être en vie... Les notes couraient allègres, comme son humeur, nostalgiques aussi. Alors, d'une main encore gauche, il saisit celle de Frida, sans quitter la piste des yeux.

— Tu te souviens de notre premier bal ? murmura-t-il à son épouse.

— « Je ne sais pas danser, mademoiselle, m'avais-tu dit, mais je rêve d'apprendre avec vous. »

— C'est vrai… Et notre vie est passée aussi vite que le souffle du mistral dans la ramure des oliviers de la vallée.

Pour toute réponse, Frida serra davantage les doigts de son mari.

Les dernières mesures de Strauss firent tournoyer les couples dans un gracieux mouvement d'ensemble que soulignait le bruissement chatoyant des robes de soirée. Gabrielle s'était laissé griser par la musique, totalement abandonnée dans les bras rassurants de Selim. Pour la première fois depuis très longtemps, elle était vraiment heureuse. Plus aucun nuage ne voilait leur horizon et après les nombreuses tempêtes qu'ils avaient dû essuyer, cette sensation n'en était que plus douce. Aujourd'hui, pour leur plus grande joie, ils avaient été les témoins du mariage de leurs amis.

L'orchestre fit une courte pause pendant que les invités se rafraîchissaient au buffet. Béatrice semblait plus radieuse que jamais. Elle glissa son bras sous celui de Gabrielle, comme elle en avait l'habitude quand elle voulait se confier à son amie.

— Merci à toi.

— De quoi, grand Dieu ?

— D'avoir toujours eu confiance en moi. De m'avoir toujours soutenue dans les moments difficiles, sans me juger ni vouloir me changer.

Béatrice lui fit face, la voix à présent chargée d'émotion.

— Tu es bien plus qu'une amie pour moi, Gabrielle. Tu es une vraie sœur.

— Toi aussi. Toi aussi.

À l'autre bout de la pièce, Lucien venait de rejoindre Phonse et Fanette qui étaient en grande discussion avec Ricardo et Rita.

— J'aimerais que vous assistiez au prochain conseil municipal, demanda le primeur au vieux gitan.

— Attention, Ricardo, taquina le libraire, ce vieux fada va vous faire rentrer à la mairie !

— Oh, peuchère, répliqua illico Phonse, mais quand va tu cesser de toujours me faire tourner l'aïoli ?

— Quoi ? Je n'ai rien dit !

La conversation s'interrompit car l'attention de Lucien fut soudain attirée par le sourire engageant d'une des invitées. S'excusant auprès de ses amis, il s'engagea dans son sillage parfumé.

— Pôvre couillon, rit Phonse de bon cœur. Voilà maintenant qu'il devient jabastre à la première qui trisse du poivre !

— Tu te trompes, sourit Fanette amusée.

Le vieux primeur s'inquiéta de cet air mutin qu'il lui connaissait si bien.

— Que veux-tu dire au juste ?

— Dans moins d'un an… ils seront mariés !

— Quoi ? Tu n'es pas sérieuse ?

— Tu devrais savoir que je le suis toujours lorsqu'il s'agit de prémonitions…

Phonse lança un regard interrogateur à Ricardo, puis à Rita, qui tous deux confirmèrent d'un sourire de connivence. Le commerçant finit par baisser sa garde. Il avait décidément beaucoup de choses à apprendre des gitans ! Fanette le lui avait souvent rappelé, et il ne l'avait jamais crue. Ces gens n'étaient pas juste bons à lire les lignes de la main ou à détrousser les honorables villageois, ils voyaient avec leur cœur. Peut-être même qu'avec le temps et si Phonse se donnait la peine de mieux les connaître, leur enseignement lui changerait sa vie…

Ludivine avait rejoint Tristan près du piano a queue.

— Tiens, cousin, le taquina-t-elle en lui tendant un verre.

Le jeune homme ne releva pas. Il avait encore bien du mal à se faire à l'idée que son premier coup de cœur avait été pour sa cousine. Depuis un mois, il n'avait pas eu vraimen le loisir de parler franchement de tous ces événements avec elle. Leur escapade dans la grange, ce qui aurait pu arriver entre eux cette nuit-là, si l'incendie n'avait pas interrompu leur étreinte... La foudre s'était chargée de limiter leur étreinte à un simple baiser. Tristan avait perdu connaissance quelques minutes, asphyxié par la fumée. Entre deux quintes de toux, Gabrielle lui avait raconté l'incroyable histoire de sa famille et de celle des Montauban. Ainsi donc, Célestin, l'arrière-grand-père de Ludivine, était aussi le sien ! Il n'y pouvait rien, il avait perdu son amoureuse, mais gagné une formidable alliée.

— Tu danses ? lui demanda-t-il. Ce n'est pas interdit entre cousins, au contraire.

Les deux adolescents s'élancèrent sur la piste entre deux fous rires. Leur complicité ravit Gabrielle que la marquise venait de rejoindre, très élégante dans sa longue robe blanche.

— Je crois qu'ils ont accepté la situation.

— Je le crois aussi, reconnut la jeune femme. À ce propos, Victoire, je voulais m'excuser de vous avoir mal jugée. Je sais aujourd'hui pourquoi vous ne teniez pas à ce qu'ils se fréquentent.

La septuagénaire sourit.

— Ma chère enfant. Je t'ai toujours admirée, crois-moi. Tu as de l'audace, de la ténacité et du cœur. Sans doute un héritage de mon père. Je suis très fière que le même sang coule dans nos veines, alors, par pitié, cesse de me vouvoyer comme si nous étions des étrangères. Nous sommes de la même famille désormais, et bon sang ne saurait mentir, ne l'oublie pas.

Gabrielle baissa les yeux un bref instant pour masquer sa gêne. Qui aurait pu croire qu'un jour Victoire lui tiendrait un tel langage ? Elle, la fille de l'employé du château. La situation était cocasse tout de meme

— Comment dois-je vous appeler ? Pardon, se reprit-elle, t'appeler ? Ma tante ? Victoire ?

— Comme tu voudras. En fonction de l'humeur du jour, je présume. Nous sommes deux femmes de tête qui n'avons pas pour habitude de mâcher nos mots, je crois. Voilà deux bonnes raisons de bien nous entendre, non ?

L'humour de la marquise amusa Gabrielle. Elle avait toujours eu le chic pour retourner les situations, et force était de constater que sa présence avait manqué dans la vallée au cours de cette dernière année.

— Si cela peut te rassurer, poursuivit Victoire, j'aimerais que nous parvenions chacune à trouver notre place. Nous devons nous serrer les coudes. Surtout que dans les semaines à venir, nous devrons compter avec le retour de Maude...

— Maude revient des États-Unis ?

— Oui. J'ai su ce matin même qu'elle avait finalement réussi à hériter de toute la fortune des Dormeuil et qu'elle comptait s'établir dans la région. Je suis certaine qu'elle vient ici avec une idée derrière la tête. Quand on voit ce qu'elle a été capable de faire sans le moindre centime en poche...

Sur ces derniers mots, Victoire s'excusa auprès de sa nièce pour rejoindre le clan des Aymard qui s'apprêtait à partir.

Après une grossesse difficile, Philippine avait donné naissance à un petit garçon au regard clair. Il n'avait été déclaré à l'état civil que quelques jours après sa naissance, lorsque le verdict du test de paternité fut tombé. Contre toute attente, Maxime était bien le père de cet enfant, conçu au cours de la seule nuit où Philippine se donna à lui avant qu'elle ne tombe follement amoureuse de Manolo. Bien plus qu'un bébé providence, le nouveau-né enterrait cinquante ans de guerre entre ses arrière-grands-parents, et c'est pour cette raison qu'il reçut le nom de Louis-Victor.

Le soir du drame, Philippine était tombée dans le Caudre. Selim, qui, à cet instant, cherchait de l'aide pour sauver Tristan, avait aperçu la silhouette de la jeune femme dans la rivière. Elle fut conduite à l'hôpital d'Arles en même temps que Tristan. Par chance, la mère et le bébé étaient hors de danger. Bien sûr, quand Philippine apprit l'identité du père de son enfant, elle eut l'impression de vivre une nouvelle fois le décès de Manolo. Mais la petite frimousse qui gigotait à présent dans son berceau accaparait chacune de ses pensées.

Maxime, de son côté, manifesta immédiatement beaucoup de tendresse pour le nouveau-né et fut attentif envers la mère, tour à tour prévenant ou effacé quand il le fallait. Sa relation avec Philippine redémarrait sous de nouveaux auspices. Les enfants gâtés qu'ils avaient été apprenaient au fil des jours leurs devoirs de parents responsables.

— Eh bien, Louis, lança la marquise en s'asseyant près du fauteuil roulant de son vieil ennemi. Comment vas-tu aujourd'hui ?

Lors de la soirée anniversaire de Gabrielle, Louis avait eu une attaque qui l'avait laissé partiellement paralysé.

— De grâce, Victoire. épargne-moi ta fausse inquiétude. Nous savons tous les deux à quel point tu jubiles de me savoir impotent. La situation se retourne contre moi. Tu as gagné. Je te hais! Tu entends ? Je te hais !

— Voyons, Louis ! Que de vilains mots ! Nos deux familles sont unies désormais. Ton héritage, comme le mien, reviendra un jour à Louis-Victor. C'est ce que nous voulions, non ?

Maître Aymard détourna le regard, fortement contrarié. Il connaissait suffisamment Victoire pour savoir de quoi elle était capable Du reste, lui-même n'avait pas hésité à tirer sur l'ambulance.

— Au risque de te décevoir, Louis, je vais te prouver que je ne suis pas comme toi. J'ai donné des instructions dans la journée pour que ton prêt soit débloqué. Tu pourras ainsi honorer ton fabuleux contrat américain.

Le vieil homme l'examina d'un regard suspicieux.

— Quel mauvais coup trames-tu donc encore ?

– Aucun, cette fois. Je t'en donne ma parole.

— Pfff ! Tu parles .

Victoire saisit la main de Louis d'un geste presque tendre et se pencha vers lui en souriant.

— Voyons, mon cher, je te pensais plus fin. Quel serait à présent mon avantage à mettre ta société en péril ? J'ai au contraire tout intérêt à consolider l'héritage de notre arrière-petit-fils. Désormais, nos destins sont scellés, que tu le veuilles ou non. S'en prendre à l'un d'entre nous reviendrait à léser Louis-Victor Les temps changent, Louis. Les temps changent. Vieillir, c'est rester cramponné à ses positions.

— Et toi tu es éternellement jeune, c'est ça ?

— Sans doute, sourit-elle radieuse.

La musique cessa au moment où le chef pâtissier, entouré de ses aides, entra dans le grand salon avec la pièce montée. Les époux se placèrent derrière l'immense gâteau surmonté de deux figurines à l'effigie des héros du jour. Béatrice avait tenu à cette tradition un peu kitsch. Elle l'avait même posée comme condition quand Olivier lui avait demandé sa main. Son âme romantique voulait des Saint-Valentin, des flonflons, des gerbes de roses rouge passion, des déclarations spontanées et inattendues. Sa véritable vie commençait aujourd'hui.

De bonne grâce, ils posèrent tous les deux devant le gâteau, leurs mains posées sur le couteau, sachant que cette photo allait immortaliser la complicité et le bonheur qui les unissaient en cet instant.

Selim enlaça Gabrielle, émue.

— Je suis si heureuse qu'ils se soient trouvés tous les deux.

— Ils forment un très beau couple, c'est vrai.

— Le bonheur vient souvent frapper à notre porte quand on s'y attend le moins.

Gabrielle sourit, radieuse avant qu'ils n'échangent un baiser.

Le bal reprit et les couples s'élancèrent à nouveau sur la piste de danse. Lucien vint rejoindre Victoire.

— Vous permettez ?

— Bien volontiers, répondit-elle aimablement.

Le libraire s'installa en face d'elle. Il ne souhaitait pas seulement partager le plaisir de déguster une pâtisserie en sa compagnie, mais surtout la remercier pour sa magnifique contribution et qui mettait fin à près de quatre cents ans de mystère.

Le jour où Victoire avait trouvé le passage secret dans l'âtre de sa cheminée, elle était bien loin de s'imaginer l'incroyable découverte qu'elle allait faire. Quelque temps après la soirée anniversaire de Gabrielle, elle avait demandé à François de l'accompagner dans la galerie afin de mieux l'examiner. Là, à flanc de roche, le faisceau de sa torche avait mis en lumière un bloc de marbre aussi lisse et noble que la paroi semblait rugueuse.

— De quoi s'agit-il à votre avis ? avait alors demandé le majordome.

— J'ai peut-être une petite idée sur la question…

Au cours de l'après-midi, François avait gratté méticuleusement le bloc de marbre, libérant les deux bras délicatement sculptés d'une statue. Mais rien d'autre.

— À mon avis, le reste du corps se trouve au même endroit. On devrait le retrouver, avait-il suggéré.

— Non, François. Le reste est ailleurs…

Victoire avait eu ce sourire énigmatique qui ne laissait rien deviner. Elle lui demanda d'aller chercher au plus vite Lucien, la seule personne dans le village capable de confirmer ce qu'elle soupçonnait. Moins d'une heure plus tard, le libraire, médusé, était tombé à genoux en découvrant les deux bras de la statue.

Les jours suivants, l'expertise de Lucien fut confirmée par un conservateur du musée du Louvre. Les bras étaient bien ceux de la *Vénus d'Arles*. Pour Lucien, c'était l'aboutissement de toute une vie de recherches, une quête qu'il n'aurait jamais concrétisée sans l'aide de Gabrielle, de Victoire, mais surtout de Fanette. Solennellement, entouré de ses amis, il fit apposer sur le socle de la statue le nom d'Alba Domina.

L'auguste colombe regagnait sa demeure. La malédiction était rompue.

Lucien se retira, laissant Victoire seule. Simon Robin, qui avait suivi leur conversation de loin, s'approcha de la marquise, un sourire sceptique aux lèvres.

— Je vous connais depuis longtemps et je sais que vous êtes prête à beaucoup de choses pour parvenir à vos fins.

— Et… ?

L'avocat sourit de plus belle.

— Vous ne croyez tout de même pas à cette légende ?

La marquise prit une profonde inspiration. Seul un homme cartésien comme Simon pouvait lui poser ce genre de question.

— Sachez, mon cher, que j'ai toujours pensé que l'esprit était plus fort que la nature humaine.

— Mais vous, Victoire Lescure, marquise de Montauban… vous n'allez tout de même pas me faire croire que toutes vos décisions sont dictées par des superstitions !

— Ce point de vue n'engage que vous, Simon !

Tout en lissant la nappe avec ses doigts, elle poursuivit :

— J'ai grandi sur ce domaine, j'y ai consacré ma vie. Cette terre est celle de ma famille. Ignorer ses racines reviendrait à négliger le futur. Vous qui semblez si bien me connaître, vous devriez savoir que je ne sous-estime jamais rien quand j'ai à traiter une affaire importante. Et croyez-moi sur parole, Montauban est bien plus à mes yeux qu'une simple affaire commerciale.

Puis la marquise reprit, plus douce :

— Au fait Simon, j'espère compter sur votre totale collaboration désormais.

— Ne l'avez-vous pas toujours eue ?

— C'est vrai. Mais mon intuition me dit que dans les prochains mois, Montauban devra se montrer particulièrement bien armé.

— Ah bon ? Une nouvelle légende ?

— Ne vous moquez pas de moi, je vous prie ! Maude Dormeuil n'a rien d'une fable et je suppose que son retour n'annonce rien de bon.

— Vous ne renoncez jamais ?

— J'ai pour habitude de dire que s'endormir sur ses lauriers revient à mourir un peu.

Simon ne releva pas. À quoi bon, du reste ? Victoire serait toujours la reine incontestée de la vallée…

Gabrielle et Selim se retirèrent en même temps que les derniers convives. Dehors, la nuit était claire et l'air très doux. Ils empruntèrent le chemin de Lou Triadou en longeant les vignes du domaine. Le hululement d'une chouette attira le regard de la jeune femme sur la droite.

Un frémissement dans un taillis. Furtif.

Elle était là, blanche, immaculée. *Elle*, *Alba Domina*. Un large sourire illuminait son visage d'opale. D'un geste de la main, elle lui fit un signe d'adieu, avant de disparaître comme elle était venue.

Gabrielle sourit et poursuivit son chemin.

— Je suis si heureuse…

La lune éclairait de ses pâles rayons le vignoble aux feuilles argentées. Selim enlaça tendrement la taille de sa femme.

— Le bonheur existe. Il est auprès de toi, dans cette vallée, murmura l'héritière des Montauban.

Remerciements

Ce voyage en Provence ne s'achève pas là. Car je ne saurais trop vous inviter à découvrir, ou à redécouvrir, cette terre magique si admirablement chantée par les auteurs du *Félibrige*. Mistral, tout d'abord. Et qu'il faut lire en entier. Son œuvre concentre en quelques volumes tout le Merveilleux : *Le Poème du Rhône*, *Les Olivades*, *Mireille*, *La Vénus d'Arles*, pour ne citer qu'eux... Incontournables. Si autant de légendes ont pu passer à la postérité, elles le doivent en grande partie au seul talent du Prix Nobel de littérature 1904.

Sous la lumière intense des Alpilles, vous retrouverez sans doute l'ambiance de *L'Héritière des Montauban*. Là, non loin d'un vestige romain perdu en pleine nature, se cache bien souvent un domaine, entre vignes et oliviers. Les vignerons d'ici ont été pour moi une véritable source d'inspiration et leur collaboration, essentielle. Je citerai Caroline Missoffe, du mas de la Dame, Geneviève Rolland et Christian Nieff, du mas Sainte-Berthe, Colette Peyraud et son équipe, du château Romanin, et Valérie Reboul-Schneider, du château d'Estoublon. J'espère avoir su restituer fidèlement l'esprit qui les anime.

En chemin, je vous souhaite aussi de croiser Patrick Galder, de l'office du tourisme de Fontvieille, un guide passionné, capable de transporter son interlocuteur au cœur de l'histoire de cette région. Ensuite, quand les sentiers parfumés conduiront vos pas vers les ruelles de Fontvieille, vous tomberez peut-être sur l'hôtel Laetitia. Ida et Gertrud Läck savent recevoir en toute simplicité, et font de leur établissement un véritable « chez soi ». Enfin, quand vous passerez la porte de Montmajour en direction d'Arles et de ses trésors, arrêtez-vous au musée de l'Arles antique, un lieu primordial pour s'immerger pleinement dans la « Rome des Gaules ».

Je tiens aussi à remercier Geneviève, Josiane, Frédérique, Claire et Frédéric, chez Belfond, ainsi que les auteurs Françoise Bourdin, Alain Darne, Miguel Haler, Aurélien Leblé, Dominique Marny, Alain-Gilles Minella, François Ravol, sans oublier bien sûr Irina Tarassov-Villeret. Leur amitié autant que leurs conseils me furent une aide précieuse.

Gramaci e longo mai Galant Leitour.

Achevé d'imprimer sur les presses de

BUSSIÈRE

GROUPE CPI

à Saint-Amand-Montrond (Cher)
en juillet 2006
pour les Éditions Belfond
12, avenue d'Italie
75013 Paris

Composé par Nord Compo
à Villeneuve-d'Ascq

N° d'édition : 4244/03. — N° d'impression : 062420/1.
Dépôt légal : mars 2006.
Suite du 1er tirage

Imprimé en France